イギリスからの手紙

林望

東京堂出版

グレートウーズ川のほとりで、背後の塀はボストン邸
（1984年、ヘミングフォード・グレイ）

ロンドン、コモドアホテル（左）。ロンドン到着後ここに投宿

ハイゲートの下宿先、ローゼン邸。
正面赤い車の向こうにある一階の白い
窓枠の部屋が下宿していたフラット

ローゼン邸のフラットにて

オックスフォード大学
St Antony's Collegeの古い扉

同Collegeのマクマレン先生

近所のパブへ。左からビビアン、スティーブン、アニー、筆者

ミュンヘン大学のシャモニー
博士、ミュンヘンの街角にて

ローゼン博士の次男アレックスの誕生パーティ

デヴォンで休暇を過ごすローゼン博士一家

誕生パーティで子どもたちを
見守るローゼン博士

マナーハウスにて、作家のルーシー・マリア・ボストン夫人

ロンドン大学東洋アフリカ校図書館にて

マナーハウス前景。前庭はエリザベス女王戴冠を記念して作られたチェスをかたどったトピアリー。正面のレンガ壁は18世紀のもの。12世紀の古い壁は、この写真では見えない。赤いカリーナは筆者の車

マナーハウスのアネックス。奥正面のドアは、居間棟の玄関。
手前の建物は食堂棟

雪のマナーハウス

春の到来。ケンブリッジ、ケム川の堤で

目　次

表紙装画：林望

（本書について）

・本書『イギリスからの手紙』は、著者が１９８４〜１９８５年にかけてイギリスに滞在したときに、日本の家族に宛てて書き送った手紙を収録したものです。単純な事務連絡等は除外するなど若干編集を加えてありますが、基本的には著者の希望により、原文そのままを載せています。よって、漢字表記・送り仮名などの統一はあえて行っておりません。

・本書に出てくる主な通貨単位の表記は、次のとおりです。
イギリスの通貨単位は「ポンド」または「£」、「p（ペニー／ペンス。ただし実際にはピーと発音する）」。（なお、当時１ポンドは約３５０円、フランス通貨１フランは約30円です）

（編集部より）

第1章

1984年4月2日〜5月30日

4月2日〜3日

元気でイギリスにつきました。

BA006便は、快調なフライトで、予定より20分早くヒースローにつき、ヒースローは、しきりと雪がふっていましたが……無事に一年間の滞在許可を貰いましたが……

さて、コモドアーホテルですが、これがエライ安ホテルで、フロントにこわれた石油ストーブが放ってあり、インド人のフロントで、何いってんのか一つも分らない。窓はとうに壊れて開かない。消毒済のコップもなく、いつ使ったやつともしれないプラスチックの白いペナペナしたのがポンとおいてある。湯を出せばとまらない、エレベーター（こっちでは lift という）は故障、廊下は、すれ違いできぬせまくるしさ。ああ、こりゃ大変なところへ来ちゃった、と思ったとたん、里心がついて、帰りたくなって弱りました。

近くを見物しましたが、まったくいやな町で、何人《なにじん》とも知れぬ怪しげな人がウロウロして、地下鉄の駅などでさかんにユスリタカリをしている。失業者はねころんでいる。本当いうと、例の臆病風に吹かれています。かえすがえすも来るんじゃなかったナ。

以上は、到着のその日に書いた分。

以下 4/3 記。

夜、8時、氏原《うじはら》さんが迎えに見え、彼の車で氏原邸へ移った。これが立派な家で、田園調布に置いたら5億はしようかという豪邸。4 Bedrooms, 2 Bathrooms + DK + Living dining room（約20畳）+書斎（12畳位）+納戸、それに、2台入りガレージと裏にフットボールが出来る位の Backyard（うしろ庭）とまあこんな風で、しかも、この Wessex Gardens《ウエセックス ガーデンズ》の辺り、即ち、駅でいうと、Golders Green《ゴールダーズ グリーン》というところは、絵にかいたような素晴しい住宅地で、怪しい者はあまりいないのです。

その豊かな邸町を歩いて、地下鉄にのって British library へあいさつに行きました。Mr. Gardner《ガードナー》は素晴しいやさしさと誠実な態度で出迎えてくれ、すっかり案内してくれました。Gardner さんの英語は（易しく話してくれるのだろうけれど）１００％ききとることが出来、少し自信を回復しました。

それで、館から出てから、少し町中を歩き回りましたが、これが東京でいえば丁度銀座通りみたいなところで、のきなみ Window Shopping をして行きましたところ、驚くほど洋服などが安い。また、日本の秋葉原のように、電器屋が並んでいる通りもあり、その殆んどは、MADE IN JAPAN が制圧しているありさまは、一種感動的でしたが、それも当り前で、安い。例えば、Walkmanのようなものは、大体60〜80ポンド、つまり、2万円前後で、ヨドバシカメラPriceと余り変りない。これでは、イギリスのメーカーなどかないっこないよ。

食料品は、ほんとうに何でも手に入ります。ウメボシは、1パック1ポンド68pすなわち約500円、ですから、日本の倍でしょうね。でも、イギリスの八百屋では、日本によく似た野菜を多くうっており、たとえば、長ネギの親玉のような（子供の腕位太い）ものや、伊予柑によく似たオレンジ（1つ30p＝100円）また日本のミカンそっくりのオレンジは15pくらいです。リンゴは、日本のように変に品種をいじってないのでとても小さく美しいのでこれも15pくらい。安いしおいしい。

町には、桜の並木が咲き、家々のYardには大ぶりの水仙がゆれている。庭上《ていしょう》にはリスが遊び、鳥はさえずって、あとは、大変静かです。住民は白人（とくにユダヤ人）や日本人が多く、危険な風《ふう》は殆ど感じません。というわけで、なるほど、こういうところに住んでいればロンドンは良い所だなと思いました。あの、Commodore Hotel《コモドアーホテル》の辺は、ちょっとさびれつつある町で、古いホテル街なので風紀はよくないところですから、結局、ああいうところに住むのは余り感心しない気がします。

今日、三菱Bankに口座を開設します。それから、車を買いに行きたいと思います。色々と雑誌の広告欄など見るに、オースチンミニなどは、7〜8年前の古い型なら、£

５５０＝18万円くらいで買えます。きっとロクに動かないと思いますが、がまんしようと思っています。道は、とてもすいていて、走り回るのに苦労はないようです。Parking 出来るところは至るところにあり、私などにはうれしい町です。

問題は家さがしで、氏原さんの奥さんが色々ときいてくれたりしていますが、これは意外になく、氏原さんの意見では、市内はちょっと無理だろうということです。結局、このGolders Green のあたり（市内からは、少し離れている）になるのではないかと思います。ただ、氏原さんも手の離せない子供がいますし、これが今春休みで家にいるので、家探しにつきあってくれるわけにはいかないために、これは一人でせねばなりません。

アメリカ人はデブ女ばっかりですけれど、ロンドン娘は、みなスレンダーでデブは殆どいない。これはちょっと不思議でした。パンクの連中も少なくなく、五色に染め分けた髪を、くじゃくの如くオッ立てている男や、ボーズのような頭にデタラメなジャンパーをきた娘、といろいろで、別に危険はないようです。

かくてロンドン生活はいよいよ実質的に開始されました。どうも「安全はタダでは得られない」ということがよく分りました。日本は良いナ。

では、また。

林望

4月5日

さて、家探しの様子を書きましょう。

昨日から今日にかけて、10軒あまりの物件を見て歩きましたが、仲々決めがたいのです。実際は。

まず、Camden Town《カムデンタウン》という所の小さなAgentの紹介で行った最初のところは、Mr & Mrs Berlinという、ドイツ系ユダヤ人らしい大家のところで、これは、4軒見ました。しかし、安いことは安いけれど、北向きの、全く窓のない部屋であったり、少し不便な、ごく古い家であったり、どうも今一というところでした。

次に行ったのは、Clapham South《クラップハムサウス》という南の方の美しい住宅地の一角で、これは、週70ポンドと少し高いけれど、素晴しく美しいフラットで、大家は、「これは私自身の家ですもの。いつもこういう風に美しくしてますのよ」とかいって大ニコニコです。この家には、台所や便所など共同の（Shareという）部屋もあり、これは£50pw（注、50ポンドper week週当りの家賃）と少しやすく、共同間借人は、Victorという名のナイジェリアの黒人、それと、「very charming Japanese girl」ということでしたが、この人には会わなかったので、どのように charming であるかは分りません。それで少し心が動きましたが、こうきれいだと、私のように散らかし人間はきっと文句をいわれるだろうと思ってやめました。

次には、Leicester《レスター》 Square《スクエア》 という、いわば銀座のド真中みたいな所の、大きなマンションのペントハウスの内の一室で、これは、我々と同年輩位の白人の夫妻の家の一室を間借りするわけで、台所も風呂も共同というので、保安や、交通上は最も良く、値もその割には£65pwでそれほどでもなかったけれど、結局、他人の家の内部に間借りはきゅうくつなので、やはりよしました。

それから、次は、別の Agent の紹介で、Hendon《ヘンドン》 という町の、住宅街の一角、ユダヤ人らしい雑貨屋のオヤジが経営するフラットで、一つは、1 Bedroom、ラウンジ、台所、バス、トイレ、電話、セントラルヒート、テレビ、までついて£60pwと良い物件、日本人が今すんでいます。今一つ、同じ男の持ち家で、Golders Green のフラット、これは、1 room、そしてキッチン、トイレバス、電話、テレビがついて、セントラルヒートもあり£46pwと、しごく安いけれど、ずい分きたないのです。この£46pwが魅力で、これが第一の候補です。

それから、インド人の大家の、古い家で、このカレーの臭いのプンプンする大家の持ち家は、古いけれど広く、1 living room, 1 Lounge, 1 Bedroom（ダブル）, Kitchen, Bath, Toilet, とすごく広いし、セントラルヒートも電話もあるのですが、ただ、これは、Beechcroft《ビーチクロフト》 Ave. といって、Golders Green の駅のすぐ近くの、ちょっと地柄のよくないところにあるわけです。大家は£65pwといったけれど、値切って£60pwでよいといわせました。しかし、やはり安全上、どうかな、という気がして、やめておきます。

かくて、雑貨屋経営の£46pwにしようかなと思いつつ、最後の一軒を訪れました。これは、Dr. Rosen という学者の家で、ローゼン氏は、ベンサム全集の編集主幹をした由の、ロンドン大学の professor です。奥方は、お医者さんで、男の子（7才、4才）がいます。いかにもイギリス人らしい、大柄な、modest な紳士で、部屋は、どっしりとした、絵にかいたようなイギリススタイル、床は磨きこまれた木で、マントルピースをもち、天井は高く、がっしりした木のキャビネットとデスクをそなえ、これが居間で、約12畳位かな、それに、6畳位の DK、及びトイレ、シャワーをもつフラットです。その清潔で重厚、しかも、林に囲まれた安全な格調高い住宅地の環境、大家のアカデミックな人柄、ととても心が動きます。

この大家さんと30分ほど英語でディスカッションをしましたが、その中で、私の研究の内容と訪英の概容を話し、予算上乏しい旨を話したところ、£65pwといっていたのがでは60

ポンドでよい、といってくれました。

そこで、私の選択は、

（1）46pwの小さなきたないフラット

（2）60pwの大きな格調高いフラット

の二者択一ということになって、いずれとも決めかねています。

そこでもう一度、46pwの方を見て来ます。

ではまたこの次。

望

4月7日朝　食料事情等について。

いよいよRosen教授の家での生活がはじまりました。

生活に必要なものを、スーパーでかれこれ買って、ハム、ソーセージ等は、合せて1kg近く買い込みました。それにキャベツにニンジン、玉ネギ、ネギ（いろいろある。ワケギ風、博多万能ネギ風、下仁田ネギ風と）、ジャガイモ、それにマーガリンだのパンだの、洗剤だのと、一山かいました。それで、かんじょうは、10ポンド弱（￥3200〜）です。安いでしょう。それはすなわち、肉、乳製品などがすごく安いことによる。たとえば、

（イ）ウインナーソーセージ（赤いのをかったら、中まで真赤です！）250g　85p（250円位）

（ロ）ベーコン　200g　62p（180円位）↑これは素晴しくおいしいベーコン！

それに、ミートローフみたいなのは、400gぐらいあっても、70pです（200円）。もちろん、材料は必ずポークかビーフで、マトンの入ったのはありません。だから、この値段でも本当のソーセージの味がします。なにしろ、本物の腸づめだからね。ただの肉となると、もっとはるかに安く、1ポンド50pもだすと、手のひら2枚分位のボリュームのビーフステ

ーキ用が2枚かえます。ただし、うす切りはないよ（しかし、ふしぎと、鳥は高い。ブロイラーじゃないんだね。きっと）。

野菜は、たしかに、昔の野菜の様で、リンゴなど不揃いで小さいけれどおいしい。伊予柑そっくりのオレンジ（味も）、温州ミカン風、いろいろあります。スーパーでは、袋づめもうっているし、バラでも、つまり1個ずつでも買えます。背のかがまった老婆が、いかにも慎重に吟味して、たった1個のリンゴを、大事そうにカゴに入れるところなど、まことに「イギリスの秘密」がここにあるように思います。

キャベツやレタスは、さすがに本場で、とても品がよい。しかし、これらは1個２００円くらいはします。逆に高いのは、紙などで、ティッシュなどスーパーのブランドのが1箱75pくらいはします。品質は悪くないのですが、ちょっと高いです。それで、イギリス人は、このティッシュというものは1度ではすてないで、1枚で2〜3回は鼻をかむようですよ。

私は、イギリスの食べ物はまずいとは思いません。レストランでイギリス料理をたべればまずいのかもしれないけれど、売ってる材料は、とても良く安いし、パンなんかも悪くないと思います。生活はし易いところだろうね、ここは（インドレストラン、チャイニーズレストランは、日本よりはるかにおいしい）。

一つ大発見をしました。イギリスでは、紅茶は極めて安く、１２５g36p（１００円）です。それでも、日本の最上等よりずっとうまい。それは何によるかといえば、「水」によるのです。

日本の水では、紅茶は決してうまくははいりません。こちらの水は、きわめて硬い水で、石灰分が水にたくさん溶けており、ゴミのようなものもまじっていますが、生でものめます。しかも、いやな臭いは全くなく、むしろ、うまい水です（ごくわずかに塩分を感じますが）。そして、これで湯をわかしているヤカンの底や側面には、まるで岩のように石灰がつもりかたまっている。ヤカンの中部が鍾乳洞と思えばよい。だから、多くの日本人は水が悪いといいますが、私はそうは思わない。これは、ある意味では、「良い水」です（腸などは全くこわしません——便通快調——）。

どうして「良い水」かというと、この水には、いろいろなものが溶けにくく、したがって、「茶の渋」が全く溶けこまないらしい。そこで、ポットに紅茶と熱湯を注いで、そのまんま、ずっとほっておいても、ついに最後の一滴まで全く渋味が出ないのです。そのくせ、紅茶の香りとうまみは充分にとけ出すので、この125g100円のお茶が、それはそれはおいしくのめるわけです。これが、イギリスのお茶がおいしいわけですから、いくら、イギリス王室御用達の上等品を使っても、渋味の出る日本の水では、こりゃ全くだめです。やはり、利休の昔から、茶は水によるのです。その代り、日本茶をこっちの水で淹れても、殆ど味が出ません。おもしろいナァ。

砂糖は、ベジタリアンの粗製糖のような茶色のをふつうにうっており、これは、白いのより安いので、むしろ、これが当り前なのだよ。もちろん茶色のをかって、使っていますが、良い砂糖です。


かくて、生活は快調にすべり出しました。こっちの水は、カルシウムが非常に多いわけだから、あまりカルシウムをのむ必要はないように思うよ。

（おいおい、いろいろな側面をかきます。）

車も、きっとこの伝《でん》で、イギリスの車だっていうほど悪くはないんだろうと思うので、やはり初志を貫いて、ミニをかおうと思います。なにしろ、家主のローゼン博士の車ときたら、ひどいポンコツで、よくこんな鉄クズみたいな（15年はたってるかナ）車が動くなァと感心するような代物で、その大家さんに、カネがないからといって、家賃まけさせて、アウディ１００なんかに乗っちゃ悪いしね。

では、また。　　　　　　　　　　　　　　　　　　　　　　　　望

とも子へ

P．S．夏休みに子供をつれて来るのも良いかもしれないと思うようになりました。こうして郊外に住んで、のんきにしていると、ここは良い国です。Dr. Rosen にも7才と4才の男の子がいて、暖かな家庭だし。考えてみてごらん。近くに、小さなゲストハウスという安いホテルなどもあるようだし。ただし、飛行機の旅はちょっとつらいけれど。

4月7日夜

引きつづき第4回。

今日は、あの車ならと当りをつけておいた車が、すでに売切れていて（Mini 1250GT 795ポンド）ガッカリしました。Mini という車は不思議に中古車店に出ていることは少なくて、新聞広告などで個人売買することが多いらしいです。つづいて、JEM（JAPAN EUROPE MOTORS）でアウディ１００というのを見にいったら、何と、ドアがすっかり腐って大穴があき、そこへガムテープがはってあるという代物、JEMの人が、こりゃだめだ、とても売るわけにはいきませんというのでまたもやがっかり（それでも Rosen 先生の車にくらべりゃずっとマシ）。イギリスは、車がないと本当に不便で、何しろスーパーマーケットの数が非常に少ないので、そこへ行く迄が時間と電車賃で閉口します。今日だけで、ごく近所を回っただけだけれど、2ポンド（７００円）はもって行かれました。これだけあれば、今日回ったぐらいの3倍は車をのり回せるガソリンがかえるよ。しかも、スーパーマーケットは、土曜は4時頃閉ってしまいます。そういう点は、たしかに不便な国です。

今、今晩のおかずを考えながら、例のうまい English Tea をやっています。米をといだばかりで（鍋でたくのだ）、まだ火がつけられないので、その間にこうして一筆。この夕方のお茶は High Tea（ハイ・ティー）といって英国一般の習慣です。それで、またもこの国のやり方に従ってハイ・ティーをやりつつ、今晩の晩い夕食を考えています。

何だかわけの分らない珍しい野菜がいろいろあるので、片はしからためしてみます。今日は、下仁田ねぎ風と、子供の腕の太さのキウリを料理してみよう。そうだ、一人で焼肉でもやるか！　それに、太キウリの塩もみ。

今日は洗濯に行きました。近くの自動ランドリーですが、めちゃくちゃに大きい機械でみているると、みな、巨大なポリバケツ一杯くらい山のようにもって来てやっていきます。それだから、私などは、まるで over-capacity（過大容量）でこっけいなくらい。けっこう高く、洗濯と乾燥で1ポンド40くらいかかる。つまり500円。しかも、生がわきの上、くしゃくしゃになってしまうので、Yシャツは手洗いすることにしました。

明日も1日歩き回って、車をさがすことにします。

ウム、メシがたけたようであるが、――少しガンタ。水をよっぽど多くしないといかんらしい。さすがの私も、鍋で、電気レンジでたくとなると、ちょっと勝手がちがう。ま、何ごとも Try and error!

（たべる……）

結果、

下仁田ネギ風　↓　これは非常にうまいネギの一種であることが判明。シャキシャキとして辛味がなく、とてもうまい。

子供の腕のキウリ　↓　昔のキウリみたいに少し青くさくて、実《じつ》がある。これも上級の味。キウリもみによろし。

English Carrot　↓　ふつうの三寸ニンジンなれどくさみ少なく、甘くやわらか。これもよい。

万能ネギ風　↓　きざんでみそ汁に入れたけれど、これは明らかに博多万能ネギと同じものです。

メシ　↓　カリフォルニア米ですが、むれたら、とてもよくなった。ガンタではない。しかし、うまい米とはいえぬ。まあ標準価格米といったところ。

米やショーユなどは、「東京」という名の日本食品屋で買ったが、すごく高い。米は４kgで4ポンド50p、つまり、１５００円（高くもないか？　内地米に比べりゃ！）。もっとも、この米は、ふつうの食料品店にも売っており、そういうところでは2kgづめ1ポンド75pくらいだから、ずっとやすい。こんだから、そういうところで買おう。

こんどは、「赤いウド風」と「アーティチョーク」をためすことにします。

写真のネガ送ります。焼いてごらん、とてもよくとれています。やはりあのカメラは上等。大地と春菜の写真（それから、君もうつっているよ）を手帳に入れて、もってあるいています。ときどきながめるのだよ。今も、机に並べて、あれこれ見ては思っています。子供は、かわいいいね。

それでは、今日はここまで。

望

4月9日

（手紙は、みんなに回覧の上、順序よくしまっておいて下さい。）

昨日、Oxford Circus のあたりを Rent-a-car をさがして歩いていたら、横にいたオジさんが何かしきりに話しかけてきます。この男は、どうやら失業者かなにからしい。自分では、大〇〇ホテルのクラークだなんていっているけれど怪しいものです。ところが、この男は、大変な日本通で、日本のことを実によく知っています。それはそれは早口で、マシンガンのようにしゃべりまくるのですが、まあ、大てい言ってることは分りました。

それは良いとして、しかし、このオジさんが、どこまでもついて来るのには困りました。しかも、そのへんでコーヒーを一杯とかいって実に強引です。そういう風にして、男は、ひとりでしゃべり散らし乍《なが》ら、中々はなしてくれません。私は「ハハァーン」と思いました。

つまり、この男はホモです。さっそくおいでなすったと思って、私は、「あなたは家族はどうなのだ」ときいたところ、案の定、60づらさげて、独身だという。「ロンドンでは金がかかって、結婚なんか出来なかったのだよ」とかいっている。そんなバカなことがあるものか。そうと決ったからには、さっさと逃げるがかち。
ところがオジさんは、あまり強引でもいけないと思ったか、手にもったバイブルの中にはさんであった紙に、自分の名と住所とを書いて渡すと、「もし必要があれば、ここに連絡しなさい。自分はいつでも待っているよ」だってさ。それで「ついては、あなたの名前は何というのか」というから、私は、デタラメを応えてやった。ハハハ。住所や電話をきかれたらどうしようかと思っていたところ、それはきかなかった。ホッとして、別れて、（男は、「私はこれから、この角を曲った○○ホテルへつとめに出るから、さようなら」とかいっていたけれど）それから、物かげで、そっとこの男の行方を見ていたところ、何が、角を曲ったホテルだ、もと来た道をトボトボひきかえしてゆくではありませんか。こまったものだ。
しかし、ロンドンには、ことのほかパンクファッションの若い者が多くて、ヒヤヒヤします。さて、このパンクですが、実に珍妙で、見ていてはおもしろい。いくつかスケッチしてみると
たとえば、

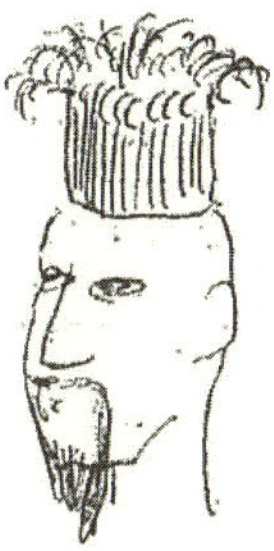

たとえば、このように、周囲はツルツルにそり上げて、上
⇑部をふん水のように、おったてた男が、下はまっくろな革ジャンに革ズボンであるいている。眉もそってある。

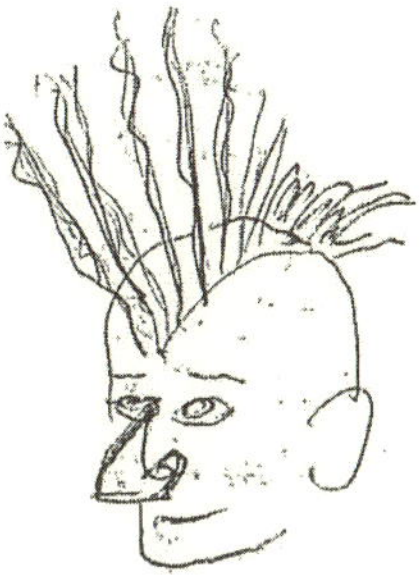

⇑このような形のは、もはや珍しくはなく、しかもこれが前後5色に染め分けてある。

⇑また、このように、スカートの下からメリヤスの七分ももひきとしか思えないものをゾロリと出して、そこへ、こわれたくつをはいてる女。しかも頭は紫色です。namely, inverted snobbery!（注、わざと汚い恰好をする粋がり）

中には、日本人か中国人か分らぬが、東洋人でこれをまねてやってるやつがいて、しかし、これをあの黒いかみの、しかも毛のこわい日本人などがやると、まったくさまにならないので、地下鉄は、本人はさっそうとのつもりでのって来たパンク風の男、ざっと、左の図の如くで、これはつまり、私が髪を洗った翌朝、という風なのだね。ハハハ。わらってしまいました。

今日は、Travel Ticket という、市内は電車、バス、地下鉄、どうのってもよい、何回でものれるという便利なチケットをかって、いろんなバスにのって市内を見物しました。ところが、27番というバスにのって、二階席でいねむりをしていると、突然、周りが騒々しくなりました。何だか、山のような大男が、破れかぶれの革ジャンに、メッキの鋲をピカピカ光らせ、大声で何かさけんでいる。

"FUCK OUT! FUCK OUT!"

と、こうさけんでいるわけです。これにはビックリしたね。いねむりしてたら、突然だものね、それで、こんな不埒なことを、どなり散らしながら、イスに足は上げるわ、窓はドシドシたたくわ、いや、困りました。

よく見ると、この大男たちに、私はすっかり囲まれちゃってるのです。すると、こいつらが"FUCK OUT!"といってる、その相手は、俺かな、などと、思いました。するとこいつらは、ハードゲイかな、考えは果てしなくサスピシャスに進んでゆきます。

あんまり恐ろしいので、私は、すっとんでこのバスを下りました。


そうして、今日もついに車は見つけることが出来ませんでした。ロンドンでは、１０００ポンド以下のポンコツ車はJALOPY（これを、ロンドン子はジョロピと発音します。尻上りのアクセントでね）というのですが、今日、K. Gardnerさんに、車をさがしているという話をしたら、そういうJALOPYは、ブレーキがきかなくなったりするのがあるから、くれぐれも気をつけて良いのをさがせといわれました。しかし、日本だったら、5万でもことわる、というような、ひどい車が、こっちでは堂々と、５００ポンド（15万円）くらいで売られており、自動車事情はたしかに、日本より悪いようです。しかし道はずっとすいています。

英語は、殆ど不自由しません。家さがしやなんかで、いろいろ自分で交渉なんかして歩いたので、すっかり自信がついて来ました。しかし、ロンドンの下級の人のことばは、「コクニー」というのですが、これは殆ど分りません。たとえばdayなんか、完全に「ダァイ」といいます。むしろ、オーストラリア弁に近いね。しかしインテリ層の人たちのことばは、相当速くても、大体ききとることが出来ます。

ではまた。

とも子様・皆様

望

4月11日

今日、楽しい手紙受取りました。大地の字を見たとたんに里心が出て困りました。

こっちへ来てみて驚くことは、イギリスでは、えらく安い航空券をいくらでも売っているのです。大体、往復£５１０（18万円位）なんてのはザラです。それで、片道だと、東京まで£２８０とかいう風で、結局そうすると、10万円たらずです。おどろくでしょう。もっとも、そういうのは、いく分危険かもしれませんが、帰ろうと思えばいつでも帰れます。

また、パリやアムステルダムへは、バス便があって、これが片道18ポンド往復£32で、５０００円もあれば豪華バスでパリまで行っちゃうのだからね。大陸の方へは、こういうので行くことにしました。

だから、思ったより金はかからないかもしれない。夏休みに、来るならみんなで来ると良いと思うよ。もう財産使い果して（子供おいてなんて、以ての外です）。

ところで、大問題が出来ました。荷物が一つ届きません。あのキモノと写真なんかが入った、一番大事なのが、もう他の三つがついてから５日目だというのにまだ音沙汰なしです。

今日、氏原さんの奥さんが本局まで聞きに行ってくれましたが、本局までも届いてないそうです。途中で失せたのでないことを祈っていますが、どうなったかナァ。今日、そのことをガードナーさんに話してたところ、もし、イースターあけ（4/23）まで届かないようなら、中央局までいっしょにさがしに行って下さるという約束をしてくれました。ガードナーさんは、とても誠実な紳士です。荷物よ、届け。着物なんかどうでもいいから、資料だけでも届け！

車は、まだ買いません。近く、氏原さんと一緒に Mini Centre というディーラーへ行ってみようと思っています。きのう、レンタカーで Mini をかりて一日のり回したけれど、あれは実にたのしい車で大好きになりました。何というか、「意のまま」にチョコチョコ動きます。"It's fun to drive!" と申します。24時間かりて12ポンドだから、とても安いし。当面、必要なら、またあれをかりようと思います。近くのディーラーに、1979年式の Mini で£1695という割合よいのが出ていましたから、さっそく交渉して、現金でなら£1525までディスカウントさせるようにしました。しかし、まだ決心がつきかねています。いっそ、新しいのかって日本へ持って帰るかな。それで売れば損はしないよ、きっと。どう思う？　故障したっていいやな。とにかく、とてもおもしろい車です。

今日から、いよいよ仕事をはじめました。仕事はじめは、いつもいやで仕方ないのですが、こんども、なんだか一向やる気が盛上りません。しかし、遊んでばかりもいられないしね。これで車が決れば、本当にさァやるゾという感じなのだけれど、どうしようか。１５００ポンドくらい使って、高く売ることを考えるか、思案しています。となりのオバァちゃんなら、とっくに買ってるだろうね、きっと。考えをおきかせ下さい。ガードナーさんは、あんまり安いのは、危険だから注意するように、というしね。

イギリス生活は、すっかり、イギリス人のペースになってしまって、5時ごろにハイ・ティーをやり、それから、ゆっくり夕食を仕たくして、9時ごろ dinner をたべます。不思議に、あんまり米をたべたい気がしません。パンばかりでも一向平気だ。これはふしぎの一つです。パンは、ふうわりと柔らかく、日本人の好みには、とても合います。おいしいよ。そしてこれから、デザートに、ウォールナット入りチェダーチーズをやります。ハハハ。でも一人でいると、やはり淋しいですが……。

望

とも子へ

大地くんへ

日記と、たのしい手紙をどうもありがとう。たのしくて、なんかいもなんかいもよみました。はるなの考えた文までかいてくれてうれしかったよ。またたのむよ。

おかあさんと、あんまりけんかをしないようにね。おかあさんは、おとうさんがいなくてさびしいのですから、だいちがおとうさんのかわりになってあげなさいね。そうしないと、おかあさんなくからなぁ。

イギリスは、雨ばかりふっています。そうしてまだ少し寒く、家には、だんぼうがはいっています。でも、ほんのすこし、木のめが出て来ました。

こんど、おとうさんは、オースチン・ミニという車をかおうと思っています。とても小さくて、よく走る、よい車です。夏休みに乗りにくるか？

だいちへ　　　おとうさんより

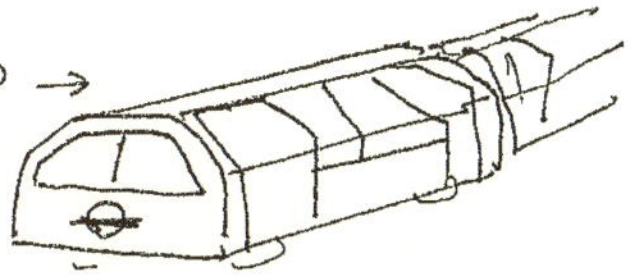

はるなちゃんへ
（あにいちゃんによんでもらってね）
おてがみありがとう。とても
おもしろかったよ。すこし さびしい
けれどよいこでいてね。おとう
さんも にゃんにゃんがいないの
で、さびしいです。でもひとり
で、おりょうりして、そうじして、
おせんたくもします。えらいだろう。
じゃまたね。　　おとうさんより
はるなちゃん

4月14日

イギリスの犬はこわくない、という話。

イギリス人が、よく犬をいじめる日本人を野蛮だと怒ったり、中国人が犬をたべるのを非難したりするでしょう。あれなど、ずい分大きにお世話だと思っていましたが、こっちに来て、それも分る気がします。

さすがに、イギリス人は、とてもよく犬を飼いならしていて、また、大きなやつを、よくつれてあるいています。そうして、イギリスでは、犬は、どこへでも人と一緒に入ることが許されていまして、特に犬はこまる、という場合は "No pets, please" と張り札が出ています。これは、一部のレストランとかそういうところで、レストランでも、ふつうは、「犬をつれて御入店の方は、店内では、犬はつないでください」という意味の張り札が出ているにすぎません。その他はもう、スーパーでもどこでもOKのようで、また実際、この犬どもが全く悪さをしないのには感心します。吠えない、じゃれつかない、人のものをたべない、フン尿をしない、とまったく危険性がないようです。

こないだなどは、ただでさえせまい地下鉄の中へ、シェパードではないけれど、同じ位の大きさの、猛烈な犬をつれて入って来た夫婦づれが、こともあろうに、私のまんまえに席を占めました。この犬は、しかし、床に、ピタッと休んだまま、人が頭の上を通ろうが何しようが、全くピタリと動かないので、少しもこわくありません。しかも雄犬だぜ、これが。そのとなりに、赤ン坊をベビーカーに入れた母親がすわっていましたが、――すなわち、この大犬の鼻先に、赤ン坊のベビーカーがある――この母親も、全く平気、赤ン坊も全く平気、犬も全く何もしない、というわけで、日本ではとても信じられぬほどこの国の犬は、上質です。

のら犬は、ほとんどいません。しかし、たまにこのノラ公が、地下鉄のホームなぞに闖入して来ることがあって、そういうときは、インド人やら黒人やらの駅丁たちが、大ワラワで追出します。しかしながら、この、ノラ犬とても、さすがに女王ヘイカのノラ犬にて、棒もて追わるるとも、暴れるでなし、吠えるでなし、おだやかに追われていきますから、これもちっともこわくないのです。

また、こちらではヨボヨボのバァさんなどが、犬を散歩させているのをよく見ますが、それが、時には、コリーのバカでかいようなやつだったりすることがあります。これが日本だったら、私なんか、こわくて、とっとと逃げちゃうところですが、こちらでは、この大コリーがまた、押しゃひっくりかえるような、ヨボヨボバァさんの命令をよくきくのですな。

しかしまた一方、こっちの人は、犬をさんぽさせるのに、ビニールとシャベルをもって歩くというようなことはありません。もう、もし犬がしちゃったら、そのまま、行ってしまいますから、犬のフンは、ときどきそこらに落ちています。しかし、ロンドンは、公園が至るところに広々としているので、大方、そういう木かげなんかでさせるのでしょうね、きっと。道路で犬が小便なんかしてるところはあまりみかけません。

このようにして、よく親しんで犬と共にくらしている人たちですから、日本などへ来て、電車に持込は禁止などといわれると、「ンマァ！」と憤慨するわけです。これとても日本はイギリスじゃないんだから、日本の流儀に従って当然というところですけれど、こっちでは、誰でも犬をかう人は、そのようにどこへでもつれて行くのでした。

今日は、ロンドンタワーブリッジとロンドンタワーの辺を、歩いて来ました。地下鉄に〈London Bridge〉という駅があるので、そこで下りて、「→ London Bridge」という案内に順って歩いていったら、何だか、何の変哲もない、新式の橋に出ました。アレッおかしいナーと思って、河下の方をながめやると、そこに突兀《とっこつ》としてあの有名な古橋が見はるかされるのでした。すなわち、ありゃロンドン橋ではないんだね。ロンドン橋は、この、珍しくもないコンクリートの橋で、あの名所の橋は「ロンドン塔橋」なのでした、いやはや。そこでそれからまた1マイル近くも歩いて、ロンドン塔橋まで行ってみましたが、今日は週末、しかもイースターホリディズのまっさい中、しかも上天気であったか、ときては、もうみな、浮かれ出しておりました。しかし、よくみると殆どアメリカからの観光客らしく、イギリス人からみると格段に陽気です。ああいう名所見物でも、ひとりでテクテクいったってナーンニモ面白くないね。やはり、ああだこうだとバカ言い乍《なが》ら回るのが良いので、ひとりでは、「フーン、そうか」と思うだけ。実につまりません。日本人は、全く見当りません。

とかいっているうちに、また一日がくれます。じゃまたね。手紙まってるよ。写真焼いてみたかい？

望

とも子様

4月16日

まだそっちの手紙は1つしかつきません。なにしろ、イギリス人のスローモーは、大したもので、日本↓イギリスは8日かかり、イギリス↓日本は4日でつく、というのは、どうもこっちの人のいうことをきいてみると、イギリスの Post がひどいスローモーなのだそうです。

したがって、私の方は、各方面、四通八達（!?）大車輪であいさつを書いているのに、受けとったのは一通だけというありさまです。なんといったって、未だに、Postman は歩きで配るんだぜ、テクテクと。それだから、倍もかかるわけです。したがって、そっちの事情は一向に分らぬままこの手紙をかいています（しかし、Post の料金は、日本より安いね。この封書が31p だから、100円くらいで行くわけですから。多少スローモーでも許すか。しかしハガキは26p であんまり変らない。そこでイギリス人は、ほとんどハガキをつかいません）。ふつうの郵便（国内）は、1st class と2nd class とあって、1st は速達にでも当るのかな。2nd が、ふつうの封書で12p ½ です。この ½ というのがいかにもしみったれていておもしろいだろ。なんと40円です。つぎに上等の1st になると16p＝51円、これだものね、早いわけがない。

しかし、イギリスの郵便局というのは、なかなか面白くて、なんだかいろんなことの情報センターみたいになっています。なかには、雑貨屋が兼業していたり、いろいろです。ただ例によって、この窓口がひどいスローモーでふつう10ヶ所くらい窓口があっても、開いているのは2～3ヶ所がせいぜいのところ、それも、一人のひとが、あっちこっちへ出歩いていて、さっぱり埒があかないのです。

今日並んだ窓口のオネエちゃんは、頭をパンク風にさか立てている愛敬のある女の子で、これが、席外しちゃってちっとも戻って来ない。僕の前に一人の紳士と、一人の婆さんとがいましたが、それがだんだんジレてきて、このバアさんが、"Oh! What's happening" とかいっては、肩をすくめる。それを、その前の紳士は、だんだん怒り出して来て、隣の窓口の子に向って、「オイ、ここの奴あ、どうなってんだ。もうずっとこうやってんだぞ、みろ、あとから来た奴が、どんどん終っちまうじゃないか」とかいって、顔を真赤にしている。このどなられた隣の窓口のオネエちゃんは、形のよい胸をくっきりとノーブラで誇示しているインド系の美人で、しかし、これがまけじと言いかえす。するとまたバアさんが、今よりも大げさに、自分らがいかに長いことまってるかをアピールして、僕なんかにも、さかんに同意を求める。そこで、僕も一緒になって、"crazy!" とか "terrible!" とかいって、彼らをはげましてやりました。この "terrible!" といういい方は、イギリス人はよく言うので、何でもないことでもすぐ言うのです。だから、ちょっと真似てみたのだよ。

だんだんこっちの生活も板について来て、あまり淋しさも感じなくなりました。不思議と、11：00くらいになるとてんでねむくなっちゃうので、いつも12：00にはねます。それで8：00におきる、9：00に出かける、というペースです。

生活は、何一つ不便を感じないし、台所仕事などわけはない（かたづけもふくめて）。洗濯は、ちょっと一仕事ですけれど、コインランドリーでチョコッとあらって、あとは、そこら中にぶら下げて干します。セントラルヒーティングのせいですぐかわくけれど、こっちの水は石灰分が多いので、乾くと、パリッとして、のりつけたみたいになります。それをまた、かまわずくりかえし洗っていると、センイの目にすっかり石灰が附着して、どんなキレでも、煮しめたように、黒ずんで、きたなくなってしまうらしい。

そこで、イギリス人のきているものをみていると、みな実にエンガチョな風です。イギリスでも、郊外になると、家々には Backyard というものがありますから、そこへ洗濯物を干しているようです。

しかし、何しろ、天気が悪いから、あまり乾かないそうです。そのため、どの町にもコインランドリーが盛業で、面白いです。ところが、このコインランドリーも、例によって 1/3

は故障していて、もうはじめから、「out of order」と印刷したカードが用意してあって、それを、いつもあっちこっちへかけてあります。日本だったら、まず故障してないのがふつうで、たまに故障したら、紙切に手書きで張り紙するだろ。そうじゃないんだね、この国は。もうはじめっから、故障は予定のうちなのです。ハッハ。だから、駅のエスカレーターも、リフト（エレベーター）も、年中故障、すると、非常階段というのをテクテク上らされるわけです。でも、そこがいいかげんで、こいつをテクテク上ると、改札口の向うへ出ちゃったりするのです。改札なんか、ほんとにいいかげんで、あれでよく問題にならんね。

したがって、このたび買入れたオースチン・ミニ１０００も、きっと故障するであろうと思われる。でも、そういうのも、イギリスに来て文化の勉強をする一つです。

車をかうに当っては、もう、乗り放題のパスを充分に活用して、ロンドン中を見て回りました。なにしろ、当てずっぽうにバスにのって、二階から見ていて、中古車屋があるとおりて見るのです（二階からとびおりるんじゃないよ）。そしてまたバスにのる。こうして、図書館が終ってから、まだ明るい8時ごろまでの時間と、週末をフルに歩き回って、もう20軒も見たかな。

それで、大体ミニの相場もわかったし、６００ポンド位のミニときたらほんとにスゴイボロなわけです。しかも、殆どそういうのはまともな車屋は扱っていない。中に、こういうJALOPY 専門の車屋があって、ポンコツみたいなのをズッと並べて売っていますが、どうしたって、ロクなものではありません。タイヤはスリへっちゃってるし、やっぱり危ない気がして、ある程度のものをかわなければだめだな、と思ったわけでした。しかしミニは概して高い。大方の値は、10年前のが、£600。8年前£900。6年前£1200。4年前£1500。2年前£2500。新車£3500。という位です。そして、こっちの中古車は、必ずかけ値がしてあって、その"Cash Price"なんてかいてある言い値で買う奴はいないらしい。Cash なら、いくらまけるか、ときくと、"Cash Price"のはずが、平然として、100〜200ポンドはすぐまけます。そこでもう一おし二おしして、このたびは、£1695という札のを、£1460にしろ、と粘ったのでしたが£1475に決りました。買い取る時は、氏原さんについて来てもらって、変にまるめられないよう用心します。

まあなにごとも勉強！　氏原さんは、僕の行動力にすっかり驚いています。ではまた。

望

4月18日

昨日はひどい1日でした。何もかもかけ違ってしまうということがあるものですね。というのは……。

……山本東次郎さん則俊さん兄弟が、大阪の能楽師たちとイギリス公演に来るというので、ヒースローまで迎えに行きました。

朝5時半おきで、朝めしもたべずにヒースローまですっとんでゆきました。まだ車が手に入らなかったので、わざわざレンタカーかりてです。案外近くて、6時50分には着きました。

ＪＡＬの４２３便だったかな、それは。

６：55予定のところ、６：20頃着陸の筈だったので、それで丁度良いと思ったのでした。現に、その便の客は、まだ出て来ません。２時間半待って9時過ぎになったころ、表示板の"JL423 Baggage in the hall"というのがパッと消えてしまいました。つまり、客は全部終了したという意味です。さんざっぱらまっていて、まるでキツネにつままれたようです。でも、あるいは、来る前、まっさきに通関してしまったのかもしれない、と思って、もうあきらめて帰って来ました。

あとできくと、急に乗機変更になって、KLM機で、しかもアムステルダム乗換というやつで来たのだそうで、アムステルダム乗換なんてことは、アンカレッジについてはじめて知らされたそうです。

「それも3時間も待ち時間があって参ったよ」と、山本さんがこぼしていました。だから、あと2時間待てば、ヒースローについた、ということです。けど、4時間半も待てるか？　あてもなく。それでそのまま帰って来て、レンタカーを返したり、銀行へ行ったり用を弁じて、午後になって、Sadler's Wells Theatre へ行ってみました。

　そこで一行にはあうことが出来ましたが、この一行が、関西からの寄せ集めで、この一般の人たちが、何も知らされず、何も手当されずに、劇場のロビーに放っておかれて、みんなブーブーおこって、かんかんになっている。山本東次郎さん、則俊さん兄弟も、ウンザリしたような顔して、「ひでェや」を連発している。もう、しようがないから、どっかへ飲みに行きましょうや、なんてことになって、山本さんと僕と3人でさっさと抜け出してしまいました。

そして、King's Crossという駅近くの、Royal Scot Hotelという宿へ行きましたが、これが名前は立派でも2〜3流の安宿で（Commodoreよりはましだけど）、山本さんたちもガックリきている様子。関東から参加しているのは山本さん兄弟と泉さんという能楽師と三人くらいで、あと一行はみな関西人です。

やがて、――僕は、その日5：45にArchwayという駅で氏原さんとおちあって、その駅近くの車屋へミニを引きとりにゆくことになっていたのでしたが――4時半を回ったのでそろそろ山本さんたちと別れて、5時頃、King's Crossの駅へ行きました。ここは、地下鉄と国鉄と両方来ている駅で、ちょうど浅草みたいなあるいは、上野みたいなdown townです。

で、僕は、地下鉄にのるつもりで階段を下りていったところどこをまちがったか、国鉄のホームに出てしまいました。なにしろ、僕のTravel Cardは、地下鉄でも国鉄でもバスでも、市内なら全部のれるのです。そこでホームの表示をみると、ここに来る列車にのれば、最初の駅はKentish Townというところです。それならArchwayの二つ前の駅で、地下鉄で行くより、ずっと早くつくわけです。

図にかくと次のとおりです。

折よく、ホームに列車が入って来ました。国鉄の車両は新幹線みたいで、とても立派です。

ところが……この列車は特急だったのです。さてKentish Town なので、下りようと思って、"I'm sorry" とかいいながら、ドアのところまで行ったところ、イギリス人が不思議そうな顔をする、それもそのはず、Kentish Town は通過なのです。通過も通過、となりのイギリス人にきくと、この列車は、7つ先の St Albans City という駅まで全部通過、というのです。四谷でのって、新宿で下りようと思ったら、高尾まで止らない、というようなものです。この St Albans City というところは、もうえらい田舎で、ロンドンからは30 mile 以上はなれています。

僕は真青になりました。5：45には、Archway の駅に氏原さんが来てしまう、しかし、この列車が次にとま

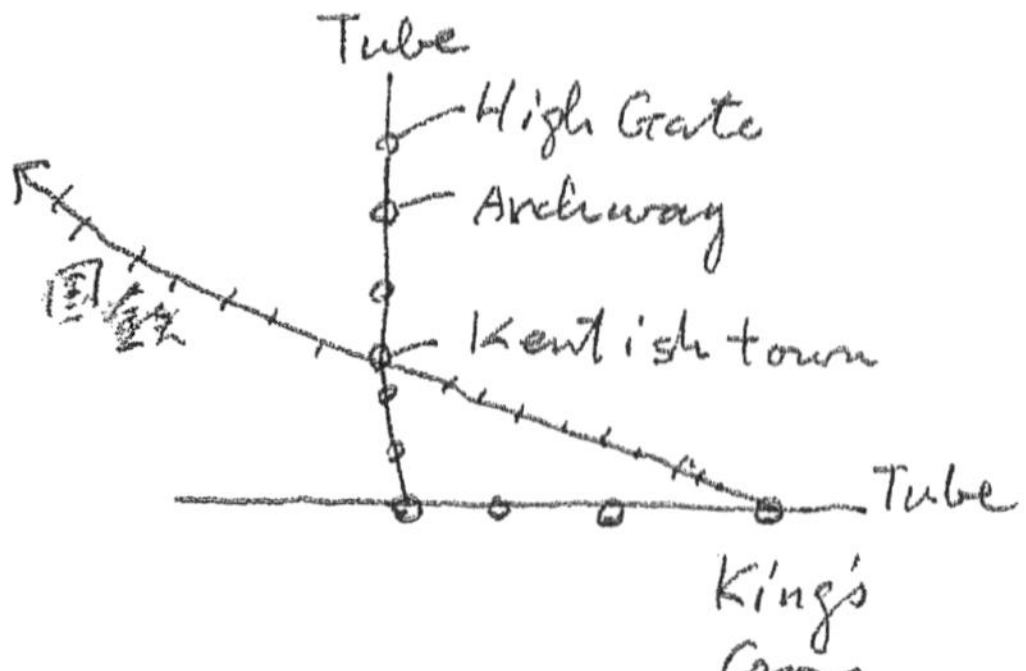

るのは、6時ごろになります。アー僕は、5：45に大切なアポイントメントがあるんだ、といってなげいていると、イギリス人の男の人が、せっせと持っていた時刻表を調べて、St Albans City についたら、すぐ2分のまち合せで上りが来るから、それにのって（この上りも急行で Kentish Town には止らない）King's Cross で下りて、そこから地下鉄で急ぐのが一番良い、と教えてくれました。なんのことはない、もとへ戻っちゃうわけ。

さて St Albans City につきましたが、何しろ、イギリスの電車は、表示もアナウンスもなにもないので、われわれにはとても不便です。そこで駅員にきいて、こんどは間違えないように上りホームでまっていましたが、さてどうしたことか、一向に電車はこない。これが15分も遅れて来て、のんびりと走っています。やがて車内検札が来ましたが、僕は市内のパスしかもっていませんから、事情をけんめいに説明すると、車掌は、“Oh my dear! It's OK”とかいってそのまま行ってしまいました。イギリス人は、割合に規則などに対して、ゆるやかで、話せばわかるというところがあります（イギリスの駅は、ホームに電話なんかないので、この間、何の連絡もつけようがありません）。そうしたら、となりにすわっていた同じとし位の女の人が、また時刻表を見せてくれて、次に King's Cross に6：18分につくから、そこから急ぎなさいとおしえて呉れました。

ところが、その6：18分なんかとっくにすぎちゃっているのです。結局、ついたのが6：

35分。ただちにタクシーをつかまえて、Archway へいそぎます。やっとついたのは、6：49分になっていました。やはり氏原さんはいません（ところが実際は、駅前のパブで7：30までまっていてくれたのです）。そこで氏原さんの家へ Tel すればよかったのだけれど、もう動転していて（車屋には6：00に行くといってある。7：00には保険会社が閉ってしまう。するとまた出直しです。だからもうあわてちゃって）、その知恵も時間もありません。しょうがないから、そのまま走って車屋へついてみると、大男の車屋がなんだかこわい顔して、「まっていたぞ、ともかく内へ入れ、話がある」とかいう。

こりゃ、ヤバいかな、と思って、いやどうも遅れてすまん、とあやまると、彼の方は、「いや、そうじゃないんだ、実はこまったことが出来て、あの売るはずだった車が、MOTがパスしなかった（MOTは車検）。実は、シャフトにトラブルがあって、あんな車は危険だというのだ」という。そんなら何もあんなにあわてて来なくてもよかったのでしたが、その代り、これはどうだ、あれはどうだといって、色々な車をみせますが、どうも気に入らない。そういうわけで、また明日、ミニが2台入るからそれを見て決る、ということになりました。

まったく大騒動です。もうヘトヘトになって氏原さんにも悪いし、と思ってガックリして帰って来て、氏原さんに Tel すると、奥さんが、「つい今しがたまで Archway の Pub でお待ちしていましたのよ。でも、これから帰るといって来ましたから、8：30ころには戻りますけど、林さんも夕食たべにいらっしゃいよ」なんて言ってくれます。しかし、もう草臥《くたび》れたので、お断りして、そのまま自分でイモの煮ころがし作ってたべました。

氏原さんはちっともおこってなくて、「ハハハ、まぁそういうこともあるさ。ま、いいやまた明日出直そう」といって、まことに天気晴朗です。するとまた電話が鳴って、こんどは山本則俊さんからで、今 Bond St. の「いけだ」という料理屋にいるから、どうしても出て来い、という。もう9時すぎていましたが、断りきれなくて行きました。

それで、11時すぎまでおごってくれて「もう連日おごっちゃうからつきあえ」ということになって帰りのタクシー代に、と10ポンドくれました。やはり芸能人はちがうなあ。で、あーくたびれた、というおはなし。

林望

4月19日

とうとう車をかってしまいました。それが、いろいろ考えた末、結局国産カリーナのバンにしたのです。

車屋がこれはどうかといって見せたオースチンミニ、クラブマンのバンは試乗の結果あまり良い車ではなく、しかも少し高いことをいったので、そのくらいなら、トヨタの方が無難だと思って、もうつまんないけれどトヨタにしてしまいました。それを、氏原さんにも同道してもらって、さんざっぱら交渉のあげく、1695ポンドというのを、1485ポンドで折合いました。それでも、税金とか、保険とかを入れると、都合£1800くらいにはなってしまいます。生活をきりつめれば何とかなるだろう、という林流の考えでもうきめてしまいました。これなら、荷物はこぶのにも便利だろうし、トヨタなら、多少古くても故障は少ないだろうと思うしね。残念だけど、ミニには縁がないものと思ってあきらめます。

昨日は、その車買いつけが終ってから、能の劇場へ出かけました。Sadler's《サンドラーズ》 Wells《ウエルズ》 劇場は、大入満員、立ち見がやんやと出るさわぎ。当地でも、神秘的な能の人気はたいしたものです。

はねてから、レセプションがあるというので、そこは図々しく、招かれもしないのに山本さんにひっついて行きました。なかなか at home な良いレセプションでした。

そこで僕は、自分でもこんなに心臓が強かったかとあきれる位、大いに外交をしまして、何人ものイギリス人と話をしました。中には、英日協会のもと会長とかいう女丈夫（１ｍ80㎝くらいあるかナ１００kgくらいの体重！）といろいろ話すうちに、その女丈夫の先生は、Carmen Blacker の高校時代の先生の奥さんか何かに当ることが判明し、Dr. Carmen Blacker は僕の sponsor だといったところ、大変よろこんで、次々に色々な人に紹介してくれました。

中でも、Woods さん（偶然〝林〟さんなのだ）という、この劇場の仮設能舞台の設計家と大変によく話をし、その奥さんや息子まで交えて、話しましたが、これがまた、その Woods さんもその息子の Simon というのも Cambridge の Clare College（これは、Clare Hall の姉妹校のような近い関係らしい）の卒業及び在学生であることが分り、僕は Clare Hall の Visiting Scholar だといったら、「それはいい」といって、Simon 君が Cambridge での家さがしなど必ずお手伝いしましょうと、約束して連絡先をかいてくれました。

その間、山本東次郎さんも交えて、その舞台について、いろいろと話し合った折、山本さんは一向英語を弁じないので（山本さんは國学院の国文出身）なんと、僕が通訳をしました！

それが、まあまあ、たどたどしいながら通じたので、山本さんもよろこんでくれて、今日、また別のレセプションがあるので、是非来てよ、ということになりました。ハッハッハ。

この分なら一年の間には、ずい分英語は上達するだろうと思います。電車にのっていても、「こういうのは何というだろう」とかいう風に、いろんな場合の構文を考えて、辞書（いつももってあるいている）を引き引き考えておいて、それを使ってみて、「これが良いか」と相手にききます。大体良さそうです。しかし、言葉は、分らなくても恐れずに当ってみる、という心臓が大切でしょうから、そういう図々しさと、外向的な性格に僕を生んでくれた両親にまずは感謝しております。それに僕はオシャベリだから、だまってるよりも、英語ででもよいから、何か話していたいのだよ。それが大切なことなのだろうと思います。

ただし、それにしても、このコクニー・イングリッシュはまた別物で、昨日のレセプションでよく話が通じたというのも、そういう所に来る人たちは、みな上流の人で格調正しい話し方をするからです。車屋のオッサンなどは、どうもいうことの半分も分らないけれど、さすが氏原さんは、もう立板に水で、そういうのを相手に、ニコニコしながら、すごいスピードで話をつけていきます。大したもんだなァ、と感心してしまいましたが、考えてみれば、彼は、前に4年間もイギリスの大学でつとめていて、そのあともイギリス大使館の学校でおしえ、ついでイギリスの銀行につとめてロンドンにいるんだから、たった2週間の僕と同じであるはずがない。

東京は、そろそろまたおぢいちゃんの「つくしつみ」病がさかんなころと思っておかしがっています。こっちではあまりつくしんぼなどは見かけません。この2、3日、とても天気がよく、あたたかで木々は一せいに芽を吹き出しました。昼は、サンドイッチをかって、図書館近くの公園のベンチでたべます。これが安くていちばんうまい。1ポンドかからないのだからね。

それでは。手紙はまだその後一つもつきませんが、小包はきのう届きました。でも留守だったので今日郵便局へとりに行きます。

望

P. S. 今しがた第2信が届きました。色々ありがとう。夏のロンドン旅行の件は、もう少しよく考えて、別にあしたの手紙にかきます。春菜はともかく、大地にはちょっとイギリスをみせてやりたい気もするんだよね。でも、時差と、飛行機の恐怖（こわいよ、ほんとに）とは彼の心には、大分負担かな、とも思うしね。またかくよ、ともかく。

4月20日

きのう、すっかり自動車の手続きが終りました。これもいろいろ勉強になりました。要点は、氏原さんをわずらわして、誤りのないようにたしかめてもらいましたから、御安心ください。こういうことについては、ちょっと用語やいいまわしが特殊で、僕くらいの英語力では、手も足も出ないのです。日本語だって対人、対物とか、自賠責とか、何万円まで免責とか、ちょっと特別でしょ。あの伝《でん》ですから、困りました。

その結果、しかし、保険の費用が、きわめて高いので閉口しています。それは、やはり外国人だし、このままでは、無事故割引などが適用されないからです。

車は、あちこちと不具合があるので、いちいち文句をつけて部品をかえさせたりしていいます。日本とちがって、ちゃんと整備して売るなんて上等なことはしません。売りっ放しです。だから、こっちもそのつもりで、スミからスミまで検分して、たとえば、エンジンをかけたとたんに、すぐ、これはプラグが一本だめだと分ったので、「このエンジンはプラグが1本だめになっている」と、たちどころに指摘したところ、連中渋々プラグを外して調べてみましたが、案の定4本とももう寿命で、その内一本は、殆ど死んでいました。そこで彼らもやむを得ず新しいのにかえてよこしましたが、さすがにトヨタのエンジンは、不死鳥のようによみがえって、きわめて好調に動きます。月曜には、もうだめなタイヤ（スペアにしてある）を一本、良いのと交換させる手筈になっています。

しかし、あきれたことに、こっちには、定期点検とか、そういう制度はないので、この車には、というよりも、ほとんどどの車にも、ロクなマニュアル（整備手帳・使用説明書のようなもの）がついていません。もちろん、もとはあったんだろうけれど、なくなっちゃってんだね、これが。従って、エンジンオイルの種類も、何もかも分らないので、いちいちこの車屋にきくわけですが、これがまた、いいかげんな奴で、何でもいいようなことをいいます。

そこで、これは、おじいちゃんに（注、当時父雄二郎はトヨタ財団の専務理事をしていた）お願いしたいのですけれど、

トヨタ　カリーナ　１６００ＥＳＴＡＴＥ　Ｖａｎ　１９７９年式

の、「使用説明書」を入手して送ってください。トヨタ自動車には、あるだろうと思います。親会社の方に。お忙しい所まことに申し訳ないのですが、コピーでも結構ですから、よろしく願い上げます。（←その分、冬にお見えのときに、充分御奉公しますから、この車で。どこへでもおともいたしますし、何分よろしくおねがい申し上げます、父上）

こっちでは、結局整備点検も各自自分でやるのがたてまえなのです。イギリス人は、割合に物事にルーズな考え方をするようで、まあ、「大体よければよかろう」ということらしいのです。だから、車検なんかも大変かんたんで、費用はあまりかかりません。税金はＶＡＴというういわゆる附加価値税だけで、日本のように、あれこれ重税をかけて苦しめるということはありません。それ故、１年間に約90ポンドを郵便局へ行って支払うと、その場で納税ステッカーをポイとくれて、おしまい。あとは、そのステッカーを窓に貼っておけばＯＫです。

しかし、いずれにしても車をもつのは、大変で、お金がとてもかかりますが、しかし、それは、その分便利で、あちこち自由に行けることを思えばしかたないことと思います。特に僕は車がないと、欲求不満になっちゃうのでこれは、必要経費です。でも、生活費は、十分足りるだろうと計算しています。１週間に50ポンドあれば、交通費まで入れても、まあまあやっていけます。僕などはぜいたくをしないからね。昼メシは、１ポンドですましちゃって、ちっとも不満はないのだから。

みなさま。

望

４月23日

カリーナ早くも故障か？

昨日、無事、山本さんたちの能公演が終り、その大荷物を、僕がホテルまで運びましょうということになって、さて荷をつんだところで、何だか、クラッチの具合がおかしくなってきました。よく切れないのです、一ぱいに踏んでもね。それでも、まだ暫くは、半クラッチぐらいまではなるので、なんとか辛くもギアチェンジが出来る、という状態です。

そこで、一まず、少しばかり荷物をホテルまで運んだところで、俄かに容態が革まり、一向ギアが入らなくなりました。しようがないから、ＡＡ（Automobile Association ―― ＪＡＦのようなもの）サービスを呼んでもらおうと思って、ホテルのフロントにいうと、「よした方が良い」という。どうしてかというと、ちょうど日は日曜、時は11時（夜中の）、こういう時間に、会員でないのに呼ぶと、

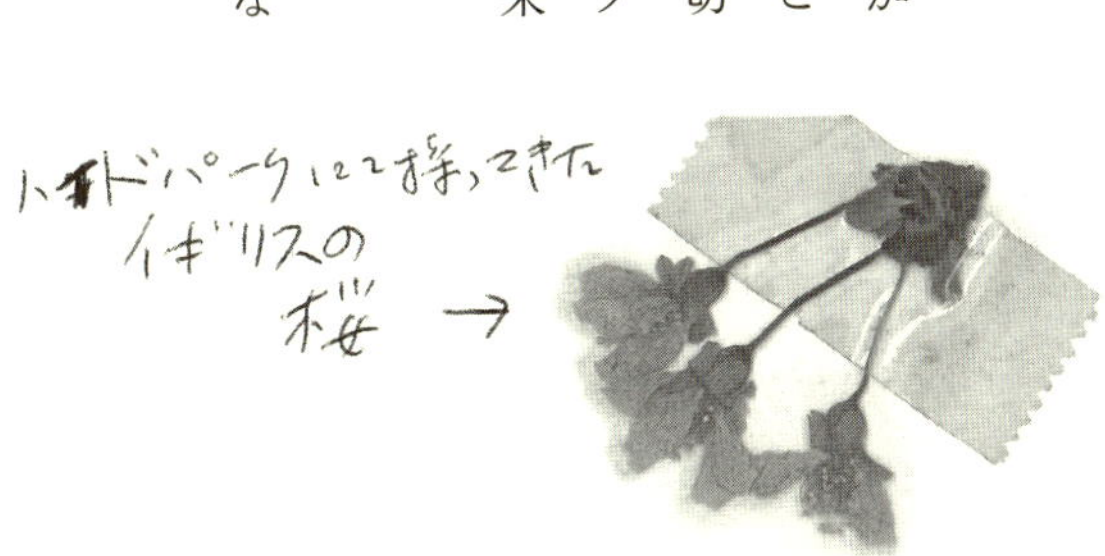

ベラボウな金をとられるよ、というのです。だから、この近くの路上に置いて、あした買ったところのGarage（車屋）に見てもらうのがよい、というわけです。

それもそうだと思って、再び挑戦してみると、こんどはまた辛くもギアが入ります。そこで、もうギアチェンジしないことにして、劇場まで戻り、最後の打あげをやってるところへおじゃまして、少し食べて、それから、山本さんが、SOHOの中華へ行こうよ、というので、またこの不調のカリーナにのって行くことになりました。

ところが、どうしたことか、少し休ませたら多少よくなっており、何とかギアチェンジも出来るので、ようようSOHOまで辿りつき、Parkingに入れて、またもや夜中の酒盛りにつきあっていました。こんどは、山本兄弟と、山本さんのファンというフランス在住の女の子二人それに、当地のレストランK屋のオーナーのアンチャン、それと僕、とこういうとり合せで、多少ごちそうをたべて、さて、帰ろうということになりました。もう夜中の2時すぎですが、けっこう、人はザワザワ歩いています。

ところが、こんどはもういけないのだね、カリーナが。ひとつもギアが入りません。悪戦苦闘の結果、やっとセカンドに入れて、もうチェンジはなしで出発。山本さんたちをホテルまで送り、そこで、もうほんとにクラッチがスカスカになってしまい、まったく切れなくなりました。つまり、止るとエンストしちゃうわけです。こりゃ困ったね。

エイ、しょうがないもう、セカンドにつないだまま、むりやりスターターを回して、しかし、悲鳴を上げながらも、カリーナは、けなげに動き出しました。あとは、ウチまでノーストップ、セカンドオンリーで帰らなくてはなりません。そこで青信号のときは、アクセルふんで急いで通り、赤信号のときは、ずっとスピードをおとして、青になるのを待つ、というう風にして半ばまで来たときに、どうしても信号が青にならないで止らざるを得なくなりました。案の定エンストです。また、つないだままかけようとすると、さっきの無理がたたって、セルモーターが殆ど回りません。いよいよ万事休すか、と思ったのですが、一度ニュートラルに戻し、エンジンを高回転で回してよく充電して、今一度トライしたところ、ガクガク、動き出しました。あとはもう必死。なんとか家までノンストップでつきました。

その間、(話は前後しますが) 劇場の近くで、ＡＡサービスの車がいたので、「これこれにつき、ちょっと見てくれないか」とたのんでみましたが (日本だったら、「しょうがないな」くらいでちょっとついでに見てくれるだろ)、まず会員になる手続をしなくちゃだめだ、というのです。それでそれにどのくらいかかるかというと、何やかやで50ポンドはかるくこえてしまうのです。その上サービス料をとられると、１００ポンドはとぶというので、もういいよ、と断ってしまいました。

かくなる上は、自分で、と思い、今朝、車の下へもぐって調べてみたところ、この車はワイヤークラッチじゃなくて油圧クラッチなのだね、それから暫く考えて、アッ分った、クラッチフルードが入ってないのだ、と気がついた。このクラッチフルードというのは、ブレーキオイルと同じものです。そういえば、クラッチオイルタンクが、空っぽだったことに気がつきました。ここへ、天プラ油でもなんでも入れちゃえば当座はちゃんと動くのですが、あとが大変だから、一まずこのブレーキオイルをかってこなくちゃ、と思ってテクテク買いに行きました。しかしね、今日は、イースターのナントカマンディといって、休日なので、店がしまってるんですよね、やっとあいてたインド人の店できくと、「ない」とつれない返事。

しようがないので、ともかく図書館へ仕事に行くことにして、半日仕事をし、帰りがけに、Golders Green の部品屋へ寄って、買ってきました。そして、トクトクトク、と入れてやったら、何のことはない、正常に戻りました。いくらトヨタだって、オイルがからっぽじゃ油圧クラッチの働きようがないというものです。さしものトヨタもイギリスへ来ると、朱にまじわって赤くなっちゃうのかと思いましたが、そうではありませんでした。

ただ、日本では、定期点検で、こういうところは、常にちゃんと補充しているので、こんなバカなトラブルはないのですが、イギリスはそういう制度がないので、ついつい車をだめにしちゃうのです。車もいくらか氏より育ち、であるかもしれません。次は大てい、ファンベルトが切れる番だろうと思って、これから、備えあれば憂いなし、ファンベルトを買いにゆくところです。しかし、自動車屋は、何とかかんとかいって、明日にならないと行かれないとか、どうも困ったやつらです。

というわけで、山本さんたちを見送ることも出来ずアクセクした1日でした。これも勉強さ。山本さんたちには、本当によくしてもらって、帰りがけに、いらないからといって、靴下から下着、各種日本食料（辛子明太子、ウナギまである）など、山のように置土産をもらいました。よくお礼をいっておいて下さい。今日は、それで、ウナギメシをたべます。では。

望

4月27日

ゆえあって、ほんとはこの手紙の前に、もう一通書いたんだけれど、それは1週間ほどあとになります。その「ゆえ」というのは、写真のネガといっしょに送るからです。実は、きのう、写真が出来てきたので、その一々に説明をつけた、ネガ入の手紙を書いたのだけれど、考えてみると、氏原さんの写ってる分は、焼きましして差し上げなければ、と思い、その焼き増しが出来しだい、手紙とネガを送ります。おたのしみに。

しかし、こっちの写真というのもあきれたもので、今日、焼増をたのみに行ったら、焼き増しは約一週間かかるというのだね。しかも、同時プリントは1枚9pぐらいで日本と変りないのに、焼き増しは1枚25pと約3倍する上に1週間、これは、どうしてかというと、全部のプリントだと機械でやるから安くて早いが、そのうち、何番と何番、というような部分的焼き増しは、機械で出来ないから、「手焼き」をする関係で、高くて遅いのだ、ということですね。あきれますな、イギリスという国は。今日は金曜ですけど、土、日は、職人が休みにつき、まあ来週の木曜ぐらいに来てみて下さい、というのです。これぞ English Mind の典型で、万事この調子です。どうして、焼き増しは機械で出来ないのだろうね、日本じゃ何だって機械で出来るじゃないか。それだから、（そんな不便な機械しか作らないから）日本製の機械に市場を押えられて失業者が出るのだよ。

で、あきれつつ、今日は、ロンドン大学へ表敬訪問に行きました。Brian Hickman 氏と、P. G. O'Neill 氏と両方にあって、仕事の段どりをうまくつけることが出来ました。London 大学の分は、全部自分で写真を撮ることになったけれど、実は、British Library の方は、まだ難航しています。なにしろ、官僚相手だから、あっちは。

ともあれ、これから、毎日、昼はロンドン大学でたべることにしました。今日あったヒックマンさん、オニール先生、いずれも、大変気持ちの良い人々で、ヒックマンさんは予想に反して、まるで、ボクシングかプロレスのチャンピオンみたいな、大柄なヒゲ男。オニール先生は、日本人のように小柄で、たいへんテイネイな、やさしい口調の日本語を自在に話す紳士です。それで、来週の水曜に一緒に昼メシをたべる約束をしました。近いうちに日本学科の Party があるので、そこへも呼んで下さるそうです。

ともかく、このところ好天続きで、すると、乾燥が甚しい。何でもあっという間にかわきます。まことに、「米欧回覧実記」に、「夏日ニ至レハ、頗ル清朗ニテ（略）空気ノ乾燥ナルコト、米国ニ異ラス云々」とある通りです。今夕は、ローストポークと、ジャガイモの丸焼きバターのせ、ニンジンのエンピツサラダと、かつぶしスパゲッティ、という夕食でした。

（このスパゲッティは今回の発明にして、すこぶる美味也）。

望

今、白インゲンをかってきて、しきりと煮豆をつくりつつあるところです。日本のとすこし姿がちがいますが風味は同じようです。OVEN で本格的に作る、皮つきバラ肉ローストはとてもうまい。

4月29日

昨日は中々愉快な1日でした。それというのは、いっぺんに2人のガールフレンドが出来たからです（といったって御心配は全く無用です）。

昨日の朝、僕が例によって、コインランドリーで洗濯をしていると、日本人のような女の子が大洗濯をかかえて入って来ました。ところが、どの機械も使用中だったので、彼女たちは、僕のつかっている機械の次の順番をリーチするというのです。英語しか話さないとこみると、日本人ではないらしい。それから、待ってる間、ボチボチ話をしてみると、一人は、Vivian Lai（頼麗花）という台湾人（これは、いかにも中国人らしい風貌です）、もう一人は、Annie Lao（劉恵芳）という中国系カンボジア人で、現在フランスに家があるという娘《こ》です。頼君は27才、劉君は23才といっていましたが、もっと若くみえました。彼女たちは、同じ部屋に住む所謂ルームメイトで、英語学校へ通いながら、学費をかせぐために、アルバイトをしているらしい。

それから、あれこれ話をしているうちに、林さんは、この近くのHampstead《ハムステッド》公園へ行ったか、というのです。僕が行ってない、というと、とっても美しいところだから、是非行け、という。一緒に散歩に行こう、とこういうことになって、昨日は、4時ごろから、彼女たち2人と、広大なHampstead公園へ散歩に行きました。

本当に見渡すかぎり緑の芝生がうねり、ごく稀に、人が、ポツポツと散策している景色は、まことに素晴しいものでした。しかも、この公園は、高台にあって、ロンドンの市街が一望です。この芝生と疎林の続く公園を歩き乍《なが》ら、彼女たちは、ずい分多くのことを話しました。

なかでも、Annieは、例の、カンボジア戦争のために、故国を捨てざるを得なかったその悲しむべき体験を、話してくれましたが、彼女のお母さんは、ついに、あの大下放《だいかほう》のときに、行方知れずになってしまったまま、もう何年も音沙汰なしだということでした。

「99％は死んだと思うわ。でも1％は生きてるかもしれない」と彼女はいうのでした。Annieは、何とたとえたらよいか、一種、中根千枝さんのような顔をした、一見したところでは全く日本人みたいな娘ですが、常はフランス語で暮し、英語も、美しい発音で、とてもよくしゃべります。彼女の妹も同じ家にいて、隣の部屋にすんでいます。

それから、Vivianが、今日は、自分が中国の家庭料理を作って、林さんをゲストとして招待する、というので、有難く招かれることにしました（相かわらず図々しいね、こういうことになると。例の、隣の家へ行って朝メシを食べてたという幼年時代そのままですよ）。

しかし、ただ食べるだけじゃつまらないので、作り方を教えてもらいたい、といって、作るのを手伝って、つぶさに勉強して来ました。すると、実に無雑作に、ちゃっちゃっと三種類の献立てを作ってくれましたが、どれも、たしかに旨いのでした。

一つは、酢と唐辛子でいため煮にしたキャベツの上に、ミートボールがのっているもの、次は卵とトマトとネギ（ニラのような）のいため、そしてひき肉と、キウリと、ニンジン、等野菜のこれもいためものなのですが、中国から送って来たという何とかいう調味料を使うと、たしかにあの、中華料理のうまみがあってなるほどナァ、と感心しました。こんど作ってみるよ。

彼女たちの住んでいる家というのは、一軒の大きな家を、何人もの若者が分けてかりているので（こういうのを Shared flats という）全部で13人の、いろんな国籍の住民がいるようです。その内訳は、フランス人、オーストラリア人、中国人、カンボジア人、ギリシャ人、ユーゴスラビア人、というところらしい。それが、共同で、台所などを使いながら、一種の、共同体を作っているわけです。若ければああいうのも良いな、と思いました。

しかし、おどろくべきことは、みな男女のカップルで住んでいることで、女同士というのは、Vivian と Annie のところだけだといって笑っていました。Annie の妹も、（これまた、いかにも東南アジア的な風采の子だけれど）、ジョーという、何人《なにじん》かしらないけれど、ボーイフレンドと同棲しているのだそうです。そのようにして、妹が男と同室で住んでる隣の部屋に、姉さんが他国人と一緒に、英語で会話しながら住んでいる。不思議だナァと思わずにはいられません。

この中国料理を作ったのも、みな共同の台所なのですが、そこへ、フランス人の青年が入って来て、料理をはじめました。ところが、これが、ただジャガイモの芽をとるだけ（皮もむかない）、それで、洗いもせずに、オーヴンに放り込んでおしまい。〝何作ってんの？〟ときくと、“Yeah! It's Baked Potato, very easy to make, but very nourishing《栄養がある》!” とかいって、上機嫌です。そうかもしれないけれど、これが〝料理〟といえるだろうか。

まあ、西洋人のつくるものなどその程度で、そこへ行くと、この中国娘 Vivian の料理は、大したものでした。これが、中国人の作った家庭料理に接したはじめての機会でしたが、作り方まで憶えたのは良かった。それから、また、四方山のことを話して、夜帰って来ました。三人とも英語は、まずボチボチで（Annie は一番うまいが）、時に、単語を思い出さないこともあり、すると、三人が三様の辞書を引いて、話のつじつまを合せます。Vivian は、英中辞書、Annie は英仏、僕は英和、という風で、しかし、それで十分に話が進んで行くのでした。

外国人でも、西洋人はなかなかつきあいにくいけれど、やはり東洋人は、どこか気安いところがあります。二人とも、とても気立てのよい娘で、たのしい一日でしたよ。

今日、天気がよいので、しきりに車をいじくり回していたら、三軒くらい隣の家のオバサンが出て来て、陽気にあいさつされました。マリアンというのだそうです(45才くらいかな)、それで、自己紹介して、暫く話をしました。だんだん、ここの生活も板について来ます。

あたたかな、好い天気がずっと続いています。雨の多い日本の春とは、全く対照的で、晴れとなったら、徹底して晴れなのですね、こっちは。毎日、よく晴れて、今日など10時間もねていました。信じられぬくらいです。従って体調はきわめて好調です。春眠暁ヲ覚エズ!

望

皆様

5月1日

父上へ

父上からの御状、毎々まことに楽しく、かつためになるなァと思いつつ拝読いたしております。申し合わせたように、父子で同じことをするってのが不思議です。血は水よりも濃いということかね。

いつも、夕方になると、大家さんとこの二人の男の子がギャーギャーけんかして、たいていどっちかが泣きます。それで、Rosen 博士が、声をはげまして、子供を叱っている声などきこえ、思わず、東京の家を想い出《い》でて、ほほえましい気がします。このところ、毎日 Dr. Rosen と一緒に通勤しています。Rosen さんは、いろいろなことを教えてくれます。しかも、簡単な言いまわしで、分りやすく冗句ばかり言うので、それにたのしく笑っていると、何だか、とても英語が達者になったような錯覚におちいります。

Dr. Rosen は Bentham 研究の世界的学者なので、こんど、日本から、彼のもとへ、研究者が来るのだそうです。この人は、土屋さんといって、明大の先生らしい。

ところで、今日、British Library で、一人の学者と知りあいました。この人は岡野さんといって、中国隋唐代の律令の研究家で、当地の敦煌文書を調べているのです。それで、どうも日本人らしいと思っていたら、今日、向うから声かけてくれて、互いに自己紹介しました。そのあと、お茶をのみ乍らいろいろな話をしましたが、この人は斯道文庫へもちょいちょい勉強に来ていたそうで、そういえば一、二度は見たような気がせぬでもありません。彼は仲々好感のもてる学者で、良い人と知り合いになったとよろこんでいます。

で、この岡野さんが、こんど自分の友達が Bentham の研究のためにこっちへ来た、という話をするので、その人は土屋さんというのじゃないか、ときいたら、そうだというわけです。それなら、私のとこの大家さんはその方の指導教授となる Dr. Rosen ですよ、といったら、すっかり喜んで、奇グウだねえ、ということになりました。まったく、それからそれへと人間関係が豊かになります。

大英図書館の複写については、一向にラチがあきません。担当者が、ヒステリーみたいなオバチャンで、閉口します。しかし、なお、しつこく、粘りに粘って交渉を続行中です（こうなると、こっちも、Dr. Abe 阿部隆一先生の弟子だから、なかなかしつこい）。

今日、British Museum を見学してきました（昼休みにちょっと一部分だけ）。これから、少しずつ、じっくりと見物して来ましょう。まことに『米欧回覧実記』に「苟モ学ニ志シ、業ヲ研スルノ人ハ、男女ヲ論セス、科課ヲ疑セス、ミナ人ノ来観シテ益ヲ獲ル所ナリ」といってあるとおり、その蒐収の莫大なる、その保存の善美なる、その陳列の精緻なる、その解説の周到なる、言語に絶するの感があります。これに比すれば、上野の国立博物館など、その及ばざること、数十等、まさに、ホワイトハウスと、小金井市役所くらいのちがいがありますな。ウーム。

しかも、これが全く無料で、陳列品たるや全部真物、世界の唯一の珍品など、惜しげもなく陳列して、写真をとったってOKだし、もう、これには、脱帽しました。けれども、今日、行ったら、ちょうど、爆弾を仕かけたという脅迫電話がかかったとかで、四方閉門して、戒厳していましたが、これはウソのようでした。とにかく、百聞は一見にしかずというもので、しかし、こういう大組織相手に、交渉しているわけだから、ちょっとやそっとでラチがあかなくても当然だとも思います。

今、2階から、Rosen博士のおだやかな声がたんたんと聞えてきます。これは、博士自らが、子供たちの枕許で、本を読んでやっている声です。西洋人だって、心ある人は、こうして、子供をねかしつけるのです。それが、落ちついた、とても格調高い朗読でね、ときどき、シャッ、シャッとページをめくる音がします。それがいつのまにか静かになると、子供たちは寝てしまったのでしょう。

Mrs. Rosen もおだやかなお母さんで、私は、彼女が大声だしたりして、子供を叱りつけてるところをきいたことがありません。だから、子供たちも、とても良い子です。

この一事を以て、この下宿の雰囲気をお察し下さい。

では、また。

望

父上、

皆様

5月3日　大英図書館の〝厩火事〟の巻。

〝厩火事《うまやかじ》〟という落語を知ってるかい。厩が火事になったときいて、〝お前、けがはなかったかい〟ときいた唐土の仁君と、馬を惜んだ麹町の殿様との違いをテーマにした話ですが、ちょっとそれに似た体験をしました。

毎日、大英図書館で仕事をしているわけですが、調べるのに必要な、大部な辞書（国書総目録とか、日本国語大辞典とか）を、山のようにブックトラックにのっけて、僕の座っているデスクのわきに置いてやっています。これは、いつも、朝行ったときに、出納台の脇から、ゴロゴロ押して来て、デスクの脇にセットするわけです。そうして、夕方帰るときに、またゴロゴロ押してって出納台のところまで返しとくことになっているのです。

最近は、ここの人達とも、みな知りあいになって、みな大変よくしてくれます。

さて、ところが、このブックトラックが、例のイギリス式で、殆どこわれかかってるような旧式の奴なわけです。しかも、彼等は、わざわざしゃがんで下の段にのせるようなことはしないので、大部な奴が上段につんであると思しめせ。だから、とても安定が悪い。いつも

「これが朝夕の良い運動さ」などと軽口をたたきながら、このこわれかかったブックトラックを押してゆくのですが、しかも、下がジュータンなんですね。

で、今日、つい油断したひょうしに、これが、まるっきりひっくり返っちゃったのでした。おっと、と受けとめようとした拍子に、軽くつき指はするわ、足の上にかたい辞書が落ちるわで、大さわぎでしたが、そのとき、出納台にいた係員も、出入口の警備のおじさんも、一せいにかけよって来て、本のことなんか何もいわないのです。

それで、「大丈夫か、けがはないか、指は痛くないか」と、それは親切にきいてくれます。それで、「だいじょうぶ、だいじょうぶ」というのを確認してから、それから本をつみ直す、というわけでした。こっちは、本がちょっと傷んじゃったりしたので、さかんにあやまりましたが、「なーに、そんなことは、全然問題じゃない。けがさえなければ、それでいいんだ」と口々にいいます。これは、あの〝既火事〟の唐土の仁君の方だなァ、としばし感心しました。こういうところが、イギリスという国の面白いところです。日本だったら、大抵、窓口の奴がいやな顔するだろうがね。

今日は、夕方から、中耳炎風に耳が痛い。それで、明日G．P．（General Practioner の略、Home doctor）へ行こうと思いますが、こっちの医者は金がかからない代り、全部予約制で、Rosen さんにきいたら、よっぽど痛いようなら、“Urgent（緊急）”だといって、“Pain is very severe!" といわなくてはいけない、とおしえてくれました。もしまだ我慢出来そうだと思ってただ予約すると、たぶん来週の火曜に来いということになるよ、というのです（今日は木曜日）。これがイギリス風です。そういえば、今日、うちの庭に捨ててあったこわれた皿洗い器を、粗大ゴミ係が回収に来ました。それで、Rosen さんがいうには、あれは、3月のはじめに、取りに来てくれと申し込んだのだよ、というのです。「今日は5月の3日だよ！」というので大笑いになりました。

ところが、これも、特別に緊急料金というのを払うと比較的早くとりに来るのだそうですが、「そんな金払うほど金はないしね」といって彼は肩をすくめてみせました。

この調子ですから、図書館の写真についても、中々ラチがあかぬ筈で、今日、行く道々、そのことを Rosen さんに話したら、どうかすると、書類を出してから裁可が下りるまで、6ヶ月位はかかることがある、というのです。「ケンブリッジから、写真とりに帰ってくれば？」といって、これまた肩をすくめて笑うのでした。彼のオフィスでは、やはり半年前に、新しいタイプライターを注文したのだそうですが、それがどこで何をしているのか、一向にオフィスまで到着しないそうです。"be patient"（しんぼうづよく！）といって彼は、この気の短い東洋人にさとすのでした。

Dr. Rosen 一家は、明日の朝からまた4日程 Devon の別荘へ行ってしまいます。それで、金魚とイモリ（イモリは Newt《ニュート》 というんだね）をあずかることになりました。

同封の紙は、大英図書館のトイレットペーパーです。こんなものに「Government Property（政府所有財産）」と麗々大書してあるには、まったく便器にこしかけて、大笑いしました。これがイギリス風です。

では、今日はこの辺にしときましょう。耳が痛むぞ、ウーム、これは。

望

大英図書館のトイレットペーパー（次のページ）

←

←

大英図書館のトイレットペーパー
GOVERNMENT PROPERTY △

5月4日

しかし俺も、よくあきもせず手紙を書くなあ、と自ら呆れつつまたもや書きます。

今日もまた、中々愉快な一日でした。

今日は、例によって、図書館で仕事を続けていると、終りごろ、Brown さんがやって来て、マイクロフィルムの件はうまく折合いがつきました。結局、大英図書館の分は、向うの複写室にまかせることにしましたが、こっちの希望通り、部分的マイクロフィルムを作ってくれるそうです。それで、料金は一コマ18p（60円くらい）ですから、そう高くもなく、思ったとおりに行きそうです。それで、急にやる気がモリモリ出て来ました。昨日から、調査は本腰を入れてバリバリはじめました。

　それから、終ったあと、明治大学の岡野助教授と一緒に帰りましたが、岡野さんが、今日、ウチへ来ないか、というので、一旦帰って、車に岡野さんをのっけて、彼の家へ出かけました。これは、Golders Green の外れの方の静かな、きれいな住宅地で、エリザベス朝風の、ハーフティンバー様式の彼のフラットは、これまた広々としていて、美しく、家具はみな骨董品です。しかし、電気製品まで骨董品なのでこまるよ、と彼はこぼしていましたが何しろ、広いへやが4つぐらいあって、バス・トイレ、洗濯機なんかまでついていて、もちろん電話もあって、それで80ポンド(週あたり)とは、まったくおどろくほど安い。しかし、彼にいわせると、林さんのフラットの方が便利できれいでその割に£60pwは安い、というのですが。

それで、岡野さんの奥さんの手料理をたらふく食べて、(紅焼牛肉、煮玉子、椎茸の煮物、ブロッコリー、キウリの酢の物、蒸肉団子、野菜サラダ、トマト、吸物、ごはん、タクアン、アイスクリーム、コーヒー、お茶)、とまあ、このように、十分に満腹にたべて、それから、岡野さんと、大いに談じて、愉快に帰って来ました。

岡野さんは、法制史家ですが、一種文献学者でもあるので、大へんに話が合い、良い人です。ところで実は、彼は早稲田の法科の出身だということが分りました。ほらみろ、やっぱり早稲田の人なんだよね、良い人ってのは、大ていね。

さて、今朝、手紙うけとりました。「7通目」のやつです。

夏のイギリス旅行についてですが、もちろん、パック旅行の必要性は全くありません。飛行機だけの往復ディスカウントで来て下さい。そして僕のフラットへ泊って、一緒に見物して歩けば良いさ。一週間位、図書館の方は休みます。

大地の方は、相変らず悠々たるペースのようで、大慶です。そんなにあわてることはないさ。くれぐれも俗論にまどわされないように。まあ、心配はないと思いますけど。春菜の方は、どうかなァ、とは思うけれど、これは、駄目なら駄目で、あの春風駘蕩たる人柄というか、天地悠久な風格というか、とにかく、のんびり、おっとり育てれば良いさ。女の子だからね。頭の良し悪しは、計算の速さでは決らない。そのうち、大地の真価が頭角をあらわすものと信じてよろしかろう。僕らの子供だから、決して心配はいらないよ。

その後、だんだん色んな人が手紙をくれます。谷脇理史先生がわざわざ励ましの手紙を下さいました。また、エコノミスト村の村野さん、奈蔵など、次々に来るので、毎朝ポストを見るのがたのしみです。奈蔵の手紙によると、成田でアナタがちょっと泣いたろ、あれがよかった、といってまたぞろ感心しておりました。しかし、奈蔵も僕がいないと、張合い抜けして力が入んないそうです。それじゃ。

望

太地へ、

太地は、さんかん日のあと、横浜のおばあちゃんに、けいさんのれんしゅうのべんきょうをたっぷりしてもらったんだってね。よかったね。べんきょうは、ちょっとくたびれるかもしれないけれど、えらい人になるためにはしかたないさ。おとうさんだって、イギリスで、ひとりで、しっかりべんきょうしているのだから、太地もまけずにがんばれよ。また手紙くれよ。まってるよ。ギターもがんばれ。アルペジオ、むつかしいぞ。　5月4日　おとうさんより

郵 便 は が き

料金受取人払郵便

神田局
承認

469

差出有効期間
平成27年8月
31日まで

101-8791

511

東京都千代田区
神田神保町1丁目17番地
東 京 堂 出 版 行

※本書以外の小社の出版物を購入申込みする場合にご使用下さい。

購 入 申 込 書

〔書　名〕	部数	部
〔書　名〕	部数	部

送本は、○印を付けた方法にして下さい。

イ.下記書店へ送本して下さい。
(直接書店にお渡し下さい)

(書店・取次帖合印)

書店様へ＝貴店帖合印を捺印の上ご投函下さい。

ロ.直接送本して下さい。

代金(書籍代＋手数料、冊数に関係なく1500円以上200円)は、お届けの際に現品と引換えにお支払い下さい。

＊お急ぎのご注文には電話、FAXもご利用下さい。
電話 03−3233−3741㈹
FAX 03−3233−3746

◆愛読者カード◆

*本書の書名を
ご記入下さい（　　　　　　　　　　　　　　　　　　　　）

ご芳名《フリガナ》	年齢　　　歳	男 女

ご住所　　　（郵便番号　　　　　　　）

電話番号　　　　（　　　　）

電子メール　　　　　　　　@

ご職業	本書をどこでご購入されましたか。
	都・道 府・県　　区 市　　書店

◇お買い求めの動機をお聞かせ下さい。

A 新聞・雑誌の広告で（紙・誌名　　　　　　　　　　）
B 新聞・雑誌の書評で（紙・誌名　　　　　　　　　　）
C 人に薦められて
D 小社のホームページで
E 書店で実物を見て
1.テーマに関心がある　2.著者に関心がある
3.装丁にひかれた　4.タイトルにひかれた

◇本書のご感想、お読みになりたいテーマなどご自由にお書き下さい。

ご協力ありがとうございました。

ご記入いただきました情報は、弊社の愛読者名簿に登録し、今後新刊をご案内させていただく場合がございます。

つきましては、愛読者名簿に登録してよろしいでしょうか。
□はい　□いいえ
なお、上記に記入がない場合は、「いいえ」として扱わせていただきます。

はるなちゃんへ、

えいがを、おにいちゃんやおかあさんといっしょに見にいって、おもしろかったでしょ。まいにちりまちゃんとあそんで、たのしいでしょ。おとうさんは、としょかんというところで、いつもおべんきょうです。おにいちゃんと、けんかしないようにね。げんきでね。またおてがみ下さいね。

5月4日　おとうさんより。

5月6日

送金等について連絡します。
車以外にはあまり金をつかっていませんので、収支は現在以下のとおりです。

三菱銀行　口座
入金合計　£　5813.02
支出合計　£　2483.50（含車代　→　TAX・保険含めて）
残高　　　£　3329.52
（この他に Amex で使った分若干）
さて、次に、新しく開いた口座の番号は下記の通りです。
Williams & Glyn's Bank plc, Lombard Street Branch.
口座 NO. ＊＊＊＊＊＊　N. HAYASHI
この口座は、当座預金で、小切手帳と、オンラインカードが使えます。これは現地銀行ですから、イギリス各地、どこでも、いつでも利用出来るので大変便利ですから、日常の収支は、今後はすべてこの口座を使います。三菱の小切手は、Cheque Card という保証カードが附帯していないため、殆ど使うことが出来ませんが、こっちの方は、（ふつうは、半年以上無事故の実績をつまないとこの Cheque Card を発行しない規則だそうですが）、氏原さんの保証のおかげで、Williams & Glyn's Bank 小切手帳も、オンラインカードも、直ちに使うことが出来ます。

そこで、以後は、こういうことにしたいと思います。

（1）三菱の口座は、現残高のまま凍結して、これを、三菱財団からの助成金とみなし、専ら、写真、複写関係の費用に充当する。

（2）そちらからの送金は、Williams & Glyn's の口座あてに振込んで下さい。とりあえず、日常の支出のために£２０００、振り込んで下さい。

こうでもしないと、収支が錯綜してしまって僕の能力では収拾がつかなくなり、かつ、三菱の方は、収支決算報告を提出しなくてはなりませんし、かつは、あとどの位残っているかが分らないと、計画がたてにくいので、右記のように、口座を分けて使うことにします。もっとも、Williams & Glyn's の方へふりこむのに、よっぽど法外の手数料をとられるようなら別ですが、まあそんなことはないと思います。

それから、そうすると現在までに、生活費の方だけで、£２４８３（車代も含め）、使ったことになるわけですが、使えるお金は、あとどの位、日本に残っているかということを、大体計算して、送金の都度、こっちへ報せて下さい。それらをにらみながら、こっちは色々計画をたてます。帰りはHawaiiまで片道分とっとけばよいので、まあ15万もあれば足りると思います。ヨーロッパ出張の往復は、片道５０００円の、バスで行きます。この方が、こわくないし、景色は見物出来るし、安いし、一石三鳥です。ただし、ドーヴァー海峡渡りのフェリーで、多少待たされて、時間はかかるのだそうです。

なお、こちらは、スーパーでの買物でも、ガソリンスタンドでも、何でもかんでも、殆どの人が小切手で払う習慣で現金は余り持ち歩かないことになっています。それですから、送金の方よろしく、すみやかにおねがいします。

氏原さんの説では、今後も、円高傾向が続く見込みだから、いっぺんに送金しないで、出来るだけ日本円のまま持ってた方が、ずっと得だということです。これによって、当座預金でも、定期の利子なみの為替差益が出るのだそうですよ。

もっとも、氏原さんは、そういう見通しによって、何十万かの日本円を、タンス預金していたのだそうですが、2~3日前に、泥棒に入られて、みなもってかれてしまったそうです。本当に、他人事《ヒトゴト》かと思ってたら、泥棒は多いんだねえ、と嘆いていました。このドロボーは、家の裏手の小窓から侵入して、現金、小切手帳、パスポート等をとって、悠々とズラカッたそうですが、パスポートなどは、Black Market があって、偽造に使われるらしいとのことでした。何だか恐ろしい話だね。

今のところ、ウチは無事ですが、Dr. Rosen の話では、この辺もたくさん泥公がいるのだそうで、彼自身は、間借人を置いとくのは、その留守番役という含みもあるらしい。しかも、一家で別荘へ行っちゃってるときは、居間の電気スタンドが、タイムスイッチによって、点いたり消えたりする仕かけにして、あたかも人が住んでいるようにみせかける策を講じてあります。考えるもんだね。

青木先生から手紙が来て、こないだ子供たちとお伺いしたときの、子供2人の写真が同封されていました。とてもよくとれていて、とくに春菜のポチャポチャした感じがうまく出ているので、机上にかざってあります。大地も、珍しく、にこっと笑ったところで、利発そうに写っています。

望

とも子さま

5月7日　CAMDEN TOWN の青空ボロ市

昨日、床屋へ行こうと思って二つとなり町のCamden Town《カムデンタウン》というところまで行きました。ところが、こっちの床屋は、日曜は休み（！）（すると、イギリス人は、勤めを休んで床屋へ行くらしい）。

しかし、その代りに、偶然、この町の日曜ボロ市というものを知ることになりました。Camden Townは、古くて、少し荒廃した、あまり感じのよくない町で、ふだんは、ガランとしていますが、この町から隣のCHALK FARM《チョークファーム》という駅までの間の、CAMDEN HIGH ST.という道に沿って、きのうは、どうしたわけかすごい人出でごったがえしている。珍しいな、何かあるのかなと思って注意してみると、両側に、ずーっと、青空市が立っているのでした。このため、この道の両側は、ぎっしりと車がとまっていて、なかなか空いたところがない。

しかたがないので、もう、交差点の中みたいなとこへ、ポイと駐車して、見物に行きました。（こっちでは駐車違反は、Traffic Wardenという専門の役人がやりますが、これは、平日の9〜5時、土曜午前中、しか勤めないので、従って、それ以外の時間と、日曜休日は、どこでも駐車ＯＫみたいなものです。あの山高帽の Scotland Yard のおまわりさんは、いつも二人組になって、いく分胸をそり反らせ、手をうしろに組んで、何やら、哲学的命題でも討議しているような顔で散策〈これは本当にそういう感じで歩いている〉しているだけで、駐車の取締りなどは全くしません）

この青空市は、毎日曜に立つそうですが、これは面白い。父上などは、一日中でも見物してあきませんよ。きっと。こんど御来英の折、御案内します。そこには、古着屋（これが一番多いかな）、骨董屋（というよりガラクタ屋か）、アクセサリー、金物屋、果物屋、菓子屋、古本屋、靴屋、古靴屋、布地屋、レコード屋、など、ありとあらゆる店が蝟集し、その一つ一つは、1坪ぐらいの小さなテントですが、それが、何十何百と続く様は、まことに偉観です。

そして、この市場は、一種、例のパンクの連中の集り場所になっており、売る方も買う方も、半分以上パンク風のアンチャンネエチャンたちで、これがまた、独特の見物になっています。そこへ、パンクの兄チャン5人組くらいの移動楽隊が出没して、あっちこっちと、次々場所をかえながら、ジャズともロックともつかない、なにやら名状しがたい音楽をやる、すると、これが、ヤンヤの喝采で、投げ銭がポイポイとびます。

全く屋外のテント市場のほかに、処々「Indoor Market」とかいた札が出ています。これは、屋内の市場ですが、入口は、本当にせまいので、人をかきわけて入ってみると、大体は、古い劇場とか、工場のあとの廃屋などを利用したもので、中は、複雑怪奇に入り組みながら、入口のせまさからは想像も出来ない位、延々と小店が続いています。その中には、どう見ても、そこらのバァさんが、自分ちにあるガラクタ、（古いラジオとか、古いキャンデーの缶とか）を、手当り次第にもって来て並べてあるとしか思えないようなのもあり、そこでバァさんが、来るあてのない客を待ちながら、ただ呆然と座っているなんていうのもあります。骨董屋も、大方、こういう、本当に、あまり骨董的価値のあるものは多くなく、いわば、古くてボロいものを好む、という趣味の人に向いているようです。古いレコード屋などは、古い時代のジャズ盤などを、ずい分安く売っており、大方一枚2ポンドくらいです。

しかし、何といっても一番は、古着屋で、よくもよくもと思われる位、無限に古着が集められています。しかしそれは、本当に古着で、ボロく汚ない。型などは、まず大体崩れてしまっています。が、そこが良いのですね、こっちの連中にしてみると、型崩れし、体に合わないようなジャケットだとか、コートなんかを、グズグズに着て、手垢で光った中折帽を横っちょにかぶり、右と左で色の違う靴下に、安っぽいピンクのビニール靴、（または皮の破れかかったハイヒール）、それで髪は、赤だの緑だのに変テコにそめておっ立て、目の回りだの、どうかすると、おでこやホッペタなんかに、絵や字なんかを書いたりして、スーパーマーケットのビニール袋に、トマトなどを入れて、時折これをかじっては、ポイとすてる、こうい

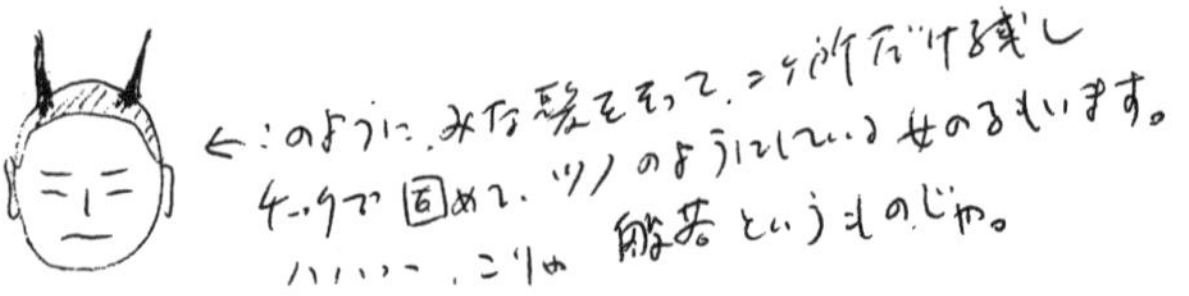

うのが、こっちの最先端の風俗ですから。そこで、連中が変テコに髪を染めるための、髪染めなども売っていましたが、これは一見ゼリー状で、どうもカンタンに染まるらしい（もっとも彼等の多くは金髪だから染めるのは容易です。日本人ではこうはいくまい）、これらはCrazy Colourといって、いろいろあります。

このように書くと、いかにもいかがわしい、危険な場所のようですが、そんなことはありません。全く危険などは無く（ただし、雑踏しているから、スリくらいはいるかもしれない）、ヒマつぶしにはもってこいです。父上などは、古い民芸品など、いかにも面白いものも多く、是非一見の価値があります（インドやアフリカなんかの民芸品の古いやつは、植民地だった関係か、たくさんあって、これらは安い）。僕は殆ど金をもっていなかったので、あまり買いものは出来ませんでしたが、本物の毛皮の（多分ムートンか何かでしょう）、とてもあたたかい、室内ばきを買いました。3ポンド50p（約1000円）でしたが、冬にむけての用意です。これは婦人用らしく、小さくて丁度よい。靴が一足しかないので、運動靴でも良いから買おうと思って努していますが、こっちの奴は足が大きく、日本のサイズでいうと25

センチ以上しかないのが普通で、24か24・5に当るようなのは、例外的に置いてある程度で、困ってしまいます。とりよせるにはまた例の「三週間待ってくれ」式で、イギリスは、アーア。

望

P．S．家具の骨董屋も多く、こりゃ素適だ、と思う、古くて太々とした足のドッシリしたテーブルなんか£１４５くらいで買えますが、輸送費がもっとかかっちゃうからなあ。それさえなきゃ、いくらでも、良い家具が手に入ります！

5月8日

今日、君が来るということは、Dr. Rosen にいっておきました。「構わないか？」ときいたら、いつもの、歌うような抑揚をつけて「Of course!」といっておりました。それで、子供も一緒かときくので、いや子供は置いて Wife だけだといったら、「どうして、連れて来りゃいいのに」というのだね、彼は。しかし、「あの flat じゃ子供までは泊まれないだろ」、ときくと、「そんなことはない、ホテルに泊まること思や、十分、あそこで泊まれると思うよ」というんですね。そこで、飛行機の長旅は大変だしというと、「子供の旅なんかたやすいもんさ、大人の方がむしろ大変だよ、だって、子供は食べて、寝て、映画みて、全然問題ないと思うよ、自分も去年の夏、子供もつれてみんなでカナダ旅行したけど、何も問題はなかったよ」というのでした。だから、今からまた子供つれて来いというのではないよ、それは既定方針どおりでよいのだけれど、これで、Rosen さんが全く問題なく受け入れてくれる様子が分ると思います。

彼は、本当に子ぼんのうで、いつも早く帰って来て、とても善良な家庭人として夕方から夜をすごしています。それで、三日位休めるときは、いつも Devon という所の別荘へ一家で行ってしまいます。ここは、東京にくらべれば天国のような美しい住宅地なのだけれど、彼は、London は子供のためによくないので、少しでも多く Devon ですごすのだといいます。Devon には farm があって、鶏が走り回り、池があり、林があり、近くの牧場に牛がいて、自分たちで乳をしぼって飲むそうです。Devon では、壁にペンキをぬったり、窓を直したり、沢山仕事があってね、といって、彼はニコニコ笑います。

先週末、Devon へ行くので、僕が金魚とイモリをあずかったといったろ。あれのお礼というこことかと思うけれど、きのう彼はお土産に鶏の玉子をくれました。これは、庭を自由に走り回って、全く自然のエサで育てた奴で、薬だの、人工的なものは全くたべていない〝本当の卵〟（Real egg）だよ、といってくれた卵には、ニワトリが巣にしていたらしい雑草の葉がたくさんついていました。今日、それを早速割ってたべてみましたが、殻はガッチリとかたくて、なかなか割れない、黄身は、殆どオレンジ色に近く、グイッと盛り上って、白身も、粘度が高いようです。さすがに、この玉子は旨かったですよ。「勉強するのに精つけなくちゃね」と、奥さんの Maria さんは微笑むのでした。

大地も春菜も、ずい分活躍しているようだね。春菜が写真に向って話しかけるというところは、泣かせる話ですね。女の子は格別だねえ。今日、カムデンタウンの「カミユイ」という日本人の美容院へ行ったら、どうもやたら短かくされちまって〝おじさん風〟になっちまった。そしたら、奴め、「まあ、年相応でよろしいんじゃないですか」とヌカしおったぞ。もう二度といかない。それでは。

P．S．靴を2足買いました。1つは、カジュアルな薄い茶色のくつで、27ポンド余り、もう1つは、黒の当り前のやつで、14ポンド程でした。（どっちもイタリー製ですが、思わずタメ息が出るくらいはき心地がよい。伝統の力だね）

望

5月12日

今日（5/12）手紙うけとりました。大地と春菜が、よく二人であそぶというところ、いろいろ想像してたのしんでいます。

今週はなかなか良い一週間でした。食べるものは、結構手間かけて作り、この一週間のうちに、チキンカツ、トリガラのスープ、鳥のつくね、牛肉の佃煮、豚肉とビーフンのいため、そして今日は、ハンバーグステーキと、南アフリカ産サツマイモのあげたの、イングリッシュ・スプリング・グリーンとマッシュルームのバターいため、とこんな按配で、ハンバーグは、極めて満足すべき味であった。今週の料理は、大成功につぐ大成功で、大変よろしい。しかも、きのうは、夕方氏原さんからTELがかかり、ローストビーフが沢山出来すぎたからたべに来いという結構なおさそいで、いそいそ行ってついでにゆっくり風呂にまで入って来たあげく、夜中の1時すぎまでバカ話をして帰りました。「沢山出来すぎたから来い」というのが、こっちに気がねをさせないための、氏原さんらしい心づかいで、すべからくこういきたいものです。

仕事が順調なせいか、一時やゝ下り坂だった体調がすっかり戻り、また快食快眠快便つづきで、心配ありません。こっちでは、テレビもないし、ふつうの日は、本よんで、12時ごろねてしまいます。それで朝は8：30ごろまでゆっくり寝ている（寝られるんだね、これがまた）ので、体調は良いはずです。

こないだ、近頃は口の中を噛まないからそろそろやるころだな、と思っていたとたんに、手ひどく、左のホッペタの内側をザーーックリ、とかんで大出血、これは久しぶりの大事故でした。口の中じゅう血だらけ。……でも、不思議、こっちの水でよく口をゆすいでそのままにしていたら、口内炎にもならず、あっという間に治癒しました。以て体調の絶好なるを知るべし。

神鷹君から二枚つづきのハガキが来て、神田喜一郎先生が急逝されたことを報じて来ました。立派な学者は逝き、徒らに馬齢を重ねているような俗物は一向死なない。世の中は皮肉であるな、と思いました。

では、また。

望

5月13日

今日はまたなかなか愉快な日でした。

午後、今日は、Vivian Lai という例の中国人のガールフレンドと、そのボーイフレンドで、Stephen《スティーヴン》 Strange という、イギリス人青年が僕の日本料理をたべに来ました。今日は、鶏の水たき、キウリの三杯酢、シイタケとワカメの吸物、ごはん、という献立てでしたが、このスティーヴンという青年は禅などをする男で、日本びいき、二度日本へも来たことがあるとかで、片言の日本語も話します。

で、彼は、海苔とミリンを手土産に、あらわれました。全部本格的に作り、しかもこの作るプロセスを見せて、説明しながら作ったので、大変よろこんで、これがしかも全部大成功の味でしたから、おいしいおいしいと、山のような野菜と肉をみな平らげてしまいました。鶏は、丸ごと買って来て、自分で解体し、骨はスープにしました。野菜は、白菜（Chinese Leaves）、長ネギ（Leek）、マッシュルーム、しらたき、トーフ（本トーフで作った）、麩、という顔ぶれで、久しぶり、おいしかったこと。

Vivian は、杏仁豆腐を手づくりして土産に携え来り、これを食後にたべましたが、中華料理屋のとは全然違うのですね、もっと、ネッチリして、ちょっとおもちみたいで、あの杏仁の香りが遥かに強力、頗る結構でした。

それから食後は、虎屋のヨーカンと日本茶で清談にすごし、次回は、この Stephen 君が、イギリス料理をごちそうしてくれるのだそうですが、「僕はあまり料理はうまくない」といっていたから、恐るべきもんだな、きっと。

Stephen という男は、英語の先生をしたりしながら鍼師の見習をしているという風変りな、しかしとても気持ちのよい青年で、彼の英語は分りやすいので、とてもたのしかった。この分だと、こっちにいる間に、ずい分料理の勉強が出来そうです（スティーヴン君は家から5〜6軒のところにすんでいて、いわば「御近所」です）。

というわけで、今日は疲れたけれど面白い日曜でした。

望

5月15日

今日、Highgate（High Gate と切らないで、こういう風に続けて書くのが正しいのだそうです）の駅を下りて外へ出ると、一瞬あっと驚くほど若葉の香りがしました。こっちはすっかり寒の戻りで、とても寒いのですが、木々は一日一日と緑を濃くしてゆきます。それで、今日はさっと雨がふったので、こんなに葉が香るのかもしれません。

おじいちゃんおばあちゃんからの分や、写真を入れた11信まで届きました。そして今日帰って来たら、小包の配達通知が来ていました。明日とってこよう。おばあちゃんもじんましんが一向に快癒せぬのは困りものですが、やはり煙草をやめるのが最も必要な治療の一つと思います。あんなものは、やめればやめたで少しも苦しくはない。是非おやめなさい。（これは心から忠告しているのだから、少しは〝老いては子に従が〟うべし）。以上おばあちゃんへ。

昨日、帰宅すると、ドアのカギがかかってしまっていて開きません。これはいかなこと！と思って、もしかしたら、子供がいたずらして、内カギをかけちゃったのかな、と思ったりして、ブザーを鳴らしますが、一向誰も出て来ない。帰って来る道々、ずっと前の方を、ローゼン夫人と二人の子供が歩いていて家に入ったはずなので、どうして応答がないのか、さっぱり訳けが分らない。仕方がないので教授の帰るまで玄関先で待つことにしました（これイギリス流）。

やがて30分くらいすると、ノッポの教授が、コーモリ傘をふりふり帰って来ました。「ドアが開けられないんですよ、教授」というと、"Yes! Nobody can open it!" と平気です。彼のいうには、鍵がこわれちまって、奥さんや子供たちも入ることが出来ず、彼らはやむを得ず隣の家にいて、そこから大学へ電話をかけて来たのだそうです。家のドアがこわれたというので教授はとるものもとりあえず帰宅したというわけでした。

そこへ隣のおやじがやって来て、ペナペナしたプラスチックのカードを持ち出し、「これをその透間のところへさし込むと開くかもしれん。こないだテレビで泥棒がそうやって開けてたぞ」ってんで思わずみんな笑ってしまいましたが、これは、このドアは、泥棒よけに、それでは開かないようになっていて駄目でした。

よし、とばかり教授は、自動車から、いろんな工具をもって来て、ドアのモールを外すやら、あれこれやっていましたがどうにもあきません。かくなる上は、というので、大男の教授は、やや下って、ＦＢＩみたいに、長い足をふり上げると、5～6回蹴とばし、ついに、蹴破ってしまいました。そこへ、奥さんと子供たちが、ニコニコしてあらわれ、ようやく、家へ入ることが出来たのでした。僕は、ドアのガラスを破ってカギをあけたら、と言ったのでしたが、この国では、そんなことをすると、その修理に2週間もかかるのだそうで、ハッハ、結局、一番原始的な方法が一番良いのだよ、この国ではね。そして教授は、その蹴破ったところを、夜おそくまで、トントンやって直していました。

一昨日だったかに、Dr. I. J. McMullen から手紙が届き、6月1日に、Oxford の Nissan Ins. で開かれる、〝第二次大戦下に於ける、在米日本人ならびに日系人の強制疎開をめぐって〟と題するセミナーに招待されました。そのあと、St Antony's College での High Table Dinner というのにゲストとして招いてくれました。まさか、スピーチしろなんてんじゃないだろな、と今から戦々兢々としています。

私は、毎日、明治大学の岡野助教授と机を並べ、折々、互いに意見を交しつつ仕事をすすめています。彼の燉煌文書も、まことに見ごたえのあるもので、尽きせず面白く、彼は、日がな一日、同じところを、にらめっこして、読めない字を読もうと念力を込めています。で、ときどき「林さん、ここは、どうかなァ」、とかいって、一緒に見ます。

例の、プロレスラーみたいな体格で山本リンダのような猫なで声を出すヒステリーの女司書は、恐るべき咳をして、閲覧室中の人々の眉をひそめさせています。この人ほんとにヒステリーでよく電話でも怒鳴っていまして、そういうとき、前にすわったイギリス人の学者など、ふと目を合せて、口の端でニヤッと笑ってよこします。「またやってるよ！」という心かと思います。この女司書は、〝ジル〟とよばれていますが、これはちと凄じい代物でね。あとはみなとても良い人たちです。では、

望

5月21日

とうとうTVを買ったよ。といっても、近所の中古屋、（イギリスは、何でもセコハン屋があります。冷蔵庫でも、TVでも、電気レンジでも、洋服でも）で、50ポンドで買ったカラーTVだから（20インチ）、いつまで映るか、ヒヤヒヤものです。こっちは、しかし、ポータブルTVというのは殆どなく、大てい20インチ以上の大型です。ポータブルはないのかときいたら、日立のがあったけれど、125ポンドというのでやめた。

ところが、この、20インチのTVというのが、まことに呆れるほど旧式で、未だに真空管です。それゆえ、スヰッチを入れてから、音や絵が出るまでに、もう忘れちまうほどの時間がかかる。それから、おもむろに音がきこえ、やがて、中央に変なシマのようなのが現われたかと思うと、それが少しずつ広がって絵になる。チャンネルは4つしかない。これがプッシュ式なのだが、エラいデカいスイッチで、いわば「ガッチャン！」という音をたててプッシュすると、チャンネルが変る。

今、BBC（1）というのを見ているけれど、いかにも、Oxbridgeを出ました、というような顔したハゲ頭のジェントルマンが、絵にかいたような、スノビッシュな英語で、しきりと何やら議論を試みている。

由来、イギリス人は、議論が三度のメシより好きな国民で、何かというと議論をする。夜分などに、"SEX MATTER" などという題の番組があるので、スケベ心を出してみてみると、これがおどろくなかれ、SEX をテーマとする、各種の諸問題について、真剣に、大まじめで議論をしている。これがエンエンとやっていて、ある場合は、ホモのカップルが、出て来て、同性愛に於ける、同居生活上の諸問題というようなことを論じている、ある場合は、人生の黄昏をむかえた老夫婦が来し方をふり返って夫婦生活における危機とその克服というような事をやっている。もう、ひとつも面白くないばかげた番組で、凡そこの種の議論番組がとても多い。

しかしながら、とりわけ、イギリス風の発音に留意しながら、何ごとかを英語で論ずるのは、仲々おもしろく、僕も根っから口数の多い方なので、だまってるよりは、何か、見当はずれでもよいから、さかんに発言した方がたのしい。そこで、このところ、ずい分、自由にものが言えるようになってきました。

今や、サッチャーが画面に出て来て、グレートブリテンの加盟によって、ECは、ますます強力なものになったなどと、典型的な Queen's English で演説しておる。彼女の英語は、まことに分り易い。これに対して、労働党の大将が何かをいっておるが、これがまた、格調高くエゲレス風にやっているとこみると、やっぱり大インテリなのだね。なにが労働党か、といいたくなるようなスノッブ振りで、結局この国は、上の方の奴は、下の方の奴等とは、ついに無縁であるということが分る。ベランメエのコクニー男なんかは、こういう指導者階層には全く居ないものね。日本で、ズーズー弁の党首がいたりするのとは、根本的に違っている。

というわけで、語学の勉強のためという大義名分のもとに、大しておもしろくないＴＶを、たのしんでいます。実はね、Snooker のゲームをみるのが目的でＴＶをかったのだが、Snooker はまだ番組がない。

では、また。

望

5月24日 「イギリス料理ペッペッ」の巻

今日は、イギリス料理の1日で、まことに閉口しました。

朝は、ちょっと寝坊しちゃったのと食欲がないのとで、English Tea とコーンフレーク、それは良いのだけれど、昼前に、Yu Ying Brown 女史が現れてお昼を一緒にたべようと誘われました。こないだも Brown 女史と一緒に昼メシをたべたとき、全くもって閉口したので、今日も、ちょっといやな予感がしましたが、まあ中華でも行くならよかろうかと思ってついていくことにしました。

ところが、図書館を出たとたんに、「今日は、ちょっと新しいレストランへご案内するね」といってスタスタと行きます。ハテこれは、と思うまもなく、一軒の地下室のレストランにつきました。場内は若い人やインテリ風でムンムンするようです。「ここはね、Vegetarian の Restaurant ですよ。今ね、ロントンタイカクの学生さんや先生たちで、にぎわってるよ」(中国人だから、こんな風の日本語です)というのです。

入って、カウンターに並んでいるものをみて、「アー、こりゃ駄目だ」と思ったけれど、まさか逃げるわけにもいかないし、お世辞などいいつつ、たべました。

各種サラダの盛り合せ（5種類くらい盛合せて山のようにあるのだが、そのどれもどうしたらこう不味く作れるかと思うくらい）と、ライスコロッケ。――これがまた恐れ入った代物で、玄米の中に、何か、玉ネギとか豆なんぞが混ぜてあるのを、こね回して、団子にして、パン粉つけて揚げてあるのだけれど、ひとつも味がついていない。味がついていないばかりか、この玄米たるや腐りくさい臭いがする。

もう、ペッペというもんでしたがまんしてようよう1個たべました。あれは、全く言語に絶する食い物でした。その他にも、トーフで作ったチーズケーキ（！）とか、ジャガイモやらトーフなどのごぢゃ混ぜにしてあるピザ、変に赤い色に煮てある白いんげん、そのどれも、今思うだけで、ゲーーといいそうなものばかり。ま、しかし、我慢の極み、ようやくたべて、帰りました。

さて次は夕食。今日は、何軒かとなりの、スティーブン・ストレインジ君の flat で、例の、中国人、カンボジヤ人のガールフレンドたちと一緒に、イギリス料理 Dinner の夕でした。しかし、正確にいうと、Annie という、カンボジヤ系フランス人の手になるサラダなどが入っていますから、英仏混合ですね。献立は、

① アボカードの半切りを器とするカニのサラダ

② トマトを器とするサーモンとフルーツのサラダ
③ ローストチキン、ボイルド・ポテト、グリーンサラダ
④ フランスパン（ガーリック、レモン・ハーブ、ローステッド）
⑤ 杏仁豆腐（これは例の中国嬢の作）

→

→

（イギリス人にしては、これ、大ごちそう）

というところです。しかし、これは、昼のレストランにくらべれば遥かに遥かに上等の味で、それはそれなりによく出来ていましたが、ごらん下さい、サラダが三種類も入っている、そのどれもが、大きいんだね、どっさり。サラダ、サラダ、サラダ。もう、すっかりウンザリしますよ、こういうのはね。

そうして、どういうものか、あんまり味がついてないんだね、どれも、塩をかけると丁度良いくらいで、それが西洋流ということは知っていますけれど、やはり日本人の口には馴染みにくいところがあります。

で、結局、どれも半分位ずつしか食べることが出来なかったわけでした。

ただ、この Stephen 君が、面白い器でローストチキンを焼いている。素焼きの大きい蓋ものです（日本でも売っています）。これは、彼にきくと、Chicken《チキン》 Brick《ブリック》 というのだそうで、この中に、鳥一羽、野菜、水、酒、なんかを入れて、オーブンで焼くと、ちょうど蒸し焼きになるわけだね。それで、焦げもせずフーワリと、焼き上る。これはなるほど工夫だ、と思って、面白がって聞いていたら、「実は一つ余ってるのがあるんだ」といって僕にこの Chicken Brick をくれました。今度来たとき見せてあげよう。これで一度試してみようと思います。

それから、茶をやりつつ、雑談をして帰りましたが、中国人の Vivian が僕の手相を判じて、やや体が丈夫じゃないが、長命、裕福、名望を得る、とありありと出ているといって、感心しておりました。しかし、それにしても、イギリス料理は1日たべると、ウンザリだ。

では、

林望

（次回は、再び中国料理の予定です）。

5月26日

今日、書類一式届きました。お手数でどうもありがとう。

大地の作文は、相かわらず、列挙式ですね。中には、題ばっかりというのもあって、笑ってしまいました。よっぽどタネ切れだったのかね。

昨日、森武之助先生が手紙を下さった。それがまた、心肝に染みとおるような名文でね。こうかいてありました。

(上略)

貴君のロンドン暮しも、少しは落付いたと思います。異国での日々は古書籍と対面の連続でしょうが、たぶん楽しい日々だと思います。私など初めから、遊び半分の道楽気分でやって来たのですが、今、追憶すると、そのような日々は、一生のうち、悪い思い出を伴はない貴重な日々だったと、改めて考えられます。

なんといっても異国の事、十二分に健康に留意して暮らして下さい。　頓首、

五月二十一日　森　武之助

東京で皆さんが読んでも別にどうということもないかもしれませんが、こっちでよむと、森さんのあの顔、あの口調あの声などが想い出されて、本当に有難い気持になります。早速、研究の一部など披露した返事をかきました。

このところ、ロンドンでは、各種の展覧会、催しものが目じろおしで、僕も次々と見物に行っています。津田君が手紙をよこして、夏は、コンサートやオペラの類は休みになるから、今のうちに見るがよいとすすめてくれました。それ故、少し励んで色々見に行くことにしています。

昨日は、ドミニオン・シアターというところへ、モスクワ国立バレエ団公演を見に行きました。演目は「天地創造」"Creation of world"というので、誰の作とかそういうことは知りません。パンフレットなども買わないので分りませんが、筋は、しごく単純で、例のアダムとイブのリンゴを食べる話、つまり、〝愛〟をテーマとする舞踊劇で、分りやすいことはこの上ない。しかし、これには、些かならず感銘をうけました。さすがに、バレエってのは、こういうものなんだなあ、ということがよく分りました。体格が違うのね、体格が。そりゃもう、大した美しい体格で、男はアポロンの如く、女はヴィーナスの如くです。それが、訓練の極み、とことんまで鍛えつくした、素晴しく無駄のない躍動をする。その手の曲がり、足の開き、軽くとび、大きく跳ね、一の捨つるべき動きがない。全く感心しました。この公演は、トリプルキャストで、昨日見たのは、その、ナントカカントカスキー、とナントカコーワ、というような名のバレリーナ主演でしたが、そんなことはどうでもよい。名前を憶えたりして喜ぶのは愚か者のわざです。全部で2時間余りでしたが、少しも退屈せず、終りには、つい大拍手をしてしまいました(日本のみたいに、義理拍手じゃなくってね)。

Dominion Theatre は、立派な劇場で、イギリス風に古典的にしつらえられた場内は、もう満席です。入口では、(なにしろソ連が相手だから)厳重なチェックがあって、爆弾などを持っていないかどうか調べられます。そのうえ、"security" というバッヂをつけた屈強の衆が至る所に立って警戒をしているし、公演の間中、舞台を背にして、つまりずっと観客席をにらんで監視する男たちが何人も並んでいます。こういうときも、例のスコットランドヤードの山高巡査は、あまり活躍をしません。あれは一種の装飾物ですね。きっと。

場内は、いずれかといえばやはり女客が多く、男は大てい婦人に伴って来ているようで、僕のように、男独りでというのは少ないようでした。僕の前にすわったのは、なに人《じん》とも知れぬバアさんの一連隊で、フランス語を話しているようだったけれど、それがややドイツ語風でもある、スイス人でもあろうか。とにかく、オーバァデコレーションの銀髪婆さんの5人組で、これが、一々何か、したり顔でささやきあうのが面白かった。悪魔が出て来て、アダムとイブを誘惑する所作をする、すると何か、ヒソヒソ言いあいうなずきあいます。「あれはね、誘惑してるのよ、ホラホラ、あの、リンゴをね、まァ、うまい所作だことねェ」とでもいっているのであろうと思いましたが、こういう、バァさん達の観劇風景というのは、東西共通のものがありますね。この銀髪の西洋婦人をみていると、何がなし、宮村のおばあちゃん（注、筆者の母方の祖母）の、10年前くらいの姿がホウフツしました。あの人は、どっちかってと、西洋に住んでた方が似合うね。

ところで面白いことに、善玉の〝神様〟や〝天使〟といった配役の人よりも、〝悪魔〟と〝悪魔の妻（?・）〟（She-Devil というのだが）の配役の人の方が、ずっと美形で素晴しく上手です。だから、見ている人は、この特に女悪魔の美しさに胆魂《キモダマシイ》も奪われるような気がします。色がもう滅法白くて、そこへ黒いレオタード、優しいいい顔しててね、スタイルなんかい、ということが、たしかに分る。そこに、〝愛〟というようなもの、エロスというようなものの、一種のパラドクスが存在する、と、この劇は教えているようです。しかも、西洋人にとっての〝愛〟は、一つの確固たる〝形〟であって、漠然たる幻想の如くではないのだ、ということをこれは主張しているように見えました。ともあれ、平たい顔の日本人が、わざとらしく大げさに塗りたくって、短かい足をふり回すのとは、根本的に違う、〝自然さの極致〟という形の芸術が、バレエなのだなあ、と思いました。ではまた。
続いて、ロミオとジュリエット（芝居）、オペラ〝アイーダ〟なぞに行くつもりです。
望

5月30日

今日、ケンブリッジへ行きました。C. Blacker 先生ぢきぢきに、あちこち引回して下さって、あれこれ、紹介して下さり、担当者とも一応の話がつきました。とても感じの良い方々ばかりできっとうまく行きそうです。

そこに、何樫先生という変な日本人の先生が来ていて、これがまた、おかしなおじさんです。ま、一種の社会失格者だろうね。悪い人ではなさそうだけれど、サンスクリット文献の研究というので、まあ、その主題からでも大方は察しがつくでしょう。殆ど口をきかない人で、それがしかし、重厚とか、寡黙とかいうんじゃなくて、小心でオドオドして、口もきけない、という感じなんだね。それで、ブラッカー先生がこの何樫先生と同じ下宿に入ったらどうかとすすめて呉れたのだが、さすがに、ヤンワリ断わりました。イヤなコッた。気が滅入っちまうよ。

それから、ケンブリッジの主要なコレッジを二、三案内してくれ、自ら、逐一説明をして、今日は全く半日つきあって下さいました。

ケンブリッジは、今、観光客でごった返していて、雑踏甚しく、少しもアカデミックな雰囲気ではありません。それで少しいやな気がして、町から少し外れた、全く田舎に住んでみようかという気もして、帰りの道々、車で、少し町の外を調べてみましたが、これがまた一面の農村で、ちょっと住む所はありそうもない。まあ、どうなりますか。

それで、ケンブリッジには、楽器屋がいっぱいあって、ふとみると、スペイン製のギターをいっぱいうっている。これが50ポンドしないのですが、音を試みてみると、とても良い。さすがにスペイン製ですね。それで無聊を慰める意味と、大地へのお土産として、一本いかにもスペイン風のを買いました。おたのしみに。

ローゼン一家は、音楽が好きで、うまくはないけれど、よくバイオリンやピアノを一家でやっていますからこっちもギターくらい弾いても問題はありません。(もっとも夜中はやらないけれど)。

ロンドンから、ケンブリッジへ向う道はM11という Highway ですが、素晴しく景色がよい道です。もちろん、Highway はみな無料で、しかもスイスイとすいています。あたりは、どこまで行ってもゆるやかに丘のつづく田園で、今は、緑の麦畑と、黄一面の菜花畑が、野を色分けして、あっと驚く色彩です。あるいは、牛が草をはみ、馬が走り、その景色の快よいことは本朝になぞらえようもありません。また、M11を下りて、一般の国道に入れば、両側は、深々とした並木道で、ブナの木がまったくトンネルのように道をおおいながら、それも、ゆるやかにうねっています。イギリスは、平らなところは殆どなく、みな、のんびりと、ゆたかに地表が波うっています。そしてときおり、絵にかいたような古い農家や、わざと曲った梁を見せた作りの田舎のパブなどがあらわれたかと思うと、前庭に花をしきつめた小集落が、かそけく肩をよせるが如くして、道をつつんでいるところがあったりします。いや、それは何とも、イギリスは良いところだよ。まず、来たら案内してやるほどに……。

今日は Clare Hall で昼をごちそうになったが、正直、まずくて閉口。こりゃやっぱり自炊にしくはあるまい。それで台所つきの自炊フラットをさがすことに内心きめました。

では。

望

第 2 章

1984年6月1日～8月31日

6月1日

今日は、Oxford の ST ANTONY'S College へ招かれて来ましたが、これは、とても面白い経験でした。

まず、NISSAN INSTITUTE のセミナーへ行きましたが、ここでも、すでに、FELLOW だけは肘つきの椅子に座るということになっているようでした。今日のセミナーは、たまたまTBSが取材に来ていて、さかんにビデオ収録をしていました。僕は、前から2列目で分ったような顔して座っているから、是非見て下さい。放映は9月の予定で、〝TVシティ〟とかいう1時間番組で、Oxford のすべて、というような企画の一部だそうです。絶対に見てビデオにとっておくように。

セミナーは、何とかいうアメリカ人の先生（女史――この人はとても美人――）の講釈とディスカッションでしたが、どうも、もひとつ理解できなかった。ただし、何言ってるのか分んないのじゃなくて、言葉は、ほぼ100％ききとれる。ききとれるけど、その意味が分らない言葉がポロポロあって、それでどうしても文章として一つなぎにならないわけです。だから、もう少しでぐんと分るようになるという一歩手前の感じです。

　さて、それから、High Table Dinner。これは実におかしい。極めてイギリス人的でした。まず、マクマレン先生の研究室へ寄って、先生、雨もふってないのにレインコートをとって出かけます。それから、この食堂棟は、ル・コルビュジェの弟子が設計したという南欧風の三階だてですが、「ここの、ハイテーブル・ディナーはね、林さん、上ったり下ったり動き回るのが伝統なのですよ」と、マクマレンさんが不思議なことをいって、ニヤッと笑いました。

　はて何のことだろうと思いながら、まずは、３階のラウンジ。ここには、大きなソーファなどがたくさんあって（建物は新しいけれど、中の調度は、アンティック）、食前酒などをやろうというわけです。僕は、トマトジュースなどを飲みながら、ソーファに座って、そこの学者先生たちと談話をするわけです。あっそうそう言い忘れましたが、このラウンジに入るところで、マクマレン先生何を思ったか、手に持ったレインコートを羽織りました……と思ったら、これがレインコートじゃなくて、黒のえらい古風な（明治の大判事なぞのような）マントなのだね。

　このマントをきるのがHigh Table Dinnerのきまりだそうで、ゲスト以外は、みな着ています。（しかし、中身は、ジャケットの人あり、スーツの人あり、ジャンパーの人までいる）

　このゾロゾロしたマントは、次ページの図のような妙ちくりんなスタイルで、よくみると、

デザインが少し違うのがある。マクマレン先生の説明では、肩や袖口などに、モールの飾りのついたのはドクトルのマント、ないのは、M．A．（マスター）の位なのだそうです。こういうのをきて、シェリーだかなんだかしらないけど、グラス片手に、イギリス的微笑をうかべつつ、皆、しきりと議論を試みるわけです。ハハハ。

　すると、マクマレン先生が、「あと3分すると、ディナーの方へ行きますよ」というので、待っていると、学僕のような男が、台のついたドラを持ち来って、ドアのところで、ジャボーン、とならします。すると、マントをひるがえして、先生たちは、2階のバンケットルームへ移動するのです。この階段を歩いているとき、前にユダヤ人らしい先生が歩いていますが、このマントときたら、「八つ裂き」になっている。まるでスダレのようにボロボロです。するとマクマレン先生が「このマントはね、こういう風になると、とても美しい。これこそこのマントの最高のものですよ」といってまたニヤッと笑いました。つまり、弊衣破帽の本家ですな。これが。

さて、モールつき、ドクトルマント博士やら、ボロマントのユダヤ先生やら、ぞろぞろとつれだって食堂に入ると、片側の方は学生達の席で、そこには、Ｇパンなぞの学生たちが平気でメシをくっている。

そこへ、マントひるがえして粛々と入場すると、二列のテーブルをはさんで教授たちは、立ち列びます。学生たちは、これを、半分羨望、半分冷やかしの眼で見ています。そういうなかで、このコレッジの主任らしい大先生が何かを大声で言います。するとそれを相図に一勢に着席します。これは、マクマレン先生の話では、ラテン語の祈祷文だそうで、「めぐまれたるものよ、めぐれよ」とかいうのだそうです。

それから、スモークサーモン、真ダラ子のスモーク、カキ、カイワレ大根、ビートなどの盛合せの前菜、ローストビーフ、ローストポテト、クレソン、カリフラワー、ニンジンのグラッセ、グリーンピース、といったメインディッシュがあって、赤白のブドウ酒。そのあと、桃の丸煮にカスタードクリームかけのデザートが出たと思うと、最後に、ベーコンでなんだか、プルーンのようなものを包み焼きにしたのがトーストの上にのってるものが出て来て終り。

この間も、彼等は、しきりと何ごとか議論しています。マクマレン先生は、さきほどの何とか女史と、さかんに丸山真男大先生の文章について論じておられる、というあんばい。このディナーは、しかし、ごく上等な味で楽しめました。やがて、また、主任教授が何か祈祷すると、一せいにみな立ち上り、それぞれ、ナフキンだけもって、次は、1階の、何だろうね、あの部屋は、小食堂のような狭くるしいところへ移ります。黒マントの先生たちが、手に手に、ナフキンだけ持って、ゾロゾロ行くところは、これまた仲々愉快な光景です。

次に1階の入口でみなマントを脱ぎ、それを、そのへんにポイとちらかしておいて（これも伝統的のやり方だそうです）その狭い部屋に入る。ここでは、2階のテーブルで隣り合った人と別の人ととなり合せに座らなければいけないきまりだそうです。なるほど、こんどは、それでまた気分一新、新しい議論がはじまるわけです。

このテーブルには、菓子、くだもの、が出ている。次に学僕が酒をもって入室し、これをテーブルにおく。この酒瓶（甘いブドウ酒ですが）、必ず、時計回りの向きに、テーブルの上を次々と回して行かなくてはならないのだそうで、なるほど、少しついでは次の人、というようにするので、同じ酒瓶が何度でも回って来ます。僕は、トルコ羊羹という（ターキッシュ・ディライトというのだ）本当に羊かんみたいな甘い菓子とバナナをたべてぼうっとしていました。しかし、さきほどの、ボロマントのユダヤ先生がさし向いにいて、少し話しをしました。ここは、やや無礼講で、バナナなどは手づかみで食べたりします。

かくて、少しの酒を、ぐるぐる回しのみするうちに、銀器に入った粉（茶色い）が回って来ます。これはSnuff（スナッフ）といって、嗅ぎタバコです。これも必ず回ってくるのが伝統だそうで、いやはや、色んな伝統があるものです。これは左手の親指のつけ根のあたりに、チョイと一なすりして、それを鼻の穴の真下にあてがい、シュッ！　と強くすい込む。すると、鼻の奥がチクチクするような感じで、よい香りがする。「これはね、クシャミが出るくらいすうと、きもちがよいのですよ」とマクマレン先生はいっていましたが、奇体なものもあればあるものじゃ。

こうして、酒、タバコが終ると、次はまた3階のラウンジへ戻ってコーヒーを飲むのだそうです。そこでまたもや行列して3階へ赴き、1杯のコーヒーを片手に、3たび人・所を更えて、議論をする。おかしいだろ、イギリス人てのは。これで、ようやくHigh Table Dinnerが終りで、ここまで2時間半かかります。でも外はまだ明るい（午後9時半）。

このラウンジには、本日のHigh Table Dinnerの名簿がちゃんと印刷して置いてあり、そこにはゲストとして、Prof. N. Hayashiという名もちゃんと出ていました。でも、そんなに堅苦しいものでなく、こういう伝統の形の中で、みな自由に話し、くつろいですごしている風でした。

それから、まだ明るい夜道を歩いて、マクマレン先生の研究室へ戻り、少し古文献の勉強をして帰って来ました。マクマレン先生は、熊沢蕃山の研究家というのですから変っていますが、とても shy な感じがします。先生は双子で、双子の弟さんは、ケンブリッジ大学の中国語学の教授だそうです。まさに賢兄賢弟の見本です。しかし、先生は、どうして、ああボロッちい格好してるのだろう。もうヨレヨレなのでした、ああ。では、

望

６月２日

（本日、父上、母上の御状落掌仕りました。母上の文体は、だんだん、那須のおばあちゃんに似て来るのがいかにも面白く、拝読しております。父上の御文面はいつも、ふき出しながら拝読いたしております）

イギリスに住んでいると、とても住みやすい感じがするのは、一つは規制がとても少ないからです。

最小限の規制しかしないのがイギリス流で、これは日本と全然違います。たとえば、交通ルールなどでも、極力信号を作らないで平面交差をさせる、ということに、彼等は、並々ならぬ知恵をしぼっている。であるから、信号は、日本の1/10くらいしかありませんが（車が少ないせいもあるでしょうけど）、事故も渋滞も、全く日本とは比べものにならないくらい少ないようです。

走っていると、本当に、よくぞここまで考えたと思うほど、考えに考えぬかれた形に道が作られています。ですから、日本のような朝令暮改じゃなくて、ぜんぶ同じやり方で、それは頑固なほどですが、考えてみると、もう充分考えつくして、「最も良い」と彼らが信じているのだから変えようがないわけです。そのくせ、殆ど取締りなんかしないのだよ。パトカーなどは、遊んでいるようなもので、勿論ネズミとりなどという愚かなことはしません。

駐車規制なども、きわめてゆるやかで、次のように区分されています。

（イ）無印、常時駐車可（青空駐車もＯＫ）
（ロ）黄の点線、朝夕だけ駐車禁止（学校の近くなど）
（ハ）黄の一本線、８：00ＡＭ〜６：00ＰＭ駐禁、（平日の昼間）、ただし、夜間と、休日は駐車してよい。
（ニ）黄の二本線、駐車禁止。（常時）
（ホ）白のジグザグ線、横断歩道の前後のみ。これは、いついかなる時も駐車不可で、すぐに違反を問われる。

とこうなっていて、（イ）（ロ）（ハ）が殆ど、（ニ）はやや例外的で町中の、比較的細い道、特に交通量の多いところにしかありません。しかし、殆ど道は駐車可なので、この（ニ）（ホ）のところには、まったく見事に駐車していません。こっちの警察は、日本のやつみたいに、いやがらせのようにやたら駐禁にしたりせず、みな納得しているのです。だから、取締らなくても、ちゃんとみなが守る、というわけです。それに、駐車は道の右でも左でも、好きな向きにとめてよいのです。

これも、ちょっと奇異な気がはじめはしましたが、考えてみると右側駐車をやっきになって取締る根拠はどこにあるのだろう。実は、別にちっとも困りはしないのだね、右でも左でも。要するに日本は警察のメンツみたいなものでありましょうか。

またパーキングメーターもたくさんありますが、これとて、夕方以降と日曜休日は、駐車可になります。（自由にとめてよい、と明記してあります）。日中金入れて駐めてよいのなら、交通の少ない夜や休日に駐めて悪い理由は何もないのだよね。イギリス人は、そう考える。ところが日本は、使用時間外は駐禁だから、夕方からたくさん見張員を出して、取締っている、何のためか、あれは、まったくこれはイギリス人が正しいと思うね。

また、イギリス人の大発明にRoundabout（ラウンドアバウト）という交差点の方法があります。これは、下図のようなロータリーですが、三差路でも５差路でも、何でもＯＫで、この場合のきまり

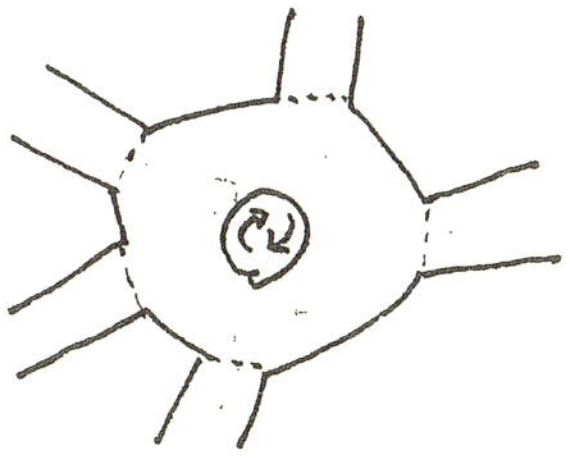

は一つ。「右方優先」です。

そこで、このラウンドアバウトに来たら、ドライバーは、ただちに止って右を見る。右から、このロータリーを回って来る車があれば入ってはいけない。これだけのことで、相当の交通量が、信号もなく、スイスイとさばかれています。

さすがに、あまり交通の多い場合は信号つきラウンドアバウトという変形もありますが、それは例外中の例外。イギリスの考え方では、「交通は、並行的に交差させる」というのを大原則とし、これに順って交差の方法を考えるので、「正面衝突」の危険がとても少ないように出来ています。roundabout だって、みな、同じ方向に並行して車が進行するので、接触の公算はあっても、正面からは、決してぶつからない仕組みです。

それゆえたとえば、二つの大きな道路が合流する、というような場合でも、日本なら必ず信号を作るところでしょうけれど、次ページの図のような仕組みで、無信号交差にするのがふつうです。

すなわち、(イ)は日本、(ロ)はイギリス式――

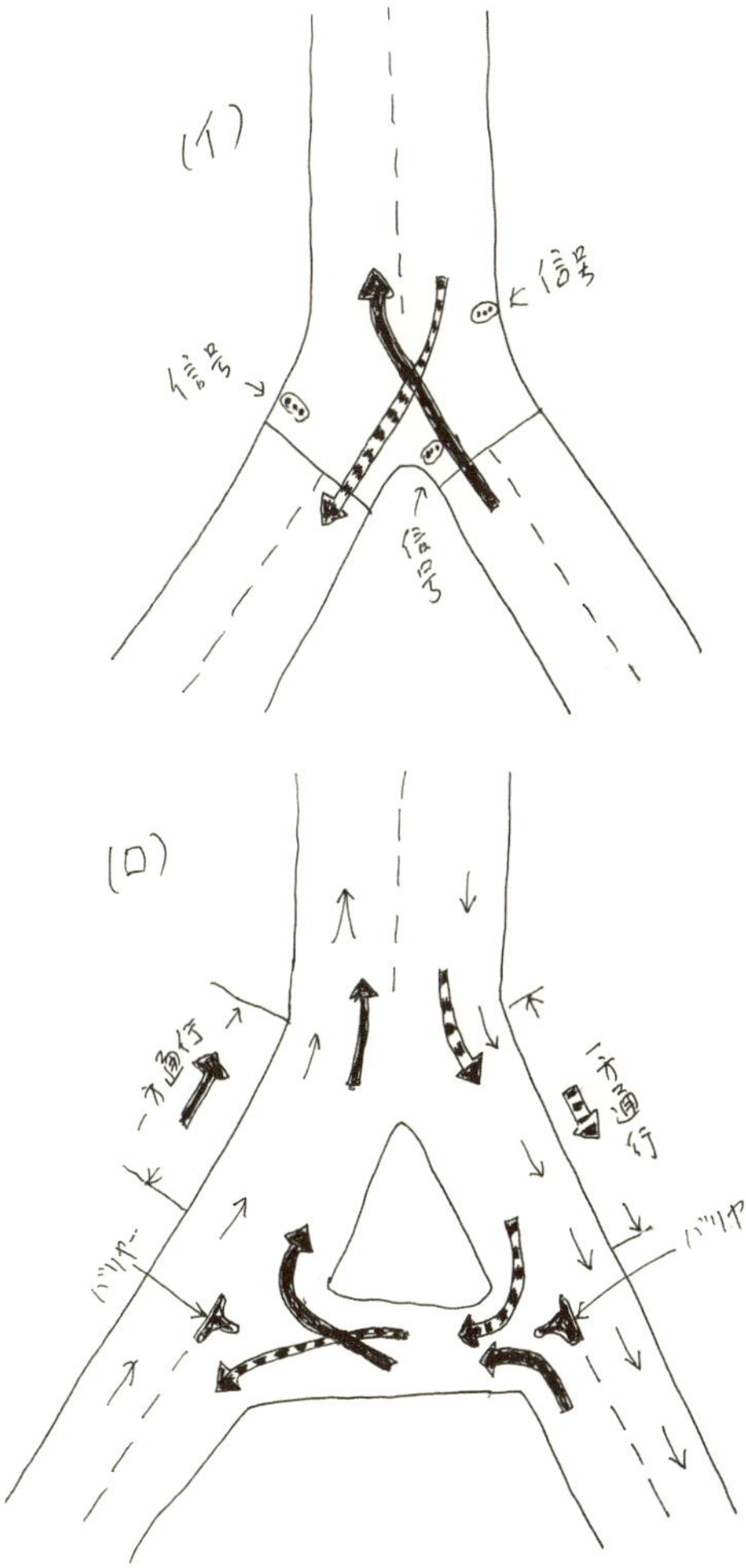

ごらんの如く、日本式は、とは対向的に交差する、そこで、これをぶつけないようにどうしても、一方は止めておかなくてはならないので信号が必要です。しかも正面衝突の危険はあり、渋滞も起る。

ところが、イギリス式は必ず（ロ）のような、A字形に道を作ってしまいます。こうすると、見よ、すべての車は、並行的に進行するのである。そこでこれは高速道路の進入路と同じで、信号はまず必要ではありません。そこですべての車は、この交差路で少しも停止することなく、見事に合流してゆきます。こういうところは、至るところにあり、これも、はじめは、ちょっと変な感じがしましたが、慣れるに従って、ほとほと感心しました。つまり、これも、一種の変型ラウンドアバウトになっている。(ただし、こういうのはラウンドアバウトとはいわない)。

彼等は、もう考えぬいた末にこうしているわけだから、このやり方は、決して変えません。それゆえ、新しい自動車道路などでも交差は、大ていこのラウンドアバウト式を採用しています。まるでハイウェイのように広々とした道を、80㎞くらいでとばして行くと、突然、《Reduce Speed here》という標示が出てくる、するとまもなく、これがラウンドアバウトにつきあたるわけで、それが「お互いのため」なのであるから、無法にスピード出したままつっこんで来る人は、まずありません。もっとも、日本のようにやたら車が多くては、このラウンドアバウトは、渋滞の原因にこそなれ、あまり効果はないような気もしますが、しかし、要は考え方の問題で、必要のない規制は極力しない。各自ドライバーの責任にまかせる、という点が、いかにも尊いことと思います。だから、イギリスは、とても暮しやすい感じがするわけです。

たとえばまた、横断歩道なども、日本でも、すぐ信号をつけて、それが市民のため、と思ってでもいるようですが、イギリス人は、そもそも信号なんかひとつも守らないので、そんなものにお構いなく、自分が「よし行ける」と思えば赤でもどしどし渡ります。

郊外の広い道などは、横断歩道も、もちろん歩道橋などという殺風景なものも全くありません。しからば横断歩行者を軽視しているのかというとそうではない。この場合は、道の真中に、点々と安全地帯がもうけてあります。しかも、その安全地帯（島《アイランド》）に、下図の如く白いセンターラインを引く、これがイギリス式です。

このように、雁行状にセンターラインが引いてあると、夜など、とてもよく見え、安全地帯のポスト（バリアー）にブツカルことはまずないのです。

また、横断歩道には信号がない代り、前後をジグザグ線でつつみ、その両側に、黄色いランプがデカデカと立っている。この場合は、もし歩行者のいる場合、車は絶対に停らなくてはいけない。これは、みているとみな、よく守っています。そして、このジク

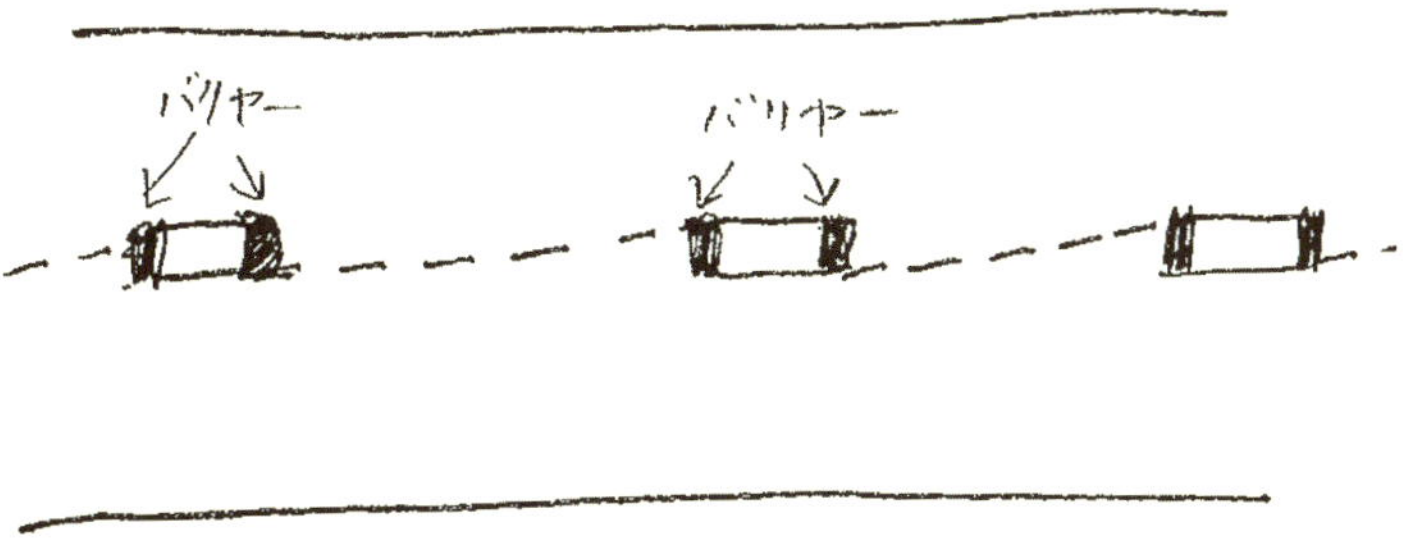

ザグ線のところは、Traffic Warden という取締官が、きわめて厳しく取締っています。必要なところは、きわめて厳しく。これもまた、規制を少なくする代りの、ポイントです。だからね、イギリス人は、本当に尊敬すべき国民だと、思うよ。ばかにしてはいけない。ではまた。

林望

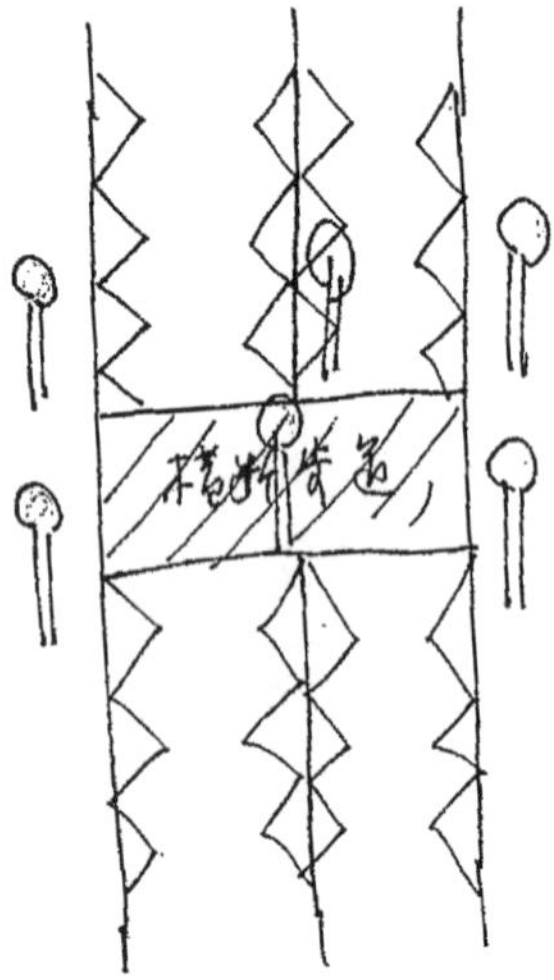

6月10日

カンボジヤ人のAnnieが、友人が急に行かれなくなった切符があるので、買わないかと持ちかけて来たので、その切符を買って、「白鳥の湖」を見て来ました。ありゃ、一種の「心中もの」だね、いってみると。しかし、そのコスチュームの豪華なこと、そのセットの重厚なこと、一々感心することばかりで、大変面白かったことでした。

劇場はロンドン・コロセウムという、チャーリング・クロス近くの、ヴィクトリア朝風のクラシックな劇場で、音響効果もよろしく、さすが本場で見るのは結構なものでした。オーケストラの音をききながら、たとえばスターウォーズとか、スーパーマンとか、映画音楽なども、たしかにこういう伝統の上に立つものであることを痛感しました。それは、日本の映画音楽が、やはりある意味で邦楽や歌謡の流れを引いているのと同じことです。

14日（木）からドイツへ行きます。フランスはやめにしました。

以上、とりいそぎ。

望

6月15日

昨日、14日、ミュンヘンに着きました。

ミュンヘンの街は、イギリスから来ると、遥かに近代的で殺風景です。ただ、図書館とか、大学なんかがあるルードウィヒ・シュトラッセという大通りは、シャモニー先生の案内によると、イタリアの建築家を招いて、16世紀から18世紀にわたって作られたのだそうで、なるほど、フィレンツェの風景にとてもよくにています。それで、イギリスなどとは全く違う風景なのだと、シャモニー先生はいうのでした。

シャモニー先生は、実に驚くべき日本語の達人で、少くとも、話をしている限りでは、全く外国人と話している感じがしません。しかも陽気で快活な、とても若々しい人で、今日は、すっかり丸一日つきあって、昼めしもおごってくれ、いろいろな人に紹介をしてくれ、あまつさえ、自宅へ招いて下さって、それこそ、下へもおかぬもてなしをしてくれました。彼の奥さんは、これまたさっぱりとした人で、楽しく一夕をすごして来ました。家では、子供たち（14、10、4。3人。男・女・男）は、ドイツ語でしゃべり、ただし日本語も分ることは分るのだそうです。彼と奥さんは、日本語でばかりやっているそうです。だから彼の日本語は、外人ばなれしているわけです。子供たちはみな、とくに中の女の子なぞは、天使のように、天使よりもっと可愛い。すごいよ。

さて、ドイツへ来ると、まったく規矩準縄、四角四面に出来ているにはおどろきます。だいいち君、タクシーは、ベンツかＢＭＷだぜ。それで、助手席にふつう客はのるのだが、イギリスのポンコツみたいに鈍重なタクシーキャブとは天地の違い、――音もなく、あっという間に１００㎞ぐらい出して走る。この速いこと、静かなこと、ドイツの車は凄い！　と感心せずにはいられません。

ホテルへつくと、これが１日65マルクだから、７０００円ぐらいで安いのだけれど、部屋は、すみずみまでチリひとつなく清潔で、下らぬことに驚くようですが、ドアがネ、まさに、０・５ミリの狂いもなく、これまた、少しの力も要らず、音もせず、スッ、カシ、としまる。シャワーも便所も、どこまでも、果てなく工夫がゆきとどき、こうしたいな、と思うと、ちゃんとそう出来るようになっている。そして何もかもが、頑丈で大きく、重い。いってみると、イギリスは、一度作ったら、こわれようと、どうしようと知らぬ、かってにやれ、そのかわり干渉はせぬから御自由に、という風なのに対して、どこまでも最もやりやすく工夫し保守するかわり、どうだ、これ以外のことは出来まい、というのがドイツでしょう。例えると、イギリスは、「自分の背中は自分で掻けよ」というのに対してドイツは、「かゆいところは、皆掻いてあるから、これ以上掻ゆいところはあり得ぬ」ときめつける行き方です。しかし一事が万事、この調子では、ちょっと息がつまるね。僕はイギリスのルーズな自由さ、人間くさい大らかさの方がずっと好きです。シャモニーさんも、「もちろんイギリスの方がずっと住むには良い国だ、僕もイギリスは大好き」といっていましたから、あながち、所びいきというのでもないようです。

さて、バイエルン国立図書館は、これまた、16世紀に作られたとかで、ドイツ1、2の大図書館、とくに、中近東関係の文献では、ドイツ一、世界二番目くらいだそうです。シャモニーさんは、館内をグルグルと、それこそ、ドイツ的に徹底的に、かゆい所を、ぜんぶ掻いちまう勢いで案内してくれましたが、その立派なこと、アカデミックなこと、目が回るほどです。

まず、何といっても、極めて合理的に出来ていて、国会図書館の如く、バカなところで待たされて、マイクで呼びたてられるなんてことはない。窓口はいくつもあって、整然と運営されてまったく間然するところがありません。目録室へ行ってみれば、それこそ、ありとあらゆる、何語であろうと、手に入る限りすべての国の目録類がこれも、整然たる上にも整然と完備し、カード目録、マイクロ目録、要するに、決して閲覧者が困らぬように、徹底的に配備してあります。あるいは、18世紀中から毎年刊行されている「鬼籍簿」(その年々に死んだ著名士の伝記帳）が、一年の欠損もなく、しかも、原本で、開架利用に供されています。一般閲覧室へ行けば、これまた、テーマ別、国別に、分類された参考文献類が、天を圧する高さに配置され、広々としたテーブルには、人々が思い思いに読書をしている。

やがて東洋部へ行って、汪珏《オウカク》さんという中国人の女史に紹介されましたが、ゆかいな、とても良い感じのオバさんで、すっかり打ちとけて、一日、書庫の中で本を見せてくれました。そのなかで、いくつか、僕が彼女の疑問にすっきりと、たちどころに答えてあげたので、大変よろこんでくれました。月曜、火曜と、ひきつづき、ここで仕事をしますが、自由にやらせてくれることになりました。こういうところは、非常にフレキシブルで、イギリスよりずっと近代的なのでやりやすいことです。（汪さんと僕は英語で話しましたが、林さんの英語は極めてイギリス的だといわれました）。

ミュンヘンでは、電車（市電）や国電を利用していますが、この切符というのがまた、複雑に出来ていて、きのうは全くどうなっているのか分りませんでしたが、シャモニーさんにきいて、ようやく分りました。これは、時間距離併用自己申告型回数券、とでもいうべき不思議なシステムで、おどろくことに、こっちの交通は、どのようなものでも、電車でも市電でもバスでも、「改札」ということが存在しません。改札口ってのは無いんだぜ。道路から、直にホームに入ってしまうわけで、この切符というのは、次のようなシステムになっていま

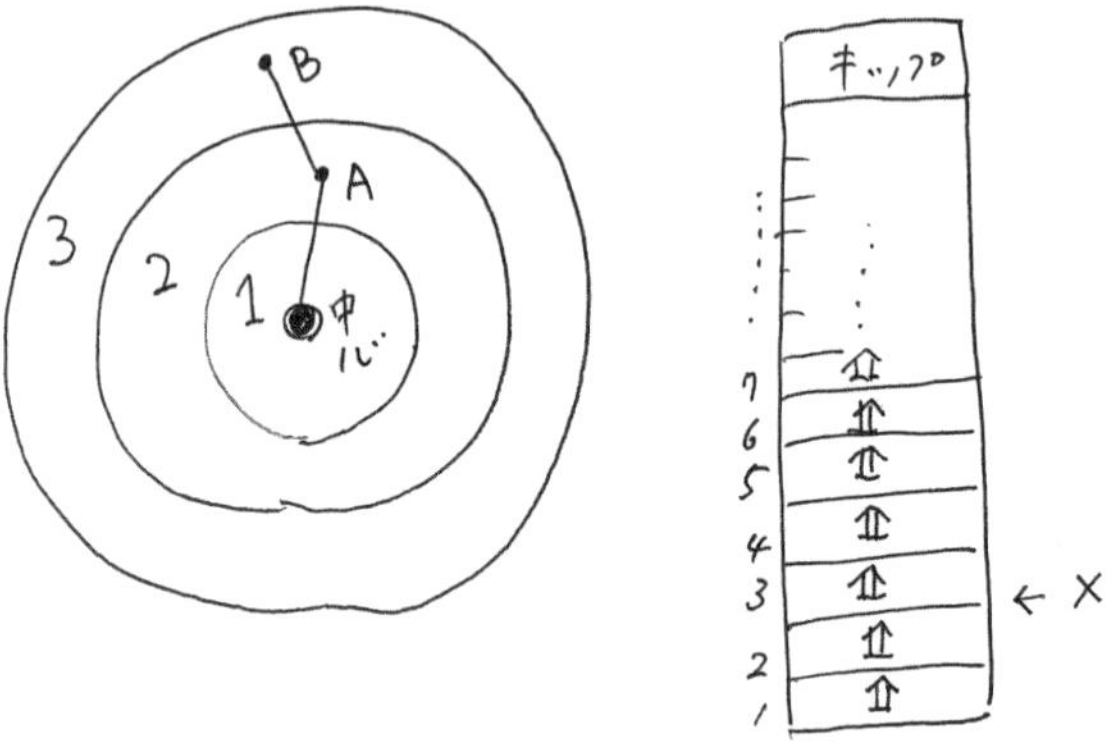

す。中心から出発すると仮定して、
A地点は、第2ゾーンというところに位置している。
すると、今、中心の駅で、上の図のような、回数券を買い、駅の入口や、電車の中などにある『チケットキャンセラー』というキカイにこれをつっこむのでありますが、今、第2ゾーンのA点にゆくときは、中心駅でのるときに ←X マークをつけた、2枚目のところを折たたんで、そのキップキャンセラーに ⇧ の矢印の方向に折目からつっこむ。すると、この2枚目に、何か、暗号のような、数字が、印刷される（スタンプされるというべきかね）、で、第2ゾーンならば乗車駅から、A駅まで、2時間以内に着けばよいのだそうだが、下りるところだって改札はないから、これは、自分で、そのように管理すればよいのであって、無賃でのろうと思えばいくらでも出来る。
「ところがね、そこが、実にドイツ的に陰険なやり方でしょっちゅう車中検札をやるんですよ。感じ悪いよ、これは」といってシャモニー氏が説明するには、こっちの電車は、車両相互の通行は出来ない（これはイギリスも同様）のでありますが、その各独立した箱に各側3ヶ所、計6ヶ所のドアがある。ここへ、ある駅で、いきなり、私服の検札員が、6ドアから一時に、のりこんできて、一網打尽のいきおいで検札をするのだそうです。それで、不正や、時間オーヴァや、無賃の場合は、一律に40マルク、約5000円のペナルティーだそうです。しかし、この2時間の間ならば、どこで何回下車しようと自由なので、会社の帰りに、ちょっと買物をするとか、ビールを一杯なんてのには、とても便利だといっておりました。

これらも、ドイツ人が、徹底的に考えた結果なのだろうね。というわけで、ドイツという国も尊敬すべき国とは思いますが、なんだかあんまりイケすかない。しかも、ドイツ語は片言隻句も解しないので、心細いことは限りがありません。何しろひとりぽっちだから。イギリスへ帰りたいよ。早いとこ。ホント。

ではまた、子供たちにハガキかきます。

望

6月17日

引きつづきMunichより出します。

朝、ホテルを出ようとすると、受付のところで若い日本人によびとめられました。彼は勿論初対面の人ですが、木村君といって、そうさな、27〜8才かというなかなかの好男子、グラフィックデザイナーで、今度、チェコの何とかいうデザインコンクールに入賞したので、その表彰に参加した帰りにヨーロッパを回っているのだそうです。

それで、一緒に朝メシをくおうということになって、近くのドイツレストラン（シャモニー氏がおしえてくれたところ）へ行って、焼ソーセージと、ザウアークラウト、そして、アプフェルザフト（林檎ジュース）といった食事をして（これはおいしかったよ）、ちょっと辞書を買いに、近くの本屋に入りました。

そこで日本語―ドイツ語のポケット辞典を吟味していると、ヒョロリと背の高いドイツ人がしきりと日本語の本をひっくりかえしている。そこで「日本語を勉強しているのかい」と英語できいてみると、この人とても人なつこい人で、いろいろと話をするようになりました。

それから「お茶でも」というので木村君と3人で、茶をのんで、いろいろと会話をすると

(木村君は語学は殆ど出来ない)、僕と、そのドイツ人は、英語の程度が大体同じで、とても話がよく分る。そこで話してると、木村君が、「今、何話してたんですか?」なんてきくので、よほど英語がうまいような気になるのはおかしかったですよ。

さて、このドイツ人はリヒト君といって、精神病院附属リハビリテーションにつとめる看護士で、たまたま太極拳の先生が日本人で、日本に興味をもち、日本領事館の日本語講座で日本語をやっている、というのでした。それから、午後、あらためて彼と待合せて、市内のイギリス公園というところを、貸自転車で散策しました。彼は国際交流基金の出している日本語のテキストをもって来て、色々と僕に質問しましたが、おかしかったのは、このテキストの一ばん最初の文例がふるっている。ハッハ。

No.1　この人は　はやしさんです。

というのだよ。おかしいじゃないか。きっと林健太郎さん(注、元東京大学総長、筆者の伯父)が会長をしているとき作ったのであろうと思って、大笑いでした。かくて、ミュンヘンでも滞在2日目にして、すでに現地の友達を得、また会って、メシをくう約束になっています。この男は、ドイツ人にはめずらしく、キリスト教は、形式的には信者であるが、全く信じていないという人で、どうもこういう人は、日本に興味をもつらしいね。とても善良な顔をした好感のもてる人物です。

望

6月18日

今日は、午前中、コインランドリーをさがして、洗濯をしました。

そしたら、こっちで買った茶色いソックスから色が出ちゃってYシャツも何もかもウス茶色に染ってしまいました。ありゃー、こまった、と思って、そこの店のオバさんに相談をしても、この人はドイツ語しか知らない、そのため一向に用を弁じないで弱っていたところ、そこに居た、客の一人で背の高い、ハンサムな青年が、通訳をかって出てくれました。

この青年は親切な男で、オバさんが「特別の漂白洗剤を薬屋で買ってきて洗い直さなきゃだめだ」というので、ちょっと事情が説明しにくいから、僕が一緒に薬屋をさがして、洗剤を買ってあげますよ、といって、気軽について来てくれました。おかげで、無事、洗剤は買えましたが、色は思ったようには落ちなかった。特に気に入りの中国シャツが2枚とも茶色になっちゃったのでガッカリです。

さてこの青年は、インゴ・メントロップという北ドイツ出身のミュンヘン大学生で、カントの哲学が専攻だそうです。しかし、そういう哲学青年式の辛気くさいところはちっともなくて、朗らかな良い青年です。彼は勿論日本語は全く知らないので会話は専ら英語ですが、先便に書いた、リヒト君と同じように、とてもよく通じます。お互い5分だからちょうどよいのだね。

彼が「あなたはイギリス人のように上手に話すが、もうよほど長くイギリスに住んでいるのですか、それとも日本でそういう勉強をされたのですか」ときくので、「いや僕は、国文学者だから、勉強もしないし、イギリスには2ヶ月半しかいない」と答えると、"Incredibly smooth pronunciation"（信じられないほど滑らかな発音です）だといって、目を丸くするのでした。これ、ウソじゃないんだよ（ただ問題は、ヒヤリングがなかなか思うように上達しないのと、この年になると記憶力が下って、ボキャブラリーが仲々ふえないことです）。

で、このインゴ君とも仲良くなって、お茶などを飲みつつ歓談し、明日はインゴ君の家に行って、晩メシなど一緒に、ということになりました。

バイエルン国立図書館の方では、シャモニー先生の紹介がよかったせいで、すっかり下にもおかぬあつかいで、独りで大きな部屋を使って、自由に書庫から本を出して見ています。大英図書館とはえらい違いで、こういうところは、ドイツの方が融通がきくようです。

今日は、リヒト君に教わったドイツレストランへ行ってあてずっぽでオーダーしたら、血まみれの豚(?)の心臓の、大きな丸焼きがドデンと出て来たには、さすがの僕も閉口して、よく焼けていそうなところだけ、ちょっぴりたべた。あれは野蛮だ。さすがに夷狄の国だと得心しました。しかし、ドイツ語も少し見当がついて来たよ。では、

望

6月19日

今日はまた、仲々愉快な1日でした。それには2つの理由があります。

ひとつは、バイエルン国立図書館の、中国書担当の、汪《ファン》さんという女史――この人は、そうさなァ誰かにとってもよく似てるのだが、その名前が憶い出せない、仮に言えば、泉ピン子みたいな顔したとても朗らかな人です――と、非常に意気投合しまして、それはとても良くしてくれるわけですが、今日は、夕方に仕事が終る頃になって、まだその稀珍性が彼女らには認識されていなかったいくつかの本を指摘し、参考書を紹介し、誤りを正し、目録を作って見せ、というようないくつかのアドバイスをしてあげたところが、どうかそういう知識を得たいと彼女たちは熱望していたところだったので、とてもよろこんでくれて、次々と、色々な質問をされました。それで、知る限りのことを、すべて伝授して、出来るだけの助力をしてあげました。そうして、僕が作りつつある同館の目録を見せたら、「これはとても良い、素晴しい」とかいって、是非全部作るのを手伝ってくれまいかというのです。

しかし、今回は、もう時間があまりないし、そう長逗留する用意もして来てないのでともかく一度イギリスに引あげて、またチャンスを作って来るように考えてみる、といったら、自分がボスに交渉して、飛行機代と宿代と日当を払うから、もう一度10日間くらい出向いてほしい、と懇願されました。そういわれれば、これはもう願ってもないことで、それでは、ただ目録を作るだけじゃなくて、ちゃんとした書誌学の方法を伝授する小さなゼミナールでもやってあげたいが、と申し出たら、勿論大賛成で、どうやら、そういうはこびになりそうです。それで、汪さんと、今日は、2時間ほども、英語でディスカッションを試みて、大変に良い値遇を得ました。ですから、もしかしたら、ケンブリッジ滞在中の内10日位は、もいちどドイツに出かけることになりそうで、フランスは、行けないかもしれませんが、ま、いいさ。ベルリン極東図書館のエヴァ・クラフト女史の方にもシャモニーさんがよく伝えてくれたと見えて、クラフト女史も大変よろこんで、行くのを心待ちにしているという旨の伝言がありました。

かくて、実力本位のヨーロッパでは、順調に事がはこんで行きます。シャモニーさんては、さすがに、ドイツ人日本学者の間では、大変な大実力者なのがよく分ります。恐らく第一人者なのでしょう。こういう実績がつみ重なってくれば、そのうち、国際交流基金あたりから金をもらってヨーロッパ出張ということも可能になるかもしれません。書誌学で、国際的に活躍出来れば、こんなに良いことはありませんから、ここを正念場と思ってせいぜい尽力してみるつもりです。

帰って来てから、昨日知りあったインゴ・メントロップ君の家へ訪ねて、メシを食いにゆきました。メントロップ君は、さすがにじっくり話すと、ドイツの哲学学生だけあって、非常に論理的に緻密に話を組みたてて話します。彼は、一年間アメリカに留学していたので、いくぶんアメリカ人式の英語を話します。それにしても、彼もまた、大変話好きで、最初、ナショナリズムの淵源というような話になったときは、こりゃ面倒だな、と思いましたが、あんまり話が混入ってこないうちと思って、メシを食いに行こうや、といって外へ出ました。

彼が、つれていってくれたのは、学生たちが多く行くドイツレストランで、最も典型的なババリア地方料理をたべさせる、という店です。なるほど、店内は、若いドイツ人で満ちていて、彼が、いろいろと、店のおかみとドイツ語で相談の上、ナントカカントカというものを注文してくれました。出て来たのは、皮つき豚バラ肉のむし焼き、ザウアークラウト、そして、クネードルという、何だか、つくねのような玉っころ、そして、炭酸入りアプフェルザフトというのでした。これ全部で１０００円くらいだから安いだろう。しかも、その量の莫大なことは、腰をぬかします。直径30㎝くらいの大皿に、山盛りのザウアークラウト、その上に、ドシンとのっかっている３００g以上もあろうという、大豚肉、そして７～８センチも直径のあるクネードル、それに、ビールの大ジョッキ一杯のリンゴジュースだぜ。味はよかったが、いかになんでもたべきれない。しかし、インゴ君、しきりに気にして、「まずかったか、口に合わなかったか」とききます。

それから、夜の11時すぎまで、丁々発止と英語でやり合って、大変愉快に帰って来ました。彼は、まだ22才だそうです。インゴ君は、バスケットボールの選手だったのだそうで、背は190㎝くらいもありますが、清潔な気持ちの良い青年です。いずれにしろ、今日行ったような店は、日本人の観光客などは絶対来ないというところ、しかも、この町では、有名な店だそうです。

汪さんや、インゴ君、などのように、同じ外国語として英語を話す人との会話は、もう全く不自由なく、頭の中で訳さなくても、そのまま、どんどん分るようになりました。しかし、イギリス人となると、スピードが違うので、まだまだ追つきません。もう一息がんばってマスターしてみせようぞ。

それでは、

望

6月21日

今日ベルリンに着きました。ベルリンは、ミュンヘンに比べるとずっとモダンで、東京のように暑苦しい町です。イギリスとはてんで比べものになりません。飛行機が、昨日の夜の便は満席でとれなかったので、今日の朝8：05発のPA便をとったのが失敗で、寝すごしちゃ大変と思うから、もう3時ごろから目がさめてしまって、今日は睡眠不足で、ちとこたえました。今日のPAはB737というのでしたが、これは今まで乗った中では、一番恐くない飛行機だったね。

飛行場の案内でホテルを紹介してもらって、市内のはしの方の、パノラマホテルという2流ホテルに於てこれを書いております。しかし、宿代は安くて、今いる部屋は、文字通り、ベルリンを一望出来る素晴しいパノラミックなツインルームで、それに、B．T．もついて、結構広くて、朝食までついて、78マルク（約8000円）だから、やっぱり日本なんかに比べればずっと安いし、イギリスと比べても相当安いわけです。

ホテルで一休みしてから、ベルリン国立図書館へ出向きましたが、これはまたバイエルン国立図書館とは全く対照的で、近代建築の粋をこらした建物です。しかしどうしたって、その雰囲気というか、Academic Atmosphere という点に於て、まったく失格です。近代建築は結局、つまらない、ということがよく分ります。しかし、とにかくだだっ広く出来ていて、何やら、空港のロビーかなんかみたいです。

そこで、エヴァ・クラフト博士、という、日本専門官の、おバアちゃんに面会して、半日話して来ましたが、これがまた、エラク鼻っ柱の強いおばあさんで、「我こそは、ヨーロッパ一《いち》の Bibliographer である」といわんばかりです。しかし、ヨーロッパ人としては、たしかに一番だろうと、思ったことでした。彼女は、非常な勉強家らしくて、日本にもたびたび行って研究をして来るようです。

それで、仲々上手な日本語を話します。今日は、阿部さんのように、書誌学の方法と意義について、大風呂敷を広げて来ましたが、彼女は従来の、国文学研究資料館などのやり方に、相当の不満をもっているようなので、話をした手応えはありました。明日もう一度行って、少し本を見ますが、しかし、僕の本当の目的については、よく理解出来ないようでした。彼女は「つまらない本は見ることないでしょう」というのだけれど、僕は「つまらないかどうかは見なければ分らないし、ありふれた本ほど書誌学的には重要だ」という立場なのですから、彼女の立場には賛同しませんでした。そんなわけで、この、仲々やり手のバアさん博士を相手に、今日は熱弁をふるって来ましたが、何とか理解しあえるだけのものはもっているようです。

ミュンヘンも一向つまらないと思ったけれど、ベルリンは、もっとつまらない。物は高いし、第一観光地・市街地だから、雑踏していて、落着きというものがない。例の、乗り放題のカードを買って、今日は少しくバスで市内を廻りましたが、どこも大したことはありません。要するに近代的都市です。しかも、ウエイトレスとか、運チャンなどは、人ずれがしていて、しごく愛想がなく、あまり愉快ではない。概してドイツ人は、可愛気がないこと夥しく、女なども、いかにも骨太で大柄、イギリスの女のような優しさに欠けている。

ドイツは、いろいろな意味で、やや日本の風景に共通したところがあり、あまり喜ばしくはありません。今も、ホテルの窓を開け放していると、さかんに暴走族が、カミナリのような音をたてているのが響きます。これなんかも日本とそっくり。こういうのはイギリスには全くないのだよ。その上、ドイツ人は、おそらくね、東洋人に対して、非常な差別観をもっているだろうと思われる(イギリスでは、そういう感じは殆ど全くないが)。

そもそも、こういうロクでもない神経の連中と手を握って、米英と戦争なんかしたのは、大間違いだったに決っています。

ドイツ人でも、少し当りが良いのは大ていユダヤ人で、純粋のゲルマン人ともなると、まことに度し難い陰険な気質でいやになります。てなわけで、明日は大好きなイギリスに帰るのでホッとしています。ではね。

望　ベルリンより

だいちへ、ついしん、→ 作文のだいはもっと短かくして、本ぶんの方をもっと長く書くほうが良いよ。気をつけてね。

だいち へ

きょうのあさ、ミュンヘンのひこうじょうへ行くときに、BMWのタクシーにのりました。

すると、ひこうじょうへむかう高そく道ろで、どんどんスピードをだして、時そく190kmも出しました。さすがに、ちょっと恐かったけれど、BMWはすごいぞ。190kmも出しているのに、ちっともゆれないし、音も静かだし、ピタッと道ろにすいつくように走って、あっというまに、20台ぐらいの車をおいこしました。ドイツのタクシーは、みんなスポーツカーみたいで、お客さんは、助手席にのります。それで、すごいスピードで走りますが、運てん手はとても運転がうまくて、スピードを出しても平気です。女の運転手もいます。

いま、ベルリンという町にいますが、とてもにぎやかで、東京みたいです。今日は少し暑くて、大あせをかきました。あした、ロンドンへ帰ります。じゃ、またね。ギター、しっかり練習してね。

6月21日。　　おとうさんより

ベルリンのホテルより

はるなちゃんへ

きょう，おとうさんは，べるりん，というまちに，つきました。どいつ というくにに あるんだよ。どいつ は うつくしい もり や かわ があって とても きれい です。そして りんご ジュース が おいしいよ。どいつ の ことばで "あぷふぇる ざふと" と いいます。すこし あつくて あせを かきました。じゃ よいこ でね。

6がつ21にち　おとうさんより

6月22日

今日無事ドイツから帰って来ました。

ロンドンについたら、荷物が、待てど暮らせど出て来ない。しまいに1時間も出てこないので、イギリス人たちが怒りはじめてね、カウンターに、行ってみんなでＢＡの奴をどなりつけたり詰問したりするんだけど、これがまた、「いま調べます」とかいって、一向たよりないんだね。そのうち、呆れた頃になって出て来たけれど、そのときは、今怒ってたオジさんたちが、ワーッとかいいつつ拍手したりして、それはそれで面白かった。しかし、おかげで、家についたのは、10時半近かったよ。

それでも、この汚れ放題のイギリスに帰ってくると、ホッとして、故郷に帰ったようです。帰りの飛行機の中では、スチュワーデスのアナウンスがほぼ１００％ききとれたから、来るとき殆ど分んなかったのを思い合せると、やはり、英語は大分上達しつつあるらしいことが分ります。

ところで、ベルリンのクラフト女史は、今日、ブックトラック山盛りの本をわざわざ用意して待っていてくれました。それで、これを見ながら、彼女の作った目録を調べてみると、これが意外に、きちんと良く出来ていました。正直、敬服しました。彼女は、考え方の上では、かなり僕と共通したところがあって、今後は協力関係を保って行けそうです。日本人だって、クラフト女史のレベルに及ばないエセ者はいくらもいる。クラフトさんは、しかも自分の目録の欠点をよく知っていて、「本当は、林さんのおっしゃる通りにしなければいけません。それはよく分っていますが、ここに独りでいたのでは、他の本との比較が不可能なので、不充分とは知りつつ、そうしてあるのです」と告白するのでした。僕は、こういうところにも敬服をしました。

で、彼女は、この無名の極東の青二才の実力をためすつもりだったのでしょう、自分が刊本であるか写本であるか判断に苦しんだ本があるので、

「ちょっと、見てちょーだい」(こういう口調なのです)

というのです。見ると、江戸中期のお経で、明らかな刊本です。僕は、巻物を開くや否や、1秒もたたずに、言下に、きっぱりと、「刊本です」と言明しました。これ、簡単なのだよ。我々にとっては。でも、こういうことがよく分らないのだね、彼女とて。

しかしこの答えは、彼女を満足させたらしく、帰るときには、僕の手を握って、「是非、また来て下さい。本当に来て下さいね」と熱心にすすめてくれました。僕も正直に、クラフ

トさんの目録には敬服したことを告げ、なお、誤りを何ヶ所か指摘して、帰途につきました。

ミュンヘンの図書館で招待してくれることが決れば、もう一度ベルリンにもよってみようと思っています。

しかし、ドイツは、あんまり好かんな、結局。ドイツではずい分金がかかってしまって、フランスへ行くのは、ちと苦しくなりました。もしフランスに行くならば、車運転して行こうかな、と思っています。それが結局一番安いし、Annie がフランス（パリ）に帰省する時に合せて、乗っけてってやって、半分ガソリン代を出させればお互いのトク。僕はまた、フランス語の通訳つきのようなものだから、それがよかろうかと思っています。もっとも、もうフランスへ行く気は余りなくなった。

望

また。

2

すっかり大きくなると、あんまり食べなくなります。
それから、少しじっとしていて、ある日、朝起きると、
突ぜん、「さなぎ」になっています。ふしぎだね。
そして、何日かすると、「さなぎ」の背中がわれ
て、中から、あげはが出て来るよ。でも、この出て来
るときは、大てい朝の5時ごろなので、よっぽど
早起きしてかんさつしないと、出てくるところは見る
ことが出来ません。でもがんばってごらん。
　それから、このごろは、はるなと二人で仲よく
あるすばんができるそうだね。お母さんの手紙
にそう書いてありました。これも、お父さんは、感心
しています。さすがに、学芸の2年生だね。勉強
やギターやおしまいで忙しいけれど、がんばって
また作文をたくさん書いてください。まってるよ。
では、げんきで。

6月29日。　　お父さんより

大地へ　　　　　　　　　　　　　　1

このごろ　とても　かんしんしたことが　あります。
それは、大地の作文です。お母さんは、いつも大地
の作文をコピーしておくってくれますが、さいきん、
あげはちょうの　幼虫を　飼っているでしょう。
そして、その　かんさつ日記を書いているでしょう。
あの　かんさつ日記が　ほんとうに、よく見て、きちん
と書けているので、お父さんは、すっかり感心して
しまいました。ぜひ、ちょうになるまで　つづけて
かんさつして、作文を書くようにね。すばらしい作文
ですよ。お父さんも　大地くらいのとき、あげはの
幼虫や、こおいむし、かぶとむし、くわがた、
こおろぎ、ざりがに、どじょう、やどかり、とかげ、
かえる、きんぎょ、それから、あり　まで　飼ったこと
があります。あげはちょうの幼虫は、ほんとうによく食
べて、どんどん大きくなるから、少し大きい入れものに、
たくさん　ゆずや　きんかんの葉を入れて、ときどき、葉っ
ぱに水をかけてやるのもよいかもしれないよ。そのうち

2

こんなに　おうた　や　おえかきが
じょうずなのだから　らいねん　から
たのしい　ようちえんに　いけるね。
はやく　じ　を　すっかり　おぼえて、
おとうさん　の　おてがみ　を　じぶん
で　よめる　ように　なってね。それから
おてがみ　を　かいて　くださいね。
まって　いるよ。　6がつ29にち
おとうさんより

はるなちゃんへ　1

このまえ おくって くれた テープの
なかで はるなちゃん が おうた を
うたって いたでしょう。じょうず だね。
おとうさん は すっかり びっくり してしま
い ました。それから ブンブン の え
も かいて くれた でしょう。そのつぎは
じどうしゃ の え も かいて くれたね。
どちら も あまり じょうずに かけて いる
ので ますます おどろいて しまった。

7月1日

今日は日曜日で、空は清々しく晴れ、こんなに快い気候というのもまた体験したことがありません。空気は飽くまでも乾燥していて、しかも冷たく、陽光はすっかり夏の輝きで、そよそよと良い風が吹きます。

今朝、あの〝お寿司の下敷き〟を見ていると、無性にお寿司がたべたくなりましたが、寿司なんか食べに行ったら50ポンドくらいアッという間にパーですから、こらえて近くの〝大和屋〟という日本食品店に行きました。こういうところでは、大てい〝寿司セット〟とか、さしみなんかを売ってるので、それでも買おうと思ったわけです。行ってみると、オヤジが、さかんに、マグロのさくを切って、さしみをこしらえていました。ところが、本職の魚屋じゃないから、さしみにするのに、角のところは、さっと切って、別にいわば「切り出し肉」として、色んな魚のをいっしょにして、すごく安く売っているわけ。日本の魚屋だったら、こんなことしないけどね。こりゃ良い、と思って、３００ｇぐらいかな一人で食べて食べ切れない位買って、たったの1ポンドでした。それから、ふ

とみると、ブリのアラが、これまたたっぷりある。「これ、全部もってかない？　安くしとくからさ」といわれたけど、そう沢山でも困ると思ってその半分買って来ました。これがまた、1kgぐらいあったんじゃないかしら、量りもせずに、さっとつつんでやっぱり1ポンドでした。

それから、さっそく家へ帰って、今夜の夕食は、久しぶりに、さしみと煮魚、吸物を添えて、少し多目にメシをたいて（ナベでメシを炊くのは、すっかり名人になりました）、大いに舌つづみを打ちました。マグロ、紅トロ、イカ、平目、ハマチ、なんかが入っていて、なつかしい味わいでした。ブリのあらは、例の如く、煮たわけですが、たべきれなくて、まだ山のように余っています。冷凍しとこうかなァ。このところ、暫く和食をたべなかったので、ことのほか美味しく、はじめて、少し里心がつきました。

それから、午後、久しぶりにこないだ送ってくれたテープをもう一度ききました。考えてみると、もうあれから1ヶ月以上たっているんだね。月日のたつのがあまりにも早いので驚きます。もう7月だからね。

車は、近くのカムデン・ガレージという日本人の自動車屋（この人は氏原さんが親しい）を、氏原さんに紹介してもらって、すっかり手入れしました。タイヤを1本かえ、クラッチシリンダーを交換し、定期点検をやって、プラグと、ポイントを交換し、チューニングしなおし、ねじの外れたところをつけ、かれこれとやって、やっぱり140ポンドもかかってしまいました。しかし、まあ日本だって、これだけやればその位はかかるだろ。それ以来クラッチオイルは全く減らないし、エンジンも快調です。

では。

望

7月7日

前便から少し間がありましたが、さすがに、このごろは少々タネ切れで、毎日平凡にくらしているので、そんなに次々とは書けないよ。しかし、「一週間のごぶさたでございました」と玉置ヒロシの如く、本便をかきます。

こないだ、大地の作文だけのがつきました。良いね。ますます良い。青虫を飼ったのは、近来の大ヒットでした。

大きくなっていた青虫が、急に食べなくなってちぢこまって、さなぎになろうとするところ、また、「体をグネグネ動かして」脱皮するようす、いずれも、絵も宜しいし、文もよい。ひとつ、大いに、奨励してやって下さい。

春菜の絵も、またたくまにまとまって来たね。やはり、時至らば自然と成長するものだ。案ずるには及ぶまい。なにしろ春菜はまた、あのオットリした性格が良いからね。大沼さん（注、慶應義塾大学斯道文庫の当時助手）が、手紙をくれて、「春菜ちゃんは、お父さんによく似、とくに口元や歯の感じなどがそっくりですが、それでいて、女の子になっているというこの不思議……」とか例のとぼけた調子でほほえましく書いてくれました。

いまいろいろと計画をねっていますが、旅行は、1泊はBathという昔床しい良い町、1泊は、もっと先のDevon《デヴォン》にあるHope Coveという入江に面した、小さな村へ行ってみようと思います（これ氏原さん御スイセン）。

そのとちゅうに、有名なストーンヘンジや、また細工職人の町として有名なトットネスというところがあり、ここでは、色々な手作りを売っていて、とても良いそうです。2泊3日の小旅行という線で、ホテルなどを手配中ですが、日どりは、いつがよかろうか。帰りは6日だったかね、8日くらいになると少し余裕があるんだけれど。まあ、3、4、5くらいのところ、かと思いますがそうすると、日ヨウはこの細工の町は休業なんだそうで、あんまり都合はよくないかもしれない。しかし、2、3、4だと、ついて早々って感じだしね。どうかね。まあ、君が来るときだけは特別に一週間は休みます。僕だって夏休みがほしいからね。

君が来るについて、ベッドをもう一台出してくれと、ローゼン博士にたのんでおきましたが、また例の如く学校へ一緒に行く道々、君のことが話題になりました。

僕は、「家内は、見た目も、また心ばえも、極めて日本的な女である。典型的な日本の女である」とか、多少眉ツバなことをほざいておきました。

ローゼンさんは、「林さんは、そのようにエクセレントな英語が話せるのだから、奥さんも英語はうまいのでしょうね」というから、「いや彼女は、全くだめである」と断言しといた。「どうしてなのだ?」と彼は不思議そうに言いましたが、「教育の何かが間違っているのでしょう、きっと」と答えておきました。それとも「もちろん、妻は、すこぶるノーブルな英語を流暢に話し、かつ理解する」とでもいっときゃよかったかな。ハハハ、もっとも君が来る頃は彼らはまた別荘に行ってるから会えないでしょうが……。

では、

望

7月9日

今日、氏原さんが、電話で問合せて呉れて、Hope Cove というところの、The Cottage Hotel というのを予約してくれました。結局、一存で、8月3日にロンドンを発ち、その日は Bath という町にとまり、それから、8月4日に、Hope Cove へ行って、その近辺を見物して、8月5日にロンドンへ戻る、という計画にしました。Bath のホテルは、まだとっていないけれど、ここは、沢山ホテルがあるので大丈夫でしょう。

ですから、31日に着いて、その日はゆっくり骨休め、次の日くらいから、ボツボツと見物に出かけ、コンサートをききに行ったり、船に乗ったりしてすごし、近くの大公園へピクニックという趣向も良いし、Vivian や Annie に会ってみるのも一興ではなかろうか。ただし、英語で話すのだよ。ちょっと1時間半ばかり走ってケンブリッジへ行ってみてもいいな。ま、来てからゆるゆる考えることにしよう。日程は、一日も動かせませんか。そろそろ、正確なスケジュールを送って下さい。では、これにて。

望

7月14日 Alex の Birthday Party

今日は、Dr. Rosen の二男の Alex の5才の誕生日なので Party をやるから、来ませんか、と Rosen さんから招きをうけました。イギリス流のホームパーティーを見物するのも悪くないと思って、今日は、そのパーティーに参加しました。いろいろなことが分って、大変有意義でした。やはり、何ていうかな、大人も子供もパーティー慣れしていて、うまくやるものだと感心します。

Alex は、King Alfred School という私立に通っていて、この学校は中々名門のようです。どういう基準で参加者が決められるのかはうっかりききもらしましたが、全部で10人ちょっとかな。ちゃんと、男女がほどよく混っていて、人種もさまざまです。Rosen さんのような、リベラルなインテリになると、人種差別はいけない、という考えがありますから、ことさら、色々な肌の色の子供をよぶもののようです。日本人も二人いて、男の子一人、女の子一人。この女の子とは全く話をしませんでしたが、男の子の方は、僕が日本人なので、よろこんで、ニコニコして、いろいろと話しかけて来ました。かわいい男の子だったよ。で、みていると、本当にペラペラと平気で英語でやってるな、この子たち。でも「英語の学校へ行ったから」

といっていましたから、それなりに大変だったのでしょう。

こっちのバースデーパーティーは、全く親主導で、しかも、それは、実にきちんと計画された進行ぶりです。ローゼン夫妻は、知りあいの人などにも手伝ってもらって、子供のためのキャンディのつつみや、プレゼントのお返しを、自分たちでせっせと作ったらしい。そして、当日ともなれば、博士自ら、道のところ玄関のところ、窓、と色とりどりのフーセンをかざって、目じるしになっています。こちらでは、パーティーをやるときは、必ず、親の送迎が義務となっています。みな一人ずつ、父又は母親が、車で会場まで送って来、またむかえに来ます。これは、学校でもそうで、必ず親の送迎が義務づけられています（そのくらい子供を大切にするのだよ）。一人また一人と子供たちがやって来ます。すると、ローゼン博士は、ずっと玄関のドアの内側にたって待っていて、ゲストを迎えます。そのときは、Alexも一緒で、プレゼントをもらって、ゲストを部屋まで案内します（つまり、そのようにして、来客のもてなし方を、親がおしえるのです）。

ある程度、子供が揃ったら、ちょっとハンケチおとしのようにして、子供たちに順にキャンディーを回します。これは、左図のように、何重にも紙が包んであって、一皮むくごとにキャンディーが一つ出てくるようになっている、そういう紙包みをつくっておいて、これを、奥さんのマリアさんのバイオリンに合せて、ぐるぐる手渡しで回し、曲のとまったところの子供が順にキャンディーをむいてたべる、とこういう仕組みです。

それが一順すると、次は、ちょっと、イス取りのような仕組みで、これも、マリアさんのバイオリンに合せて、とんだりはねたりして、順に一人ずつぬけて行き、そのときに、一人ずつカラーサインペンをもらいます。なんていうことはないのだけれど子供たちは結構たのしそうにしている。

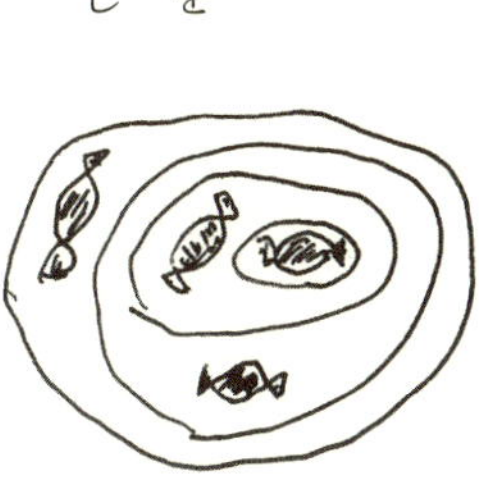

それがすむと、こんどは本職の手品師が呼んであって（なんか、この手の、ホームパーティー用のエンターテインメント専門の人らしい。中年の女の人でたしかに玄人です）、子供むけに、面白い手品をいろいろとやります。

それが終わると、おやつの時間で、子供だけは2階へ上がります。すると、ふだんの居間がきれいに片づけてあって、そこに、ビスケットや、チョコレートなどが、いろいろ並べてあり、子供たちは、それぞれ紙皿にとりわけてもらって、床のジュータンに座ってワイワイいいながらたべます。外人の女の子は、ことのほかオシャマで、きれいなワンピースなどきて、それはお人形のように可愛らしく、しかも、そのしぐさがまことに一チョマエなので笑ってしまいます。洋の東西を問わず、男の子たちは、一向埒もないことばかり言い合って幼稚なのに、女の子たちは、ツンとすまして、肩をそびやかすようなしぐさをしたり、すまして little lady といった顔でかれこれ話しをしているのは、面白い。

その間、大人たちは、適宜子供の世話をやき乍《なが》ら、ワインなぞ飲んで歓談しています。

さて、それが終ると、いよいよ Happy Birthday をうたってケーキをたべる番。このケーキは、一向おいしくないのだけれど、飾りつけは、さすが本場で、まことにエレガントに、クラシカルに出来ています。

それでパーティーは終りで、あとは子供たちは、親がむかえに来るのをまちながら、思い思いにあそんでいます。しかし、このパーティーの席には、一切、子供のオモチャは持ち出して来ないし、また Alex の部屋もカギをかけて立入れないようにしてあります。とかく、それがトラブルのもとになるからでしょう。パーティーは、子供どおしが、人対人であそぶための機会として、人対物にならないように、ということも、きっとその目的の一つだろうと思います。

時間は3：30〜5：30で、この2時間のあいだに、食事に類するものは一切出ません。お菓子も、たべる場所と時間が決っていて、だらだらと山のようにたべさせるということはないのです。

プレゼントは、みなもって来ますが、1〜2ポンドの安いものです。しかし必らずグリーティングカードを自分で書いて来て、ローゼンさんは、その一枚一枚を、パーティーの部屋に飾ってみんなに示すようにします。

ローゼン博士は、出迎えから何から大忙しで、この日のために、よほど念入りにしつらえをしたもののようでした。一人一人、帰りがけに、紙袋入りの「おかえし」をもらいますが、これは、ほんの20pていどの、小さなメモ帳といったものです。イギリスの親は大変だなァと思ったのが正直なところです。

そのうち、男の子たちは〝オシッコ〟なんていうのが出てくる。すると博士は、トイレの前に陣どって、ベルトを外したり、ボタンをかけてやったり、シャツをズボンにたくし込んでやったり、たいへんに手まめに世話をやきます。ローゼンさんは、「子供を育てることは、最も大切なことです」というのがログセで、彼は「子供本位」をモットーとし、親子が離れるということは全くしないので、見ていると大変ですが、しかしまた実にたのしそうでもあります。なにかこう、いじらしいほどの子ぼんのう、という風で、そういう表情のところを、僕はパチパチと写真にとりました。

いずれにしても、質素ながら、いかにもパーティーらしいしっかりした構成の進行ぶりには、なるほどなァ、と、その伝統を今さらながら感じました。しかし、このまねは、ちょっと日本では無理だね。やはり。だいいち、子供自体、ああいう親主導の進行に慣れてないものね。

終ってから、僕は少しギターを弾き、こんど、奥さんのバイオリン、ローゼン博士のリコーダーと、三重奏を試みよう、ということになりました。君が来たら、Devon へ旅行をしようと思っているわけですが、その折に、博士たちの Cottage へもたずねてみようと思っています。

旅行は、8/3 に、Castle《カースル》 Combe《クーム》 という〝英国で最も美しい村〟として表彰された、というところにある、Manor House（領主館）をそのままホテルにしたというところにとまろうと思います。うまく予約がとれるとよいが。そして翌日は Hope Cove という South Devon の海辺の "The Cottage Hotel" というところに泊ります。おたのしみに。では。

望

7月20日

僕の方は、もうこのところ、ギター狂いといってもよいくらい、毎日ギターばかり弾いています。易しいところを大方かたづけてしまったので、今は、Fernand Sor の、20のエチュードという、非常に難しいのに少しずつ挑戦中です。それから、バッハのブーレは、大方マスターしました。これは学生時代には、とうとう弾けなかった難しい指づかいの曲でこの2週間ばかり、この曲をくりかえしくりかえし、飽かず弾いているおかげで、どうやら指が動くようになりました。これから、暗譜して、音楽らしくしようというところです。有名なメヌエット、（A Lover's Concerto の原曲）も入っていて、同時に練習中です。雑用がないと、人間、文化的に向上しますな。

今日は、ウサギの唐揚げをつくってたべました（ウナギじゃないよ、Rabbit です）。ウサギの肉は、上等な鳥肉のような味で、やわらかく、くせがないので、まことにおいしく、かつ非常に安いので、愛用しています。これは、中国からの輸入品ですが、冷凍で売っています。これできのうは、親子丼ならぬ、うさ子丼を作ってたべ、残りの半分を、今日唐揚にしたというわけです。昨日は、ウサ子丼にブロッコリーのいためもの、それにジャガイモとネギの味噌汁、というあんばい、今日は、ウサギの唐揚と、八宝菜を作って、舌鼓を打ちました。あの送ってくれたシイタケは、まこと上等で重宝しています。じゃまた。

望

とも子様

大地の日記は、このところの一連の観察物は、とても良い。僕は飼うことは飼ったけれど、あんなにちゃんと記録しなかったから、大地の方がえらいね。しかし、これが「科学する眼」で、すべての学問は、ここに根ざしている——僕のやってることだって、一種の「観察日記」です。学問の家の子供としては、大いによろしいので、何学問をするについてもこの心がけが肝腎です。おじいちゃんも、ひとつ、この日記をよく読んでやって、大地を encourage してやって下さい。うまく育てれば、良い学者になるかもしらぬ（親バカ!）。

８月６日

今回の小旅行は、大変良い旅でした。最初に泊った Castle Combe（カースル・クーム）という村は、「最もよく保存された村コンテスト」で常に優勝するという古い美しい村で、全く、映画のセットのように美しいところです。しかも、それが少しもわざとらしいところがなくて、ほとほと感心しました。泊ったホテルも、Manor House（マナ・ハウス）＝〈領主館〉というので、お城のような、石造りの荘園領主の広壮な邸がそのままホテルになっています。なにしろ、元禄時代に建てられたのがそのまま使われているので大変なものです。ここは、一見の価値があります。サービスも結構なもので、ああー英国だな、という感じがヒシヒシとします。全部で26エーカーという広大な敷地の中に、絵のように美しい庭に囲まれて建てられてあり、しかも、食べきれないほどのディナーと、朝食、税金、サービス料まで全部入れて一人45ポンドほどです。日本円にして一万五千円位、こういうことからすると、イギリスのホテルは、決して高くありません（日本が高すぎるのでしょう）。

　それから、二泊目は Hope Cove（ホープ湾）という田舎びたリゾートの、The Cottage Hotel、Full course dinner と、English breakfast つき、税、サービス込み1人30ポンドという小さなホテルにとまりましたが、さすがここまでくると、日本人などは全くおらず、荒涼たる海岸の絶壁が続く景色は、これまた、日本には、ちょっと見られない景観でした。ここへ来る途中、Totnes《トットネス》という街に立寄りました。ここは、職人町として手工品で名高いところだというので期待していたのでしたが、行ってみると案に相違して、大したことはなく、中世の街並が保存されているというので、むしろ、アメリカあたりのツーリストでゴッタ返しており、そのわりに手工品などは一向めぼしいものなく、ガッカリしてしまいました（それゆえ、ここでお土産をかうつもりだったのは、沙汰やみになりました）。Hope Cove では寒いくらいで、ボウボウと海風が吹き、ちょっと地の厓という感じでした。

翌日は美しく晴れた日曜日で、Rosen 博士のコテージを訪ねました。博士は、自ら陣頭指揮してもてなしてくれ、2時間以上も近くの丘を案内してくれました。その近くは、Dart Moor という名高い荒地のへりにあたるところで、多くのストーンサークルが点在し、一木もない荒地の丘がうねうねと続くさまは、これまた異景と申すべきものでした。そのあと、遅い昼食を頂き、再びせせらぎのほとりで午後のお茶をのみながら、のどかに談話をして、5時ごろ失礼して来ました。その帰り途、ダートムーア国立公園をまっすぐ横断して来ましたが、これは、日本でいえば、やや霧ヶ峯あたりに似た一面の草地（荒地＝Moor）で、野馬や羊が遊び、Heather《ヘザー》という特有の小さな草（木？）が、紫の花を咲かせています。しかし、日本とちがう点は、人が殆どいないことで、全体、ひっそりと静まっています。美しが原あたりの、ゾロゾロと人の歩くのとは大違いで、まったく、無人の境を往くが如く、ただうねうねと荒地の丘が起伏しています。

そんなわけで、此の度の旅行は本当に良いところへ行ったものと思いました。ロンドンをチラリと見てイギリスを見たつもりで、小ざかしくイギリス病がどうしたなどということは、大きにまちがいというものです。

途中、有名なプリマスの軍港の町を通りましたが、きっと季樹《すえき》じいさん（注、筆者の父方の祖父。海軍大佐であった）も若いころ、ここに足跡をしるしたことかと思うと、不思議な気がしました。

今日は、スティーブンの案内でハムステッドの町を探検して来ましたが、良い所です。父上御来英の節は是非案内しましょう。そのあと、その町でピザをたべ、グルリと市内を見物して、テムズ南岸の市場の裏手のひどく汚ない裏路地の奥にある、イギリス人しか知らないという〝The Anchor〟というパブで一杯やって帰って来たところです。イギリスというところは、まったく美しいところばかりで、僕のイギリスカブレは、一向直らないばかりか、ますます昂じてゆきます。

では、また手紙かきます。ごめん下さい。

望

父上、母上

8月18日

まずは、幸子おばあちゃんに、どうもお世話様になりましてありがとうございました。きけば、結構子供たちは良い子にしていたようですが、やはり、多少覚悟をするのでしょうか。それにしても、ずい分お疲れのことと思います。10年に一度のことゆえ、何卒、ごかんべん下さい（その割には、お土産が少なかったのは、重ね重ね申しわけなく……）。おばあちゃんだけ書くと、おじいちゃんがヘソをまげるといけませんが、おじいちゃんも、遠いところ、まことに有難う存じました。この埋合せは、来ル御来英の折にでも、色々と……。へへへ。

東京から、当山君（注、筆者の友人の言語学者）が手紙をよこし、それに、ひたすら暑い毎日といってよこしました。こっちは、いよいよ秋めいて来ました。

歩道には、いつのまにか、黄葉が一杯に散っております。今朝などは、薄っすらとした朝霧の中を登校（?）しました。今日は、ラジオで"very dry and warm day"といっていましたが、それでも、23度が最高ですから、"hot"までいきません。"warm"です、甚しい人は、モックリした綿入れのジャンパーをきたりしています。こういう涼しいところは良いナァ。

僕は、長袖のYシャツに長袖のジャンパーという風で、ちっともあつくないよ。

それはともかくとして、とも子が帰ってから、氏原さんもいないしガールフレンドのAnnieもフランスへ帰っちゃったしローゼン一家もいないしで、身辺急にさびしくなりました。折しも秋のはじめときては、幾分里心がつきましたが、しかし、今日あたりからは、またすっかりもとの調子に戻りました。これでまた奈蔵が来れば、ひとしきりにぎやかで楽しかろうと思います。奈蔵は、どうも多少変人だけれど、僕にとっては、かけがえのない良い友達です。

それで、奈蔵に、あれこれ持ってくるように頼んだのですが、先日もってきてもらったフィルムは、もうじきなくなってしまうので、また20本、ヨドバシカメラで買ってきてくれるように、彼にたのみました。ですから、そちらからもTelして、これは、代金を払ってやって下さい（そしてノートにつけといて下さいね）。

今朝、大町からの、子供たちの手紙の入った書状うけとりました。大地は、いよいよ、小学生らしく大活躍の様子で結構です。ハチにさされねばよいが、と案じています。ハルナの手紙は、まことに傑作で、「かっこよくかえってきますか」というところ、腹をかかえて笑いながら、思わず涙が出た。ハルナは、どうしてあのように春風駘蕩かねえ。はやく、もう少し字をおぼえるとよいのですが。子供達の洋服は似合いましたか。写真がたのしみです。

大地のあのジーンズスーツは、さっそうとしてかっこよいだろう。ああいうのは、やっぱり、日本のと、一味違うからね。昔、おじいちゃんがフランスから送ってきたGパンが、その時分、日本では、どこにも売ってない洒落たデザインでね、大得意で穿いて歩いたことが思い出されます。

ハルナは、サイズはどうでしたか。あれでピッタリかい。ちゃんと「ハーチャンはカワイイからナァってお父さんが選んだのよ」といって渡してくれたかね。ここが大切ですから。（それから、ついでに、奈蔵にも、「是非、子供の服のサイズを手帳に控えて来るように」と電話でアドバイスしておいてくれたまえ。あいつは、あの世間離れ——となりのおじいちゃんより、もっとひどい——ですから、帳面へでもつけてこなくちゃ、買いようがないんだからね。くれぐれもよく言っといて下さい。奥さんに言っとくとよいよ）。

那須のおばあちゃんの靴は、どうもむつかしいね。大方、英国では、靴はあのようなデザインで、先がグッと拡がったのなんかないからして、少しはきのばしてはどうかね。皮はやわらかだから。もっとも、本当は、デザインが派手でどうもネェ、と思ってんじゃないかね。そんなことないと思うがなあ、だいたい、那須のおばあちゃんは、外人婆さん風なんだから。こっちでは、もう化石のようになったバァさんが、真赤な靴はいてヨロヨロ歩いているくらいですからね（おじいちゃんもよくごぞんじの如く）。

その後は、ただ図書館へ行き来してるだけで、とくに書くことがありません。

近頃、思い立って、英国の文豪、ゴールズワージーという人の、「林檎の木」という小説をよんでみていますが、やはり、英国をよく知って読むと一しおおもしろく、とくにデヴォンが舞台でダートムーアがさかんに出てくるので少し、こっちの方もせめてみようかと思っているところです。

では、写真をまちつつ。

望
皆々様。

8月31日

奈蔵は無事到着し、大いに英国を楽しんでいます。僕の方は、仕事は全く平常に変らず遂行していますから、御安心下さい。あの男は、あまり役に立たない代り、全く手間のかからぬ人間で、別段、何の不都合もなく、久しぶりに、愉快な毎日です。しかし、一切何もしないことはまことに見上げたもので、「オイ、そこの皿を持ってくるくらいしろよ」といわなければ、皿一枚運んで来るでなし、ただ役にも立たず埒もないことを喋りつつ座っています。

来たその日は、Hatfield House へ行ってみましたが、実にどうも結構な館で、これは、ソールズベリー卿の邸ですが、王室と血族で、大変な領主です。それで、やたらと広大な荘園を領し、今でも、現にその邸に住んでいますが、その広大な邸内のごく一部を有料で公開してまあ、税金の足しにでもしてるのでしょう。邸の庭では、楽隊が演奏し、内庭には、大道芸人が昔の格好して芸をなしつつあり、中世以来使っている Banquet Hall だの、あきれるほど美しいところでした。しかし、そこにイギリス人は、ビールなぞをもちこんで、広々した緑の園庭で、日がなねころんでしゃべっています。例によって、日本人は全くいません。東洋人はぼくらだけで、アメリカ人も殆どいないようでした。ここには、Vintage Car の

Collection があって、愛好の士には垂涎の的というところです。翌る月曜は、Bank Holiday で休日なので、一日、奴とつきあいました。奈蔵は、俗物でないところが取柄で、余りツアーの連中のいないところへ行こうということにして、まずは、Bank のあたりの裏路地をグルグルとめぐり歩き、それから、SOHO でメシをたべて帰って来ました。翌日は、奴は、グリニッチへ、舩《ふね》であそびに行き、カティーサーク号を日がなながめて帰って来たとかで、僕のおしえたとおり、サンドイッチバーでサンドイッチをかって、ベンチでたべたらひどく安かったといって、大満悦で御帰館でした。きのうは、Charing Cross から British Rail にのってドーヴァまで一人で見物にゆき、お城や、フェリーの船つきやら見て、これまた、「楽しかったーー、いやーーよかった」とウハウハいって帰って来ました。そのあと二人で、市内の劇場でやっている「On your toes」という、ナターリャ・マカローヴァの主演のミュージカルとバレエの合の子のようなのを見にゆき、これがまた、大した面白さで、「さすがだー、本物は違う！」といって、またもやルンルンと帰って来たことでした。

今日は今日で彼は、朝から British Museum にこもって、じっくりと見物して来た由で、「ありゃー一日じゃ回り切れないね」などといって、これまた、感嘆久しうして帰って来ました。そんなわけで、奈蔵のロンドン漫遊もまた、まことに Successful で、良い旅になりました。

写真たしかに受けとりました。ハルナのポーズが、えも言われぬものだな。オトメチックに構えているところ、まことに、すでにして女なのですナ。ニヤニヤしつつ、いくどもながめています。グレーのやつは、ちょっと大きすぎたみたいで、体に合ってないね。大地の方は、ピッタリでよかった。しかし、こたびの写真を見ると、ハルナは、隣のおばァちゃんによく似てるのだね。おどろきました。つまりは、サキク（注、筆者の妹）のようになるであろうことが予想される。

父上、母上、祖母上よりも御状拝誦、有難う存じます。父上は例によって「前もって少し悪く言っておいてやると、冬になってもあまり失望しなくてすむからな」という心かと存じますが、ヨーロッパの冬についての御教示、たしかに承りました。しかし氏原さんの話では、多くの日本人はイギリスの秋冬を暗くてよくないというけれど秋などはえも言われぬ風情があって、また一段と美しいのだといいます。いずれにしても、秋には秋の、冬には冬の、またなにかそれなりの楽しみがあるにきまっているので、僕は、別段、何も先入観をもたずに、あるがまま暮してゆくつもりです。ケンブリッジでは、コレッジの一員になるので、そこでの新しい人間関係も開けましょうて。なに、一切御心配には及びません。

この手紙がつく頃には、いよいよ新学期ですね。大地も、充分充電したことと思います。元気に行くように、よく言って下さい。ハルナは、いよいよ小金井幼稚園の入試だから、少

し用がなくても、セコセコとつれていった方がよいよ。慣らすためにね。ではまた

望

とも子様　皆様

P．S．秋田の井上隆明先生（秋田経済法科大学教授）が、醤油、ノリ、ラッキョウ、福神漬、梅干、など、あれこれつめ合せて、ダンボール一箱差入れを送ってくれました。それで、ノリなどは、売るほどあります。有がたいことです。

第 3 章

1984年9月2日〜11月25日

9月2日

今日の午後、奈蔵が予定通り、無事帰途につきました。今回の旅行は、本当に大成功で、心ゆくまでイギリスの初秋を楽しんで帰りました。一日も雨に降られず、連日、冷涼な好天で、全くついていたね。で、僕が仕事の間は、彼は独力であちこち行ったので、それもとても良い経験だったし、また、実に楽しかったというので、僕も、世話のしがいがあったというものです。

昨日は、Salisbury《ソールズベリー》という田舎町まで遠出し（土曜だったので、僕も休んでつきあいました）、そこなる、大聖堂を見て来たのでしたが、これはまた、実に良かった。まさに、天を摩する巨大な尖塔が、古色蒼然たる田舎町の中央に圧倒的な迫力でそびえ、しかもそれがウェストミンスターなんかとちがって、殆ど人気《ヒトケ》のない閑散たる境内に不吉な黒っぽさで天空を画しているので、また一段と趣がありました。そして、中に入ると、内陣中央に、折しも聖歌隊が土曜の午後の練習をしており、その背後に、巨きなパイプオルガンがそびえ、それを伴奏者が弾いていました。低音ともなると、本当に、聖堂の床がビリビリとふるえるほどの音で、英語とラテン語のミサ曲をやっていましたが、しまいに、ハレルヤ、ハレルヤと誦するところで、僕等は危うく落涙しそうになりました。こういう、有無をいわせぬ、圧倒的な荘厳美を以て、キリスト教は人々の心の中に沁み徹っていったものと思われ、例の遣欧少年使節などが、かの地に在って、いかなる思いを思ったか、心底にこたえるものがありました。それから、黒衣の神父が（牧師というのかな、どっちだったかな）登壇して、清澄な英語で、平和と愛について述べたあと、聖書の一節を謡うように誦すると、そこに三々五々回遊しつつあったアメリカ人観光客が立どまって、この誦文に同じて、低く、地の底からわき上るように、誦和するのでした。

　こういうの見学すると、さすがにナァーと思います。宗教も、人の心に関わるものである以上、この種の情緒、美しさを以て人心を圧するのでなければ叶うまいな。それは、本朝に於ける仏寺が、古く、殆ど病的なまでの荘厳を競ったのと軌を一にするのではあるまいかね。

　それから、僕らは、オールド・セラム（Old Sarum）という、大きな城の廃址へ行き、ソールズベリーの広野を一望したあと、Avon 河の支流、Ebble 川に添うて、Shaftesbury《シャフツベリー》 へ続く、野道をウネウネとドライブして回りました。もう道に沿った木々には、黄葉が目にしるく、夏の終りの、静かな、寂寞たる風情がどこにもここにも満ちておりました。両側は、牧場がつづき、さながら無人の野を往くが如くでした。

　シャフツベリーからまっすぐ北上して、Warminster《ウォーミンスター》 を抜け、Salisbury plain《ソールズベリ平原》 の北辺を東へ、こうして、夕風の冷たくなった頃には、M3に乗って、London へ向いました。Salisbury の町も良い街で、そこなる骨董屋でワインの栓抜き（鹿のツノのやつ）と、スクレイパー（注、鋳鉄製の靴泥落とし）を買いました。もっと買いたいものがいっぱいあったけれど、持って帰るに難儀するのでね。ひとつ、えもいわれぬかけ心地の、低い木の椅子（安楽椅子です）があってね。頑丈で、良い感じでもって、29ポンドだったから欲しいナァーと思ったのだけれど、やっぱり持ち帰るのが大変だからな。あきらめました。

ま、かくして、たのしかった弥次喜多まがいの一週間も終り、あしたからまた勉強勉強。

じゃあね。

望

９月６日

つい、2、3日まえまでは蒸し暑い感じだったのが、一転して、この数日来、一足とびに、寒くなってしまいました。きのうあたりは、最高気温16度という有様で、すっかり冬服にかわりました。僕も、ウールのズボン、長袖シャツに、厚手のセーターといういでたち。夜なんかは、まことに寒いもの。

町には、すでにダウンジャケットを着こんでいる人などが見えます。

こないだ、Stephen が呼びに来て、彼のうちで、イギリス風野菜シチュー（Stephen が作った）をゴチソーになりました。こりゃ作るの簡単だねェ。ただちょっと特殊な豆が入っているのがミソで、これは、スーパーで手に入ります。しかし、彼は、なかなか料理がうまい。そのとき、彼の母上という夫人が同席したが、これがまた、大の日本ビイキで日本人の友達がだいぶいて、何回も日本に行ってるのですね。それで大変に愉快に話しをしました。

それから、そのおかえしに、9月4日の火曜日に、僕が五目ずしと、冷ヤッコと、吸物、という献立てで Stephen と、その母上を招きました。五目ずしはね、干瓢、ニンジン、錦糸玉子、切り海苔、インゲン、紅ショーガ、デンブ、という具をヤッつけて、こりゃ大好評、上手に出来ました。デンブなんぞはね、ドーヴァのカレイを買って来て（こっちのタラはどうもにおいがよくないのでね）、茹でて、ほぐして、味つけて、煮つめて、2時間ほどもかかって作りましたが、さすがに旨いものだな。インゲンも、一煮して、冷まして、ひたしておいたので、青々と美しく出来た。冷ヤッコは、本ドーフでこしらえたが、あれは、仲々いけるね。寿司ごはんは、あの大きなマナ板の上でまぜ合せたけれど、上々の出来。すべて大成功で、いかにも日本的に美しく出来ました（どうしてこう俺は料理がウマいのだろう）。

それで、次は、Stephen の母上が、腕によりをかけてイギリス料理の真髄をやってくれるそうです。僕は、その作るところを見て、勉強して来るよ。

10月20日頃パリへ行きます。パリには、Stephen の恋人たる Annie Lao がいて、ホテルやなんかは、すっかりアレンジしてくれる手筈になっているし、Stephen や、その友達の、葉念倫という中国人の夫妻なんかと一緒に車で行きます。それが一番安いから。5日ぐらいで帰って来ることになっています。ま、ちょっと顔見せていどに。

ロンドン大学での仕事が仲々片づかないので予定が少しずつおくれています。そのため、ケンブリッジへ引こすのは、10月の第2週になる予定です。きのう、Rosen さんに、契約を一週延期してくれるようたのんだら、〝もちろん、よろこんで！〟とＯＫしてくれました。

大地の日記受けとりました。だんだん小学生らしくなってきたな。あのように、字は乱暴ながらも毎日書くというのはよいことだね。あれで、ずいぶん文章はうまいよ。語尾の混乱なんかも無いし、あの年で首尾のととのった文章を書くってのはなかなか少ないのだからね。さすがに文人の家の嫡男だけのことはある。おじいちゃん、喜べ！「川らは、それなりに深いところもありました」ってのには、思わず笑ってしまいました。こりゃ、仲々表現を工夫した結果ですからな。また、「おのうは、なれるとかんたんです」と自信満々なところ大地らしいな、と思ってほほえましくよんだことでした。

こないだ奈蔵がもって来てくれた、例の写真、何回もためつすがめつしてみているけれど、あの春菜の「ポーズ」は、何度見ても、思わず口もとがほころんでしまうな。あの、複雑玄妙なる手足のねじり方、うむ、さすがに、君の娘じゃ。

じゃね。

望

とも子様

9月9日　Loosley さんの結婚式

Castle Combe のホテルで偶然に出会った Loosley さん夫妻が、お嬢さん（Kay という娘さん）の結婚式に招いてくれたのをおぼえているでしょう。昨日がその当日でした。少し仕事疲れで、やめようかなとも思ったのだけれど、またとないチャンスなので、思い切って行ってみたら、とてもよかった。

Hatfield から更に北へ数マイル行ったところに Welwyn《ウェルィン》 という、小さな田舎町があります。特に場所（アドレス）もきかなかったけれど、ウェルィンの Church といえばすぐ分るのだろうと思って行ってみると、案の定、すぐ分りました。もう、式のはじまる少し前に、Church につくと、あの、世話ずきの奥さんが「ああ、よく来て下さいました。道が分らないのじゃないかと思って、ずい分心配してましたのよ」といって、中に招き入れ、そうして、近くの親戚に、紹介してくれました。

ところが僕は、もうオシッコがもっちゃいそうだったので、トイレはどこかってきいたのでした（当然、教会にあるんだろうと思って）。ところが、そこにいた親戚連中、みな、知らない、というので、一人のお爺さんが僕をつれて、トイレをさがしに外へ出ました。で、皆が「大体あのへんにあったろう」といっていたところへ行っても、無いんだね。そしたら、そこに川があって、岸に藪がある。「ああ、そのヤブにしちまえば良いさ、構わん構わん」というので、イギリス初の立小便をしてしまいました。ところが、このお爺さんは心臓が悪いらしくて、そこで暫く休むから、僕に先に行け行け、というわけです。仕方がないので、駆け足で戻ってみると、式はちょうどはじまろうとしていました（このお爺さんは、あの奥さんのお父さんで、気の毒に、僕のオシッコのせいで、とうとう、可愛い孫娘の晴姿をみることが出来ませんでした）。

式典そのものは少しも肩ひじを張ったところがなく（イギリス国教会でした）、聖歌合唱（これは、老若男女入り交った、教会の聖歌隊――アマチュアでしょう、勿論――がうたいます）のあと、すぐ、花嫁と父、花ムコと友人、そして乙女、というように、入場して来て、しばらく、「父と子と聖霊の……」ってな祈祷があり、しかしそれもごくごく短いものです。それから、例の、「私は、この者を生涯私の妻と定め、富める時も貧しき時も云云」という、誓詞の復唱があって、指輪を交換します。もっとも、この場合は、交換ではなくて花婿さんが花嫁さんに指輪をプレゼントして指にはめてあげる、というだけの一方通行のようでした。そのときも復唱があって、男「私は、生涯の誠実と愛のかたみに、この指輪を贈ります」というと女「私は、これをあなたの愛と誠実のしるしとして毎日見るでしょう」という意味のことを言い交すのです。そうして、牧師さんが、全く通常の言葉で、ふつうに話すような仕草をして、二人の若い人に、いくつかの教訓を垂れます。それは、しごく具体的なもので、夫妻生活の要諦といった底《てい》のものです。こうして式典がすすんで、それから二つ三つ讃美歌をうたって、式は終ります。この間、参列者席では、子供が哭くやら、若い衆はポケットに両手をつっこんだままだったり、ある意味ではだらしなく、しかし、別の見方をすれば、とても familiar な良い式でした。そうそう、若い二人は、この教会の祭壇の前で、賛美歌の中、結婚届のサインをするのでした。

終って、ゾロゾロと、人が庭へ出てゆきますから、僕も、「もう帰るかな、どうするかな」と思いながら、ついてゆきました。

庭には、古い、イギリス風の家が建っていて、その前で、実にたくさんの記念写真を撮ります。それがおもしろくて、日本のみたいに、すましこんで、というのではなく(勿論、二人ですまして撮るのもありましたが)、大方は、写真屋が、あれこれと注文をつけて、いろんなポーズをとらせます。一番ケッサクだったのは、男の友人たち5人くらいで——彼等はみな、グレイの燕尾服に、グレイの山高帽をかぶっています、これは、こうした場合の常の礼装だそうです。——花嫁さんを横だきにかつぎあげて、その前に花ムコさんが立ち、このお嫁さんのドレスのスソをまくり上げちゃうわけ。美しい足がスラリと出たところで、ムコさんが独りだけ、ニヤニヤしながら、およめさんの穿いているペチコート（というか、ブルマーみたいなパンツ）の裾をひょいとつまみ上げて、その中の「大事な所」をのぞきこんでいる、などというふざけたポーズを作らせて、みんなの前で大騒ぎをしながら写真をとります。さすがにこのときは、およめさん、白い顔が赤面していましたが。僕も一枚、大ぜいの記念写真に加わってとってもらいました。

花よめさんのKayは、素晴しい美人で、（あの夫妻の良いところばかりとったんだな、大体は父親似）、プリンセス・ダイアナという系統の顔のブロンドです。あとでお父さんに、「プリンセス・ダイアナのように美しいですね」とほめたつもりで言ったら、彼ニヤッと笑って、「いやいや、うちの娘は、あんなに鼻が大きくないぞ！」と答えました。新夫は、いかにも町のアンチャン風の男で、それもそのはず、仕事はplumberといっていたから、つまり、水道屋（というより、パイプ工事屋）ですな。あんな男に、かような美人がとつぐという法はないと思ったが、まあタデ喰う虫というものであろう。

てなわけで、この面白い写真撮影を見ているときに、奥さんから、Leila《ライラ》という女の子（これは、御主人の友達だそうです）を紹介されて、この子がとても気さくな子で、いろいろ話をしているうちに、なんとなく帰りそびれていました。

すると、また奥さんが来て、ぜひレセプションに出て下さい、というのですね。これには、ちょっと困った——というのは、式だけ見て帰るつもりだったので、何もプレゼントをもっていなかったから——。でも、彼等は当然のように、レセプション会場はここだから、私の車についていらっしゃい、とさそってくれます。きいてみると、式に出た人は、すべてレセプションに行くとのことです。えいままよ、と、ついでにこっちにも行ってみました(我ながら強心臓——父親ゆづり——)。

レセプションは、町外れの Youth Club のクラブハウスでやりました。これは、サッカー場だの、グリーンボーリング場だの、そういう若者たちのスポーツ施設で、クラブハウスったって、ひどいオンボロの、プレハブじみた小屋です。ちょうど、たてかえる前の、小金井本町児童館といった趣です。そこに、ボロのテーブルをたくさん並べて、ローストチキン、各種サラダ、チーズ、おかし、といった食べものが、山のように置いてあります。ここから、客は、バイキング式にとって(それもイギリス流に行列して、料理を採ります)、自席へ戻ってたべる。席はちゃんとあって、立食ではありません。別段、何のスピーチもなく、ただみなたのしそうに雑談しているだけです。そして、食事の終りごろ、シャンペンが配られると、男の友人代表の司会役が祝状や電報などをよみ上げます。それから、花嫁の父が立って、簡単なアイサツをして杯を上げる。どういうわけか、イギリスでは花嫁の父が話すしきたりだそうです。

それが終ると、「ちょっと、この部屋は別の用意をするので、反対側の別室へ移って下さい」というアナウンスメントがあって、みな、もう一つの部屋へ移ります。すると、そこには、近所のパブが出張して来ていて、そこでは、みな有料で飲み物を買ってビールやワインなどをやりながら、ワイワイいって、その部屋に山と積まれたプレゼントの包みを開きます。これは、およめさんの役目です。この時盛大に、包み紙をヒッチ破くところがイギリス流というか西洋流ですね。

この部屋では、僕は、夫妻の長男——これは、おっ母さんそっくりの大男——に紹介されて、彼が、僕の飲み物やなんか気をつかってくれ、色々な人に紹介してくれました。親戚一同のオジさん連中、みな気さくな人たちで、次々に僕に甘い飲み物を持ってきてくれました。そこでいろいろな話をしましたが、この長男にきくと「あの料理は全部ウチのお袋が自分で作ったんだよ」というのです。鶏は、30羽焼き、この2日3日は、一日中かかりっきりで、彼もその手伝をして大変だった、といっていました。

良いねェ、こういう、手作りのきどらない披露宴。僕は、変に芝居がかった、日本の、あのホテルでのやたら豪華な披露宴が、まるで空しい茶番のように思えてくるのでした。でも、日本じゃ、このマネは出来ないね。だいいち、壁に穴があき、イタズラ書きなんかしてあるような粗末な小屋でやったりしたら、「親戚一同」ってやつがあれこれ言うものな。こっちでは、こういうのが一般庶民のごくふつうの結婚の宴会なのだそうで、いかにも質素で、家庭的なことを尚ぶイギリス気質があらわれているようです。

Loosley 夫妻は、折々、僕のところへ見えて、つねに気をつかってくれました。それが、単なる〝ゆきずりの友人〟なのですから、不思議です。全く、袖すりあうも多生の縁、というもので、僕は、〈一期一会〉という言葉など、あの俗臭ふんぷんたる日本の茶道なぞで使うより、こういうところで一番その真意をつくすべきことばではないかしらん、などと思ったりするのでした。しかしこういう田舎町では、JAPAN なんてどこにあるのか知らない人が多く、中国や、タイやマレーなんかと混同しているのは、蓋《けだ》しやむを得ぬところでしょう。そのくせ、カメラやステレオ・ビデオなんかは、みな日本製だからなあ。そういう意味でも、この田舎の庶民のオジさんたちと会話を出来たことは、面白い経験でした。

ややあって、さきの食事をした部屋で、ディスコがはじまります。老いも若きも、そこで、夜の更けるまで、踊りつくして、僕は11時ごろまでいましたが、そのころになると、友達連が大声をあげて、輪になって踊り狂い、その中に、Loosley 氏も加わったりして、大さわぎです。しかし、その間にも、さっきの食事の残りで作ったらしいサンドウィッチやら、焼きたてのピザを持って、新郎新婦の両家の親父さんが、サービスして回ります。

こうして、婚礼の夜は、限りなくにぎやかに更けてゆきました。挨拶をして帰途につくべくクラブハウスを出ると、夜気はひんやりとして、あたりは、闇の中に静まりかえっていました。僕は、車の置いてある広場へ歩きながら、Loosley氏の「娘を嫁にやる気持ちねェー〝うれし哀《がな》しい〟かな」といっていた表情を思い出しました。春菜の結婚式は、こんな風にやりたいなあ。ま、むりだろうね。

しかし、イギリスでは、結婚式は、親がオーガナイズするもので、その点は、日本とよく似ています。新しがりの、妙な日本人は、少しイギリスで西洋の伝統でも知るがよい。出席者は、殆ど親類と友人で、僕なんかは異分子中の異分子、でも少しも不愉快はなかった。

Loosley家では、キリスト教は、まあ、式典用で、ちっとも本気で信仰なんかしてないのだそうです。それも、イギリス人一般で、親戚連中もみなそうだそうです。Stephenもこの類で、そのへんが、イギリスにいて、あまり違和感を感じない一つの理由かもしれません。

それでは、また。

望

9月17日　Strange 家のイギリス料理の巻

今日は Stephen のお母さんにイギリス料理を教わって来ました。さて……今日の献立ては、〝ローストベーコン〟とでもいうものがメインディッシュ。それに Boiled Vegetables と、English Pudding というところです。この外 Cocoa Crispy というお菓子、それに、リンゴのソース、をおそわって来ました。

Roast Bacon というのは、こっちのスーパーではベーコンの固まりは、800gとか1kgぐらいで、せいぜい2ポンド50p位の値で山のように売っています。これは、皮つきの香ばしい固まりで、真空 pack になっています。これを、袋から出して、ホイルにつつんで、オーヴンに入れ、約45分〜1時間焼く。ただベーコンの固まりをオーヴンで焼いておしまい。

野菜は、ジャガイモ、ニンジン、Swede《スウェード》 という顔ぶれでしたがいずれも、ただに皮をむき、ジャガイモとニンジンは、丸ごと（Swede というのは、一種怪物的なカブの一種ですが、こっちの家庭料理ではよく使うそうです）。Swede は、3センチ角ぐらいにゴロゴロと dice して、いずれも、大鍋に入れて、ただの湯でグツグツゆでる。それでおしまい。それからこれをつける White Sauce with parsley というのを作る。これがまた、バターをとかし、そこへ、いきなり小麦粉を入れ、あたためてもいない牛乳をも、入れちまって、少々塩も加えて、ゴトゴトとかきまわす。どうしたって、ダマになるだろ。そこをね、電気ミキサーで、グヮーとかき回しちまって、強制的にクリーム化する。そいつを、ゴトゴト煮て、パセリのミジン切りを入れて、かきまぜて、でき上り。

しかし、ここからが違うところだけれど、さて食卓となると、部屋は薄明りにして、テーブルにクロスをかけ、ローソクをつけて、ムードは満点にします。このテーブルなんぞ、そりゃあもう時代ものの、アーーッいいナァーー！　と叫びそうな良いもので、そこへお料理をならべて、要は、会話がたのしけりゃ良いので、味のほうは二の次です。そして、白ワインかなにかをくみ交しつつ、たのしくたべる。

今日は、Stephen、Stephen の姉さんと、そのお嬢さん（13才で、とっても可愛い。外人のこの位の娘は天使のようだ。スタイル抜群！）、母上、母上の友達の老婦人、そして僕、という顔ぶれです。Stephen のお姉さんというのがまた感じの良い人でね。どうも、しかし彼女は devorced wife らしい。それでもしかし、この不思議な料理を、けっこうペロペロと平らげて来たのだ（就中《なかんずく》、この Swede というものは、日本では犬もくわない）。

食後は、お菓子をたべ紅茶をやりながら例によってベンベンとしゃべり合う。こんなのは、平気になりました。

さて、English Pudding ですが、こいつは、(詳しくはノートして来た)、何のことはない、しごく普通のスポンジケーキさ。卵と粉をマーガリン(彼女はベジタリアンなのでバターはたべない、参《ちな》みに、英語では、マーガリンとはいわない。「マージェリン」というのだよ)。それに砂糖。これを、グルグルまぜて、重ソウを入れて25分(300°F)で焼いて、一丁あがり。もう少し何か工夫があるのかと思っていたが、何もないよ。これは、味は、つまり「甘食」です。巨大な、あったかい「甘食」に、ジャムだの、メープルシロップだの、ゴールデンシロップ(こりゃ何かね、一種の水アメのようなものかな)なんぞを、ベトベトとぬって、たべる。僕はまたカスタードクリームか何かをかけるのかと思っていたがこれは大あて外れ。ジャムは、Red plum jam(紅ウメジャム)です。

さて、リンゴのソースというのは、庭になっている(いっぱいなってる)Cooking Appleというスッパイリンゴをゴロゴロと切って、そのまま、皮もむかずと、Table Spoon 2はい〜1/2 cupくらい、ごく少量の水を入れて、大なべに入れ、煮る。砂糖も何も入れない。ただ煮て、すると左下図のような形の一種の裏ごし器があってね、こいつでゴリゴリとすりつぶしてこすと、これがドロリとした薄緑色のペーストになる。それでおしまい。

これ、何するんですか? ときいたらね、毎朝、ミューズリーにかけてたべるんだそうだ。まあ、例の青汁みたいなもんだね。渋いような甘いようなスッパイような味のものでした

（しかし無農薬、有機肥料の自家製リンゴを皮ごとだから栄養は満点でしょう）。Cocoa Crispy というのは、Rice Crispy という一種の朝メシ用のポップコーンのお米版みたいのがあるだろ、あれを使うのですよ。マーガリンと、砂糖とをとかして、ぐるぐるまぜて、そこへ（熱いところへ）この Rice Crispy をまぜ、ココアを入れ平らにのして、バットに入れ、冷ゾー庫で冷やす。すると、かたまって板状になりますな、あれです。これは必ずしも悪い味のものではないが、しかし簡単だね、秘訣というようなものをもちだすまでもない。

要するに、イギリス人は、料理などは、人生の大した問題ではないと思っているらしい。だから、フランス人のように、食味に命をかけたりしているのは、オコの沙汰と思うんじゃなかろうか。

それでも、Stephen の一家との夕食は、あたたかな空気で、とてもよかった。それから、12月のクリスマスには、Strange 家で、最も伝統的なイギリスのクリスマスによんでくれることになりました。こういうことは、本当に幸いです。今にして思えば、ウチで龔《クン》先生、金先生、徐先生なんかを、折々招き、またお正月など呼んであげたのは、本当に良いことでした。異国で心細い思いをしている者にとって、どんなにか、その国に親しみをもたせてくれ

ることか。本当に「友好」のきずなになるものです。それがよく分りました。来年は Stephen が日本語を勉強してから来日する予定なのでウチでもよんであげることにしよう。

それでは。

望

9月21日

今日(21日)、SOAS(ロンドン大学東洋アフリカ校)で例によって本を調べていたら、一誠堂の若旦那の健彦さんが、御用ききに来ました。SOASでは、60万くらいかっていたようですから、さすがに一誠堂ともなるとちがったものだ。

それで、今、ちょうど、古書市をやっているんですね。パークレーンホテルという一流ホテルのロビーをつかって。そこに、一誠堂とか、中尾松泉堂、大屋書房、雄松堂なんぞが店を出しておるわけです。で、ちょうど良かった、というので一誠堂にひっついて、ヒヤカシに行きました。もちろん、何十万、何百万というのばかりで、貧書生の手の届く代物ではなかったけれど。そこに、中尾松泉堂は親子で来ていて、大旦那と若旦那と二人、健彦さんが紹介してくれました。

そのあと、メシをおごってくれるというので、ついてゆきました。一誠堂と、松泉堂親子と僕、と4人で彼らのホテルの隣のイタリアレストランへ行きましたが、これがまた、量が多いばかりで一向まずかった。それでも、ともかくこの食事は終って、しばらくホテルのバー(パブ)でソフトドリンクをのみながらよもやまの山をして、夜中に帰ってきて、今手紙をかいています。松泉堂の若旦那というのもなかなか良い男で知りあえてよかったと思ったことです。

仕事の方は、今は相変らずSOASに毎日通ってやっていますが、「終った」と思うと、また、どこからか、目録にも出てない山が一山出て来たりして、一向終りません。予定では250タイトルくらいのはずだったのが今は400タイトルをこえて、なお、まだ100くらいはありそうです。アーア。

しかし、日本美術担当の安村さんという女史は、私の方法に深い興味をよせられ、是非、教えを乞いたいというので、ついに、この一両日、彼女のために講釈をしています。それも彼女はたいへん面白がって、こんど自分で講義料を払ってもよいから、もっと詳しくやってくれないか、というのでこれには弱りました。もちろん、金なんかいらないし、やってあげることは、ちっともかまわないけれど、今、時間がない。これで、もう少し、彼女だけじゃなくて、せめて、イギリス人の担当官も含めて、正式にセミナーをする、というようにアレンジしてくれるならば、私もやりがいがあるのだけれどね。そういう方向で考えてみてくれるようにたのんでみよう。そうすれば、うまく行けば、国際交流基金あたりを説いて、渡航費を工面して、来年また、夏にでも来られるかもしれない。と、そんなことまで考えたりしています。ミュンヘンは、本気で僕をよびたがっているし、これでロンドンでも呼んでくれれば、国際交流基金が動かぬものでもないだろう……どうでしょうか父上、お考えをうけたまわりたく。

つまりね、ミュンヘンからは手紙が来て、東洋部長も館長も原則的に、呼ぶことに賛成しているのだけれど、今年の特別費の枠は、もう使い切ってしまったので、来年よびたい、というわけ。これは、イギリスからの航空費と、滞在費をくれる（日当もくれるようです）。いつか健太郎さん（注、伯父。当時国際交流基金総裁であった）が、「あっちで講釈するようだと、交流基金から出せるんだがなァーー」といっていましたから、ちょっと、父上、きいてみてくれませんか。なんとか、ミュンヘンで目録を作って、そのCompilerとして名前が出るようにもって行けば、次からイギリスでの成果を発表する道が開けるというものです。

なんといっても、ヨーロッパでは、どうでも、事実を以て、実績で示して、なるほど、あの人にたのめばまちがいない、ということを分らせるチャンスにしたいと思うのです。イギリス人はガンコで自分たちが日本人より偉いと信じているので、僕は今のままでは、成果の発表がかなり制約をうけそうです。今後のこともあるので、彼らのキゲンを損ねるような一方的抜けがけは出来ないし、かといって、彼らのいうことを全部きいていたら、何一つ発表することが出来ません。そういう意味でミュンヘン国立図書館が目録の編纂を目的として、僕を招きたがっているのは、願ってもないチャンスだけれど、来年の1月〜3月は、ベラボーに忙しくて、ちょっとドイツへ行くヒマがなさそうなのです。書誌学は、どうしても文学論などに比して、こういう面で難しいところがあり、それがこの学問に進む人を一層少なくしています。しかし、僕はあきらめない。自ら信ずるところに向っては、容易にあきらめないで、交渉や術数、誠意と実力を以て、その道を拓いてゆく、ということは、イギリス人の考え方に接して、学んだことです。そのイギリス的考え方で、僕はやるだけのことはやってみようと思います。彼らは、自らの信念を圧するものに対しては、"Fight" するを以て旨《むね》としています。〝戦うべし〟というのです。「長いものにも巻かれない」これがイギリス魂であり、大英帝国を築いた所以です。幸い、ミュンヘンの汪女史、ロンドンの安村女史、この二つのコマを今手中にしましたから、何とかこれを有効に使えぬものか、思案中です。

おっと話がどうもくどくなりました。もうよしましょう。ケンブリッジの住居は、コレッジの寮はダメ、と正式に返事が来ました。サァ家さがし開始です。御先祖様、再び加護あらせたまえ。

では、また。今は、元気です。論文は脱稿して能の方にとりかかります。このごろは寒くて、最低6℃、最高13℃というところ。黄葉が美しい。毛皮のコートの人が、もう出ています。

林　望

９月29日

こないだ氏原さんが手紙をくれてね、これが、とても良い手紙でした。やっぱり、何というか〝人物〟だね、あの人は。人間が大きいし、信頼するに足る、ということがその言葉のはしばしにもあらわれている。彼は、きっと出世するな。氏原さんの言うことなら従おう、という気がするものね。

さて、今回は、ロンドンの奇人怪人について少し考察をめぐらしてみましょう。君は気がついたかどうか分りませんが、実は、ロンドンには、怪人がとても多い。毎日のように出くわします。

（その1）ビクトリア駅の雷婆ァ。

ヴィクトリア駅の近くに僕は3、4回行きましたが、そのとき、いつも決って出っくわす婆さんがあります。こりゃ、ありていに言って浮浪者なのですが、近くによると、腐ったような臭がして、それはキタナイ。キタナイだけのやつなら、町中どこにでも居るから、それは珍しくはないけれど。このババァは、いつも何かに怒っている。それで、あの、エクソシストのデヴィルのようなしわがれしたいやな声で、大声で何かをどなりながら歩いている。目はいつも充血していて、何を言ってるのかは分らないけれど、どうも呪咀《じゅそ》のようなことを、なげつけているらしい。これは、近くにこられるとちとビビル。

（その2）サウス・バンクのドラキュラ男

サウス・バンクというのは、テムズ川の南岸、ナショナルシアターなんかがある一画ですが、ここは、恋人たちと浮浪者の散歩道として名高いところです。ここで僕は、背筋が凍るような男にでくわしました。背の高さは、１８０㎝くらいあって、ギスギスにやせている、そして何だかこう、マントのようなものを頭から被ってるんだね。これも、どうも失業者らしかったけれど、その顔をみておどろいた。血の気がないような、青白い顔で目がね、こういう風に、血でふちどられたようになっていて、全くまばたきもせず、そうして、この大男は両手をダランと下げて、その姿勢のまま、音もなく歩いてくる。思わず、キャッと叫びそうになりました。ドラキュラとか、フランケンシュタインなんかは、やはり現実にモデルがあるんだね、西洋には。

（その3）地下鉄の演説家

ハイゲートの駅のエスカレーターに時折こまりものの老人が出現する。この男は、やっぱり失業者ですが、エスカレーターの上に立っていて、下の方にむかって、なんだかわけの分らないことを、吼えたてています。日本ならばお巡りさんか、公安官、もしくは駅員が来て排除するだろうに、ハイゲートにはパトロールの巡査はいないし、公安官という制度はないし、駅員は、「私の仕事ではない」という顔でまったく知らんかおですから、このオヤジは、気のすむまでワァーオ、ウェーー、ギャオーーとさけんでいつのまにか消えるらしい。

（その4）中華料理店の一人芝居女

僕はいつも近くの、看板娘のいるキタナイ中華屋に食べに行きます。なにしろ、とても安くって、そのわりにはうまい。もう、すっかり顔見知りで、とくに、その娘の親父が、いろいろと話しかけてきます。娘が話しかけてくりゃいいのにな。

さて、ある夜、私は、いつものように、この中華屋へ行きました。車を駐めて、歩道に出ると、何やら、白っぽいゾロゾロした洋服をきた女が、向うから歩いてくる。別に気にもとめずにいましたが、何だか、どこかおかしいのだね、雰囲気が。その女が、すれちがうときみると、かなりの婆さんで、スーーッと近よって来て、何か、いやな気がしたので、僕はさけて、歩いたのだ。すると、この女が、しばらく行って、また、フラーーっとこっちへ戻って来る。別に、僕をめがけて来るというわけでもない。

まもなく、店について、〝ハロー〟とかなんとか看板オヤジとやっているところへ、くだんの、白っぽいバァさんが入って来ました。店内は明るいのでよく見ると、もう60はすぎたバァさんで、そのくせ、ピンクかなんかのピカピカ光ったレオタード様のタイツをはいて、白い毛のミニスカート（それもかなりのやつ）、その上に白っぽいガウンみたいのをきて、頭にも毛の帽子をかぶってるわけ。これが、オヤジのいるカウンターのところへ立ったのだけれどオヤジが「何にします」とか、いくらいっても、一向きこえない顔で、中空をにらみ、小声で、何かつぶやいている。オヤジも、これにはギョッとした顔していましたが、このバァさんが一向にそこを動かないんだね。それで、ヒラヒラと手をかざして、空中でピアノをひくようにしたり、「ふと何かを思いついた」というような思い入れの仕草をしてみたり、やがてこのバァさんのあとからも何人も客が来ましたが、みな一様にこのバァさんに驚いちまう。それで、みなポカンとして、きみ悪そうにこのバァさんを見たりしている。僕は、いつこのバァさんが、クルリとふり返ってこっちに来はせぬかと思うと、気が気じゃなくて、食欲も失せるわさ。

やがて、久しくして、オヤジがたまりかねて、「あんた、誰かを待ってんですか。注文じゃないんなら、他のお客さんの邪魔だから出てってよ」と言います。すると、ごく正気な声で、「いーーえ、あ、どうも失礼。バイバイ」かなんか言って、このバァさんは、闇に消えてゆきました。あとで、オヤジに、「ありゃなんだい」ときくと、「このあたりにゃ時々、あいうのが出てね。こないだなんかは、閉店してるのに、入って来て、『オマエハ嘘ツキダ、オレガキタカラ店ヲ閉メタイイッテウソツイタナ、ウソツイテルダロ』とわめくんだからね、やになりますよ」というのだった。

(その5) TESCOでチーズと話す女

TESCOというのは、Finchleyにある大きなスーパーですが、ここで、こないだ、これも実に気味の悪い女に会いました。これは、見たところ、全くふつうの婦人、中年で、身なりなんかもちゃんとしている。その女が何か、しきりと誰かと話しているんだね。ところが、その女の前には誰もいなくて、ただチーズの棚があるだけなのさ。その棚にむかって、時には、合槌をうったり、「いや、そんなことはないわ、いい、きいてちょうだい、……」とかいうように、口角泡をとばして議論をしたりしている。しかし、もし、そこに、チーズの棚じゃなくて、人がいたとすれば、まったく普通に話しあっているとしか見えないような様子で、この女は、エンエンと一人立話をしています。そんなわけで、みんなギョッとしちゃって、チーズの棚に近よる人がいないのですね。僕も気持わるいから、近よらなかったけどね。

その他、いつも行くWishee Washee（コインランドリー）には、演説癖のある黒人男（こりゃ参るぜホントに）、ニコヤカに入って来て、何回でも時間をきくインド人の女、地下鉄で、直立不動で歌をうたっている浮浪者、へんな人は、いっぱいいる。

しかし気をつけてみると、これらの怪人は多く、コミュニケーションを求めている。西洋の個人主義が、その奥に、家庭の崩壊とか、淋しい老人、ベンチの上の余生、なんかを、内包している以上、その疎外状況から、ああして、チーズと話したり、空中にむかって演技をしたり、どなったり、演説をしたり、時間をきいたりしているのであろうと思われる。ある意味では、日本では家庭とか、血縁、会社や近隣、というような、小さな、非個人主義的な集団の中で、支えられたり、また包みこまれたりしてしまって、表には出てこないものが、ここでは、このような形で表現されざるを得ないのだね。

つまり個人主義とか、民主主義、そういうものは、つきつめてゆけば、一番弱いところでは、このような形でヒビわれが生じて来るのに違いない。自由とか、個人とかいうことは、逆にみれば、一人一人はみな淋しいのだ。その淋しい一人一人が、連帯したり、あるいは、他を圧服したりしようとしている。それが西欧の競争社会というものだろう。

してみると、こういう精神風土には、たとえば東洋的な家族主義とか、血族的な意識のつながりをもった会社組織、終身雇用制、などということは、所詮育つはずがない。日本人は、キスしたり人前でだきあったりしなくても、夫婦の情愛などということは、別段こわれたりするわけではいないが、西洋人は、夫も妻も、所詮ひとりひとりなのだ。淋しい個人の、危うい契約にすぎないわけだから、いつもああして、その契約を履行していることを表現しなければおさまらないわけです。それが、夫や妻に去られ、あるいは死なれ、子供にもすてられ、会社もつぶれ、という境遇になったときに、人は、一体どうすればよいのだろう。

だから、ロンドンで見ていると、失業者の連中は、概ね異常なものを感じさせるよ。日本人ならば、失業者は何とかして職を求め、また世話する人がいたりして、一挙に浮浪者になるということはないけれど、イギリスでは、失業しちゃうと、きのうまでリュウとしてたやつが、たちまち浮浪者になってゆくらしい。その落ちぶれ方が、ひどいんだね。失業なんかすると、妻は、さっさと見切りをつけて去ってゆくらしい。そういうのが西洋流なのだから、あまり、日本人は、西洋流のサルマネはせぬことだね。

こないだも、夜中に、アヤシイ男がウチのドアをたたいて、大声でドナっていた。これは、2軒先にすんでいた、もとは紳士だった男だそうですが、失業したら、とたんに妻が去ってしまい、子供も出ていっちまって、たちまち浮浪者になって、時折、「昔のよしみじゃないか、わが友よ」といって、あのようにさけんでいるのだ、とローゼンさんは、眉をしかめていました。おおむねこういう怪人は、ある意味では、社会のヒズミの反映なのだね。

ではまた。

望

10月4日　新しい家さがしのテン末。

ケンブリッジでは、家をさがすのが大変でしたが、ようやく、決りました。
まずは、新住所下記の通り（大学から北西へ約20分走るとつく）。

The Annexe, The Manor,
Hemingford Grey, Huntingdon
CAMBRIDGESHIRE, PE18 9BN
ENGLAND.

電話　＊＊＊－＊＊＊＊
（ただし、これは呼び出し。といってもドア一枚へだてた廊下にあるから、家の中にあるも同然。そっちからかけるときは、"Is that Mrs. Boston?" ときいて、"Yes, I am Mrs. Boston" とか何とか答えるから、そしたら、"Could I speak to Mr. Hayashi?" といえばすぐ通じる）

このボストン夫人というのが、おばあさんの大家さん。

この住所を見ればわかるように、これは、例の、The Manor House（領主館）なのです。そこに、昔女中か執事でも住んでたらしい別室が接続していて、僕の住むのは、その女中部屋ですけれど、6畳ぐらいの居間、4畳ぐらいのベッドルーム、8畳程の台所・食堂、それに風呂、トイレ、とついている。もちろん家具一式つき。ただし、古い家でセントラルヒーティングがないのが弱りますが、家賃がなにしろ、月120ポンドで良いってんだから、電気ヒーターをガンガンつけてあったまったって平気さ。

これが、おどろくことには、なんと、12世紀のはじめに建てられたという館で、Annexeの方は、14世紀につけたりしたものだと、このおばあさんは、こともなげに言うのでした。大家のおばあさんは未亡人とみえて、この館に一人で住んでいます（イギリスには、こういうのが多いんだよね）。ところが、どうしたわけか、この夫人が日本びいきと来ていて、部屋には日本の屏風だの提灯だの、掛軸だのが飾られ、日本人の友達も何人もいるのよ、といっていました。おんとし、80才ぐらいの、ヨロヨロしたおばあさんですが、そういうところに、住んでみようという、この物好きさかげん！

しかし、考えてみると、12世紀といったら、源平合戦のころだからね、そういう家に住むなんてことは、イギリスじゃなくちゃ出来ない、これこそ最もイギリスらしいイギリスで、是非この珍しい体験を成功裏にすごしたいと思います。

この家に決めるまでのテンマツを少し書きましょう。

例によって、ケンブリッジの Estate Agent にとびこんで、これこれの条件で、といったところ、はじめに見たのは、ケンブリッジの町から南東に下った Hills Road というところの、ボロいフラットでこれは 1 bedroom, 1 sitting room, Kitchen, Bath, Toilet とあって、月160ポンド、給湯つきだけれど C・H・《セントラルヒーティング》 ではないようでした。便所はこわれていて、何か荒れた感じの家。しかし安いので、これにしても良いな、とは思ったのだけれど、他のも見てから、と思って保留にして、次につれて行かれたのは、月275ポンド、保証金500ポンドという新式のアパートで、これは豪華版だった。ダブルベッドのベッドルームが2室、20畳ほどの居間、6畳ぐらいのキッチン、バス・シャワー、トイレ、C・H・とついている。これで一切附属して、この家賃だから、ケンブリッジはロンドンよりずっと安いことが分る。これで、大学から車で10分ぐらいのところです。

しかし、これは、ちと身分不相応だし、こんなに広い必要はなしで、やめにしました。このとき一緒に見に行ったのがオーストラリア人の、とっても美人で感じの良い若い女医さんで、この人も、「高すぎるわ」といってやめにしました（この女医さん、「あなたの英語は、とても美しいけれどどこで習いましたか」ときいたよ。「何、中学校と高校で少々ね」と答えといた。

ハハハ)。

この女医さんが別の Agent をおしえてくれて、次は、そのエージェントの紹介のところを見に行きました。すると、これはやはりケンブリッジの町外れの新式アパートで、1間きり、やや汚れた小さな1ルームフラットで、8畳ぐらいかな(風呂やトイレはついている)、それで月190ポンド、但し、電気代込み、という話です。この時は、中国人の夫婦と、イギリス人の青年と3組で見に行き、このアパートは、そのイギリス人が"I take it"といって決めました。

それからまた別の Agent の紹介で、Antonio di Mauro というイタリア人のフラットを見に行きました。これは、月75~120ポンドと安いのだけれど、風呂やトイレは共同、しかも電気はコインを入れてつける式で、コインが払底すると、お湯ものめない。ここは、学生などが下宿しているいわゆる、Bed-Sitting rooms というのでした。

で、どうも思わしいのもなく、やっぱり、前の160ポンドの Hills Road にしようか、と思って、またその Agent に行ってみると、一足違いで、別の人が見に行って、まだ帰ってこない、けど今日はもう閉店だから、また明日来いというのです。その前に Society for Visiting Scholars という、一種の援護組織へ行ったのでしたが、これがまた不親切の権化のようなところで、バサッと、書類の束を出して、「その中から好きなのをノートして、自分で全部交渉しろ」というのです。こっちは、情報を提供するのが仕事で周旋屋じゃないんだから、と木で鼻をくくったようです。

それで、そのリストから、6つばかり選んで、片っぱしから電話をかけてみると、もう軒並み〞売約済み〟で、一向あいたのがない。

そういう中で、この Manor House だけは、さすがに入り手がなかったと見えて、「見に行きたいのですが」と電話すると、おバアさん上機嫌で「ええどうぞどうぞ」というわけ。道をきくと、「Huntingdon《ハンティンドン》 Road を15分ばかり走ると、〞ST.《セント》 IVES へ〟という看板があるから、それを右へ折れて、少し行くと左へ曲って、ずっと来ると川につき当るから、そこで車を置いて、川沿いの小道を歩いておいでになれば分ります」という話。

さて、そんな良いかげんなことで分るのかな、と不安になりつつ、行ってみると、なるほど、その通りで、ちょうど Castle Combe みたいな小さな田舎町があって、それを抜けると、河に出る。河の向うは地平線まで牧場で、その河には、白い美しいボートが何隻ももやってある。夏には、舟あそびをするのであるらしい。その河にそって、なるほど、小道があるけれど、車は入れない。そこで、そこに車を置いて、折しも、向うから来たおばあさんに The Manor はどこですか、ときくと、〞ええ、私が連れていってあげましょう。これは、この辺りで、もっとも美しい（lovely）Manor でね〟とか喜色満面で入口までつれて行ってくれました。

　すると、美しく刈り込んだフランス庭園の向うに、レンガ造りと白壁の、古色蒼然たる館がそびえております。「エーー！　ウッソーー！」と女学生の如く心中に叫びながら入ってゆくと、これまた化石のようなおばァさんが、チョキチョキとバラを切ったりしておりました。

「林ですが」というと、さァ、よく来ましたね、とかいって、その家が全景、よく見わたせる芝生の上へつれて行き、これは12世紀のはじめに作られた、「この国で最も古い建築の一つです」ときたので、僕は腰をぬかしそうになりました。

　それから、その ANNEXE を見せてもらっているところへ、庭師のアンチャンが来ました。これが赤ら顔角刈りの、そうさな、勇み肌風の兄チャンですけれど、非常に人なつこい表情であいさつをして来ました。そのときは、他にまだ見る物件もあり、ここにするつもりはなかったのでしたが、そこからまたケンブリッジの町へ戻って、さっきの Agent へもう一度顔を出すと、さっき相手をしたおバチャンはいなくて、別のおばちゃんが「さァーー、四ヶ月ぐらいじゃOKするところはありません、それにもう時期がおそくて、みな9月中に決っちゃうのでね」とかいって、てんで冷たい。しかし、また明日来い、というので、そのまま、スゴスゴと帰って来ました。

しかし、僕は考える。この際、イギリスでなきゃ出来ない体験をしてみよう、外《ほか》にもまだ物件はあるけれど（実際、Antonio の Bed sitter だってよかったのです）、積極的に、こういう本当の田舎に住んでみようっと、とつおいつ考えて、そうと決ると、僕は心のきりかえが早いので、もはや、他の物件を見るのはやめて、今日は、朝から、近くの ST. IVES の町の、スーパーやコインランドリーなどの状況を視察し、これなら、生活には不便はなし、と見きわめがついたので、おもむろに12世紀の館に赴いて、おばあさんに「私は、ここに決めました」というと、よろこんで、館の内部を、すみずみまで案内してくれました。

「まるで、こりゃ博物館に住んでるようですね」といったら、「ええ、ええ、でも、実際に人間が生活してる、というところだけが違うわねェ」といっておりました。それから、塀をめぐらした邸の中の、広々としたいくつもの庭を見て回り、そこから、はるかに見はるかす牧場も、「あれもウチの一部よ」とかいって、おバァさんは自慢そうです。

たしかに、生活の条件としては、良くはないのです。だいいち、人里離れた村の、そのまた外れだから、ほんとに寂しい所です。しかしね、それを、いやだと思ったら、つらいけれど、一つの文学的体験（なにしろ、源平時代の空間だから）として、積極的にこころみてみようとすれば、それはきっとつらいことはなかろうと思います。

今回はまた、出入りの男衆に紹介されましたが、この人は、ここへ出入りして43年目という老人で、はっは、まったくケタが違う。しかし、これもとても感じの良いおじいさんでした。そして、僕の前にこの Annexe に住んでいた人は、ケンブリッジ大学の先生で、なんと、ここに31年間住んでいたそうです。いやはや、イギリスというところは、大変なところだ。

月120ポンドはいかにも安いと思うけれど、おばあさんだから、昔の頭で、それでも高いと思ってるらしく、もっとまけてくれる、といいましたが、僕は、「これで結構ですよ」と言いました。しかしここは敷金も何もなし、ガスは共通メーターなので 2/3 は大家持ち、1/3 は僕、と決り、10月14日に引越します。ここは昔、馬車を格納した納屋があるので、そこをガレージとして使うことが出来るから、車はいたみが少なくてすむし、さて、がんばってみよう。ではまた。

望

10月11日

昨日、CLARE HALL の New Comer Reception があったので、行って来ました。やはり、日本人はぼく一人きりで、インド人の植物学者、アイルランド人の法学者、イギリス人の論理学者と、よもやまの話をしました。

このインド人の発音は、そりゃもうひどいインドなまりで、ほとんどききとれない、イギリス人でも、この人のいうことは、半分も分らなくて、何回も"Pardon?"をくりかえし、途方にくれたような顔をしたりしていました。しかし、彼は、インド人の常として、日本の近代化が私たちのお手本なのです、といってニコニコしていました。アイルランド人の法学者は、まだ若くて、アイルランドなまりの英語を話しますが、これは分りやすかった。この人は、一見、どこかおかしいと思えるような、異様な目つきをしていて、しかし、話してみると、まことに好漢でありました。イギリス人の論理学者は、典型的なイギリス男で、やわらかな風貌《フウボウ》となめらかな英語、少し赤ら顔に金髪の好男子で、これは、僕と同じ位の年令に見えました。論理学者といえば、僕はクワインの論理学しか知らないので、さっそく、このクワインをもちだして、話すと、彼は大変おどろいておりました。

Blackerさんも来ましたが、はじめに5分くらい立話をしただけで、「あとは、自分でこの人たちの間に入って、積極的に自己紹介して下さい」といって、帰ってしまいました。これが、イギリスへ来てすぐだったら、面くらって途方にくれるところだけれど、今や、ちっとも苦にはなりませんから、さっそく、前記のような人たちと、話をしてしりあいになったわけです。New Comerは、大半アメリカ人で、英米人を除くと、インド人の教育学者、くだんのインド人、そして僕、というくらいです。あと、フランス人、イタリー人が2人づつくらいだね。しかし、こういう国も専門もみな違う、しかし学者ばっかりの中へ入ると、西洋のアカデミズムの世界が、いくぶん分るような気がしました。むかしでいえば、サロンなんていうのも、こういう空気だったのかもしれません。

College の president の Sir. Stoker という人は、小柄で、ホテルのマネージャーみたいな感じの人で、しきりに冗談をとばしながら、明晰な英語でメンバーを紹介してくれました。僕の紹介のところでは、「Tokyoから見えた、林望さん。1868年以前における、日本古典籍の調査研究、……フム、なぜ1866じゃいけないのかな?」などといって、笑わせていました。

Blackerさんと立話をしていたときに、「住む所はきまりましたか」ときかれたので、「ええ、St. Ivesの近くに」と答えると、「そりゃまた遠いですねェ」と、あんまり良い顔をしません。

そこで「St. Ives じゃなくて、もう少し手前の Hemingford Grey ですよ」といったら、Blacker さん即座に「あっ、あそこの村には、Mrs. Boston という方がおられて、私はよく知っています」というじゃありませんか。「そ、その、Mrs. Boston の家が、こんどの住所です」というと、とたんに、Blacker さんの表情が晴ればれとして、「まあ、なんてそれは素晴しいのでしょう。あの方は、いくつか小説なども書いておられ、このコレッジにも、何人も友人がいますのよ。そして、あの方の小説は、いつも、あの『家』が主人公なんですから。あれこそは、イギリス中さがしたって、外にはあり得ない、もっともユニークな家です。そして、古代バラの栽培家としても、夫人はよく知られています。あなたは、どうして、あんなに良いところをみつけられましたか。それにしても、あなたは、なんて Lucky なんでしょう」とさんざん言っておいてから、「あの、ボストン夫人がいつも食事をする部屋には、しかし、幽霊が出るそうです。ある夜、ボストン夫人は、左の肩を、だれかがキュッとおさえたので、ふり返ってみると、誰もいない！　そういう幽霊に会ったことがあるそうです。しかし、イギリスの幽霊は、日本のとちがって、大変友好的な、気持のわるくない幽霊ですし、Annexe の方には出ないのですから、安心して下さい」というのでした。そりゃ、12世紀とくりゃ幽霊ぐらいいたって不思議はないな。ま、それも話のたねに面白かろう。

それにしても、またもや、偶然の作用によって、Blackerさんにも縁の深い（Blackerさんも何回もあの家へは行ったことがあるそうです）、そして、ほんとうにラッキーだといわれるような家を見つけた、ということで、例の、〝イギリス行きの幸運〟がなおひきつづき僕についてまわっていることが分ります。そういう、何か、御先祖様のお導きというか、そういったものを感じずにはいられません。

イギリスの冬は、天気はよくないけれども、最低気温は、むしろ日本（東京）よりあたたかい位なのだそうです。カムデン・ガレージの島崎さんにきくと、こっちでは、「スパイクタイヤは禁止、まあ、スノータイヤのいるほど雪がふることは、めったにないので、必要ありませんよ。チェーンもいらないくらいで、だいいちチェーンというものを売っていませんから」ということでした。しかし、念のため、AAに加入し、車は再整備して、田舎ぐらしにそなえます。引越しの準備は、毎日、着々と手をうって、万全にそなえています。御安心下さい。

おじいちゃん御来英の折、B．L．（大英図書館）で少しし残した仕事をするつもり——おじいちゃんもケンプェルの文庫の本を見るでしょうし——なので、予定分りしだい御報せ下さい。Hotel Russellでもとりましょう（上級の中位のホテル）。B．L．もロンドン大学もすぐ近い。ではまた。次は幽霊屋敷から。

林望

10月14日　ケンブリッジに着く

今日（14日）朝から大童で引越をしました（たった一人で引越しをするのは、実に大変だった。しかし、昨日半日と、今朝午前中だけで、荷作りから掃除まで全部済み、ケンブリッジの家についたのは、3時頃でした）。この家は、入ってみると収納が非常に多くて、とても使いやすい。

今日は、またとないほどの好天で、一天片雲だになく、青い牧草地と、黄葉の木々と、赤いレンガの家々、それは美しい景色です。Boston 夫人は、別段、何もうるさいことはいわず、「僕は散らかしますよ」といったら、「あなたの家ですもの、どうぞ自由に散らかしなさって」という風です。

そして今日は、近く日本で、何かの展覧会をやる、その Producer という紳士が夫人同伴で見え（典型的イギリス紳士）、紹介してくれました。小ぢんまりとしていて、思ったほど寒くはなさそうです。しかし、Boston 夫人は、80をすぎて、（Blacker さんによると、90ちかいのじゃないかという由）、耳も遠くなし、全部自分で用を弁じ、冗談はいうし、カクシャクたるものです。そして、記憶力がむしろ僕なんかより良いんじゃないかと思うくらいで、こないだ来て、僕が言ったことをみな憶えているのには感心しました。さすがに小説などを書く人は、頭が明晰です。

それで、「あなたが寒いのはいやだといっていたので、ごらんなさい、毛布を一枚多くかけて下にも毛布が敷いてありますよ。それでもまだ寒かったらここにもう一枚入れてありますから、おかけなさい」という調子です。そして、僕のために、牛乳の新しいのを一本、わざわざ取って冷蔵庫に入れておいてくれました。これは、伊丹十三が『女たちよ！』に書いているドロリとしたイギリスの牛乳そのもので、イギリスへ来てはじめて、対面が叶いました。これを、週に2度配達してくれるようにしました。早速、飲んでみると、その濃いこと濃いこと、まことに、天下一の名乳というべき味にて、舌上感嘆を久しくしました。

ロンドンではこういう牛乳はなくて、むしろ、日本より薄いくらいなので、やはり、こういう田舎へ来ると違ったものです。

今夕方の6：30ごろですが、村の教会の鐘が、しきりと打鳴らされ、好日も、はや暮れました。

この家は、やはり、よほど有名な名所とみえ、今日は日曜

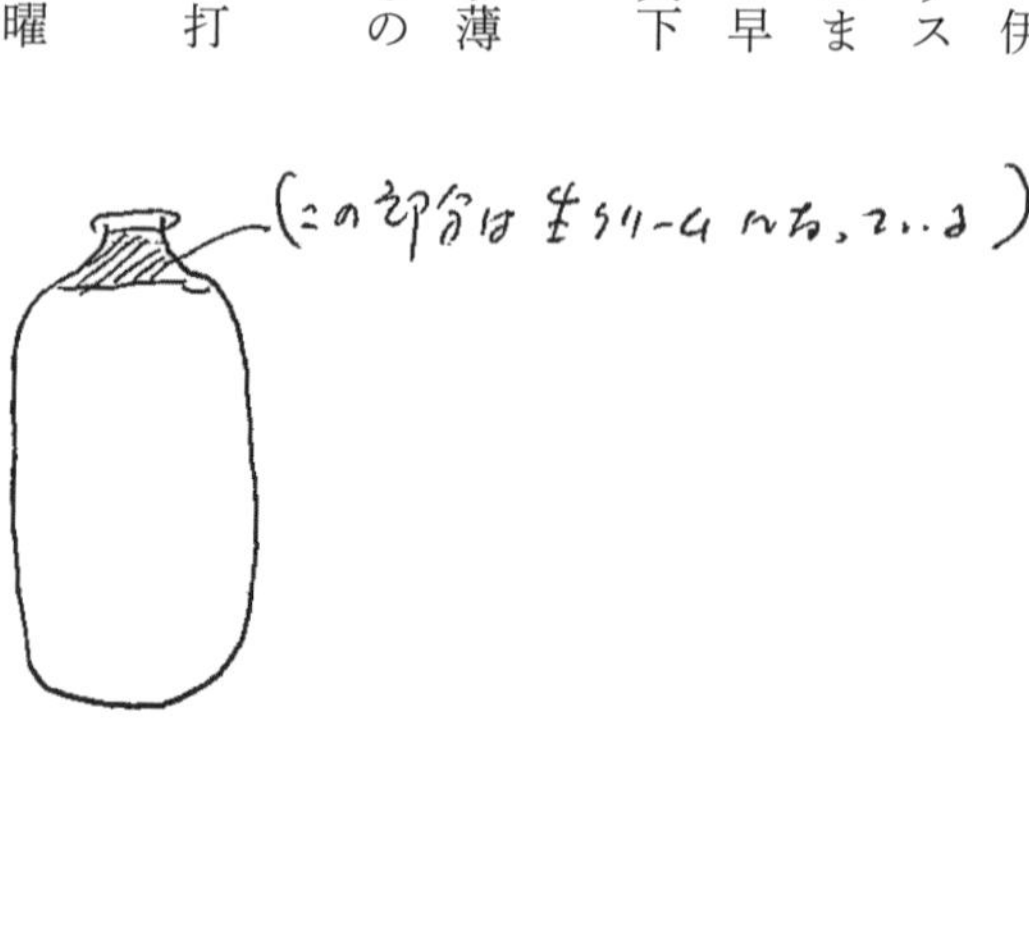

だったので、行楽にくりだした人たちが、ひきも切らず見物してゆきます（柵の外から、ハハーーッ、という顔で、親子づれなんぞがながめる）。その中で、荷物を下したりしていると、「ありゃきっと作男か下男だろう」とイギリス人たちは思ってるんじゃないかと思って、おかしくなります。

試みに、ちょっとギターをひいてみると、素晴しい音響効果で、30％ぐらい上手にきこえる。

ベッドがフカフカとやわらかすぎるのが難点なので、実は、おととい、Highgateに“Futon Company”（フトンカンパニー）という、日本式のフトンを売る店があるので、そこで、和式フトン（59ポンド）を一枚かいました。それで上のフワフワのマットレスはどけてしまってしまい、そこへくだんの敷き布団を（木綿ワタなのだ）敷いてみると、こりゃウマいぐあいで、これなら、腰にもよさそうです。ロンドンにフトン屋があるんだから、世の中はかわったな。

そのうえ、思ったより寒くはなさそうで、電気毛布は買ったけれど、使わないですむかもしれません。というのは、小さな石油ストーブみたいな形をした対流型の電気ストーブがあって、これは、出力も小さいので、一晩中つけといても安全だ、というのです。それで、これを、少し離れたところへつけてねれば、天井は低いのですから、きっと寒くはあるまいさ。

Linen 類なども、至れりつくせりにそなえられていて、むしろ、Rosen さんところよりもずっと行届いています。居間には、三枚の、大きな本物の絵がかけられ、これまた、さきくが見たら、ウヘェーッ、と恐れ入りそうな骨董品ばかりがそなえられていて、なんだか絵の中に住んでるみたいです。

僕は、Boston 夫人にたのんで、彼女の書いた小説を借覧することにしました。子供むけだから、やさしい英語で書いてあるわけです。それを、ヒマつぶしをかねて、毎日、翻訳してみようと思っています。すでに翻訳も出版されているんだけれど、そのモデルになった家に住んで作者と生活を共にしながら訳す、というのは、ちと例があるまい。Boston 夫人は、「私の作品は、易しいけれど“Childish English”ではありません。正しい、大人の英語で、しかも易しく書いてあるのです」といっています。それで週に1回、曜日をきめて、夫人と食事を共にし、対話をする時間をつくってくれることになりました。かくて、私の英語は、着々と進んでゆきます……（しかもタダだからねえ）。

今、夫人がドアを押してあらわれ、「今日来るはずになっていた友だちから今電話があって、来られない、といって来たので、よかったら、Supper を上がりませんか」といってくれました。30分後に、僕は、夫人と夕食を共にするわけです。

ところで話かわって、Rosen さんの奥さんのお父さん（アイルランドに住んでいる）がガンでもういけないらしい。それで、Mariaさんはこのごろ、アイルランドにいってしまって、今日は会うことが出来ませんでした。Rosenさんは、「学者に住んでもらうことが出来てよかった。ビジネスマンは、どうも気が合わなくてね、わかるだろ」といって、あの大きな手で握手してくれました。備品その他、なんにもウルサイことはなしで、きわめて気持ちよく、別れて来ました。

今、この手紙は食堂で書いていますが、ここには、大きな湯わかしタンクがあるので、その余熱であついくらい、これは一種のセントラルヒーティング、というわけで、ここは、ずい分あったかそうです。その食堂の窓からは、有名なこの家の庭園が真正面に見え、とても美しい夕ぐれをたのしみつつ、夕方のお茶をのみました。まったく、ついてるね。御先祖様のお導きだね（岡野さんの奥さんが、このBoston夫人の小説のファンで、さんざん羨ましがられました。そんなに有名な人とは知らぬまま、いやはや、こっちがびっくりだね）。

ま、おじいちゃん、おたのしみに。とり急ぎ。

望

皆様

P.S.

今、Boston 夫人との夕食から戻ってきました。

こんだては、

・平目の蒸しもの、マッシュルームクリームかけ

・いんげんのゆでたもの（これはイギリス人おとくい）

・ベーコンとマッシュルームのいためもの

・パン・バター

・グレープフルーツジュース（あなたはお酒をのまないといっていたから、といって用意してくれた）

・焼リンゴ

・コーヒー

イギリス人としては、極めて上等に作られていました。

Blacker さんによると、Boston 夫人は非常にお料理がうまいのだそうです。なるほど。

そのあと、1時間半ばかりよもやまの話をして、いま帰ってきた。彼女は、自分の英語に非常な誇りをもっていて、自分たちの話す英語は "Posh" という（"Posh is the highest class

English" という説明です）のだ、とおしえてくれました。そしてこの Posh を話す人はもう、あまりいなくなって、BBCなんかみていても、大方、ドラマなどは、"Working class people"（労働者階級）の話だから、Working class people の英語ばっかりだ、というのです。それゆえ、ぼくは、この Posh を習わんとしているわけです。

　Boston 夫人によると、アメリカ人は、shameless で、impolite で、その言葉は、ugly で dirty。しばしば意味を判じかねる、と、さんざんです。ははは。それで僕も「That's right（そう、そのとおり）」といいました！

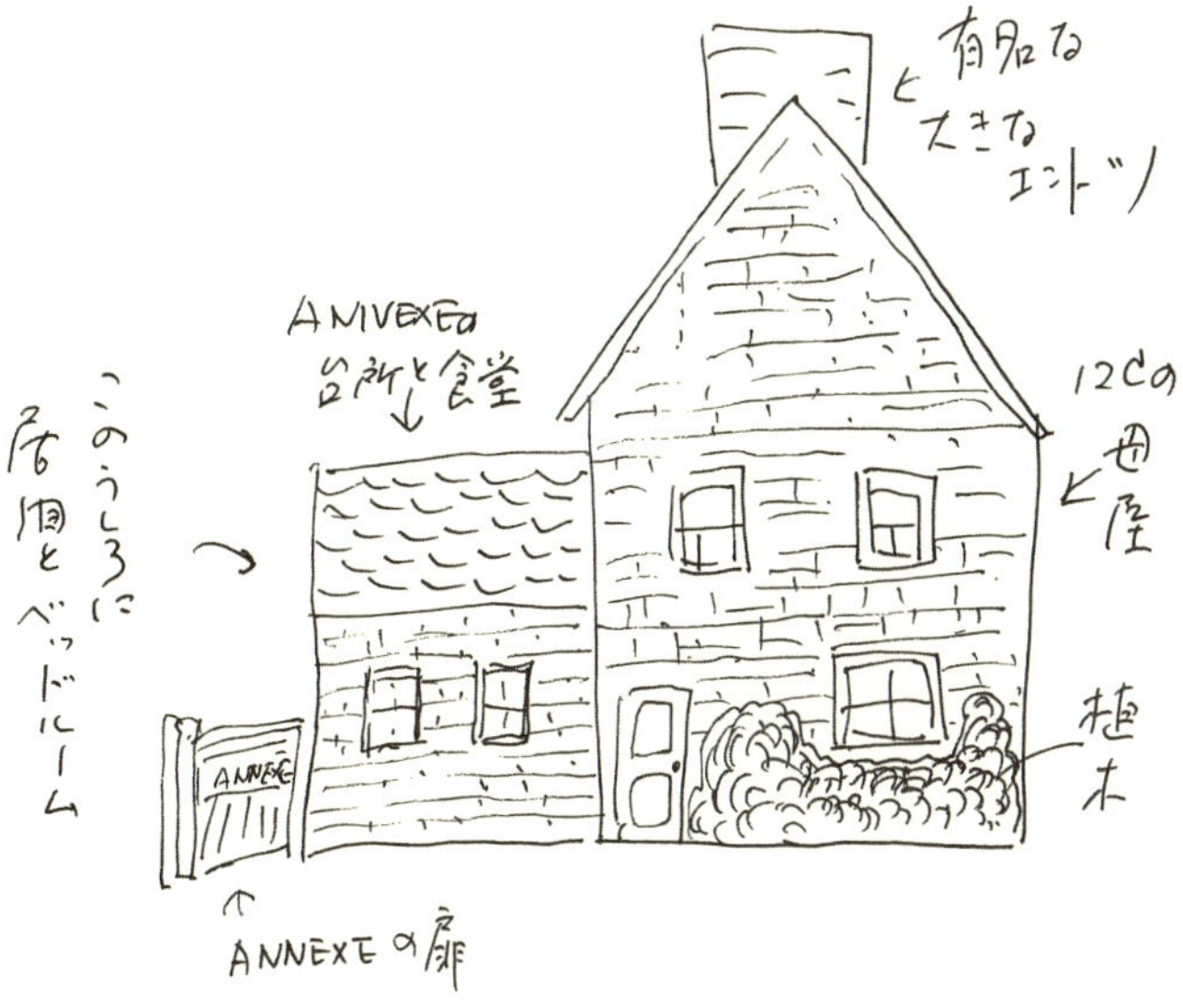

10月25日　フランスの巻（1）

20日に、フランスへ向けて発ったのでしたが、朝が大変なのでStephenの家へ泊って一緒に行くことにしました。

さて、Stephenは、一向に前の晩Packingをしないで、朝になってから俄かに荷を作りはじめました。そのため、本当は、一緒に車でCamden Garageまで行って、そこから、車を整備にあずけて、King's Crossの駅へ出て行く予定でしたが、ついに間に合わず、Victoria駅でおちあうことにして、僕が一歩先に出たのでした。

Victoriaで、来たのを見てびっくり。これがすっかり形のくずれたコール天の上着、下に、肘は抜け、袖口から糸がたれ下っているセーターをきて、ズボンなんかは「筒」です。そこへ、むかし、父上がもってたような、ズックの、ダルマのような形をした大時代のリュックを背負い（彼はきっとこのカッコで日本へ来るゾ）、手に、何だか知らないけれど、センズベリーの大ビニール袋を、ズルッと下げて、「よう、待たせてすまん」、とかいって上機嫌であらわれました。

切符は、すっかり手配がすんでいて、ロンドン←→パリ往復（船賃も入れて）わずか18ポンド（５０００円）という格安さです。ところが列車は混んでいて、自由席車には殆ど空席がない。すると Stephen はすました顔で、指定席へ行き、平気で座ってしまいました。イギリスの指定席は、各窓のところに

Reserved　10月20日　11：30
ロンドン―ドーヴァ間
＊このシートを不当に剥すと罰金２００ポンド
＊指定券なしに勝手に座ると罰金50ポンド

と書いた紙きれが貼ってあるシステムです。そのため、「こんなとこへ座って平気か？」ときくと、「ナーニ、来やしないよ。イギリス国鉄の、この貼紙なんて、一つも信用出来ないんだ」といってすましています。

そのうちに、次々と人がのり込んで来ますが、指定券をもった人は一人ものって来ない。みな、「勝手に座る」人たちばっかりです。Stephen と、他の男が話してるのをきくと、「こ

の指定券お待ちですか」と男。「この貼紙は〝指定〟といっている。しかし、誰も信じていないさ」とStephen。そんな按配で、みな、不当乗車の人ばっかりで一両うずまってしまいました。しかし、本当に、とうとう、この指定した人は1人もあらわれない。こりゃどういうことかね。一向に分らないわけでした。

そして、発車からして、すでに30分おくれ、ドーヴァーでは、1時間遅れ、船出がまたおくれて、フランスへついたときは2時間の遅れ。しかし、誰も〝当然〟という顔で平気です。当日は、少し風が強くて多少船はゆれましたが大型の新鋭船だったので乗り心地はよかった。

さて、この、大リュックを背おったスティーヴンは、ずんずんと、船の食堂に入って行き、そこでキャフェテリヤの列に並んでいる人を尻目に、テーブルにつきます。そして、センズベリーの袋を開けたと思ったら、おどろくべし、中から、食パンがドカンと出て来る。チーズが出て来る、トマトが出て来る、牛乳が1パック出て来る、こうして、持参の食パンを切って、トマトなど洗わずにかじり、チーズをはさんだりトマトをのっけたりして、ランチをしました。見ていると、結構この手の人が居て、それだからといって、誰も何もいわない。「持込みは御遠慮下さい」なんてことはいわないんだね。

やがて船はカレーにつきます。寒くはなくて、天気も良く、上乗の気分でフランス国鉄に乗り換えると、これが実に美しくデザインされているね。さすがにフランスというセンスのよさ。景色がまた、どこもここも絵のようで、フランスという風土が美のセンスを育んだのか、それともフランス人が美的に風土を作ったのか、おそらく、その両方だろうと思われるくらいに、家の形、森の色、野の区画、やや夕景に没してゆこうとするフランスの山野は、薄青く、パステル調にくすんで、何ともいえぬ美しさです。

Gare du Nord（北駅）について、Annie が迎えに来てくれているかと思ったら、当てが外れ、列車が2時間もおくれちゃったので、次の予定が差し合って、帰ってしまったあとなのでした。そこで、地下鉄にのって、〝シテ〟駅で下車、ホテルは、「アンリ4世ホテル」という、大そうな名前の、市内ド真中のホテルでしたが、これが名状しがたい汚ないホテルでありました。さすがの Stephen でさえ「こりゃ、自分の泊ったうちで最悪のホテルだ……。ウーム、It's very French!」と独りごちている。彼は、イギリス人ゆえ、何か、不都合なこと、不愉快なことがあると、ただちに「It's very French.（極めて極めてフランス的である）」と断定するので、大笑いになりました。

このホテルは、とにかく、阿片の巣窟じゃなかろうかという風な、穴ぐらみたいな入口で、そのロクに閉らないドアをあけると、たぶんアルジェリア人と覚しき、いかにも風体怪しげな中年男が受付をしている。それも、いわゆるホテルのフロントを想像したら大違い。何というかな、場末の温泉場の古びたパチンコ屋の景品所みたいな風で、そこへ、何だか知らないけど目つきの良くないオッサン達がたむろして大声で何かしゃべっている。

幸い Stephen はフランス語に堪能なのですべて彼が用を弁じてくれましたが、さて、階段は、すっかりこわれていて、壁などは、まっくろけ、汚れ放題、そのくねくねした階段をのぼりながら、彼は「very French!」を連発する。

その途中に、ベニア板をぶっつけたような、こわれた戸があって、W．C．とかいてあります。これが、全客室に対して、たった一ヶ所しかないトイレ。それもおどろくことに、しゃがんでする〝和式〟に近いトイレです。しかし、Stephen にきくとこれがフランス式の便所で、かかる伝統的の French Toilet は、今日では、イギリス式の近代的なトイレに押されて、だんだん数がへっている、これぞ very very French! とまたもやいうのでした。

部屋は、けっこう大きかったのですが、勿論、トイレ、バス何もなし、タオルもコップも石ケンも何ひとつない。洋服ダンスは、今どき、夢の島に行っても見つけることが出来ないようなボロボロの安物で、しかし、お笑いなことに〝ビデ〟はちゃんと完備している。これは一体、どういうセンスなのであろうか。

ベッドに入ろうと毛布をめくると、中からゴキブリが出て来る。まことに百鬼夜行、風呂に入ろうとすると、バスタブは、一度も洗ったことなどないらしく泥色をしておる。しかも、ぬるま湯がチロチロ出るだけで、その寒いことおびただしい。僕は、very French といって澄ましているわけにもいかず、ひたすら途方にくれるのでした。

　翌日は朝からアニーが来てくれて、車でぐるぐると案内して夜中までつきあってくれました。さっそく、ホテルをかわる相談になり、ゆきあたりばったりで、アニーの家の近所できいてみると、空室がある、という。アンリ四世ホテルは一泊80フラン（二四〇〇円）というバカな安宿だから、ひどいのもやむを得ぬ仕儀で、こんどは、もちっとましなところというわけで、ホテル・ショワジー（Choisy）というところに移りました。で、Stephenが、〝望は日本人だから、トイレとバスかシャワーがついた部屋じゃないとだめだよ〟と念を押しているのに、アニーは、一人で入って行って、〝部屋がとれたわよ〟といって得意です。ところがこんどは１４０フラン（四二〇〇円）という部屋だのに、もちろん、バスもトイレもシャワーも（こんどはビデすら）無い。しかも、この寒いのに暖房が入っていない！ハァー、こりゃーーー！　と思ったけれど、今、パリは、大変に混んでいて、ホテルは〝Complet〟（満室）という札をのきなみ出しています。そんなわけで一応、ここにおちつくことにしました。部屋は、いくぶんましです。このショワジー通りというところは場末で、ベトナム人街、中国人街の外れに当り、東京でいうと、大井町か大崎あたりの感じです。

　宿が決ったので、とりあえず昼メシをたべることにして、ベトナム料理をたべにゆきました。旨かったなァー。今おもい出しても唾がたまって来るくらいです。ある意味では、中国料理より、朝鮮料理に近いようなところがあり、その香ばしい焼豚、新鮮な野菜、……店内は、押すな押すなで、大繁昌でしたが、むべなるかな、と思いました。僕は一種の、焼豚ライスのようなものをたべましたが、うたがいなく、洋行以来、最高に旨いものでありました。

望

以下、次信に続く。

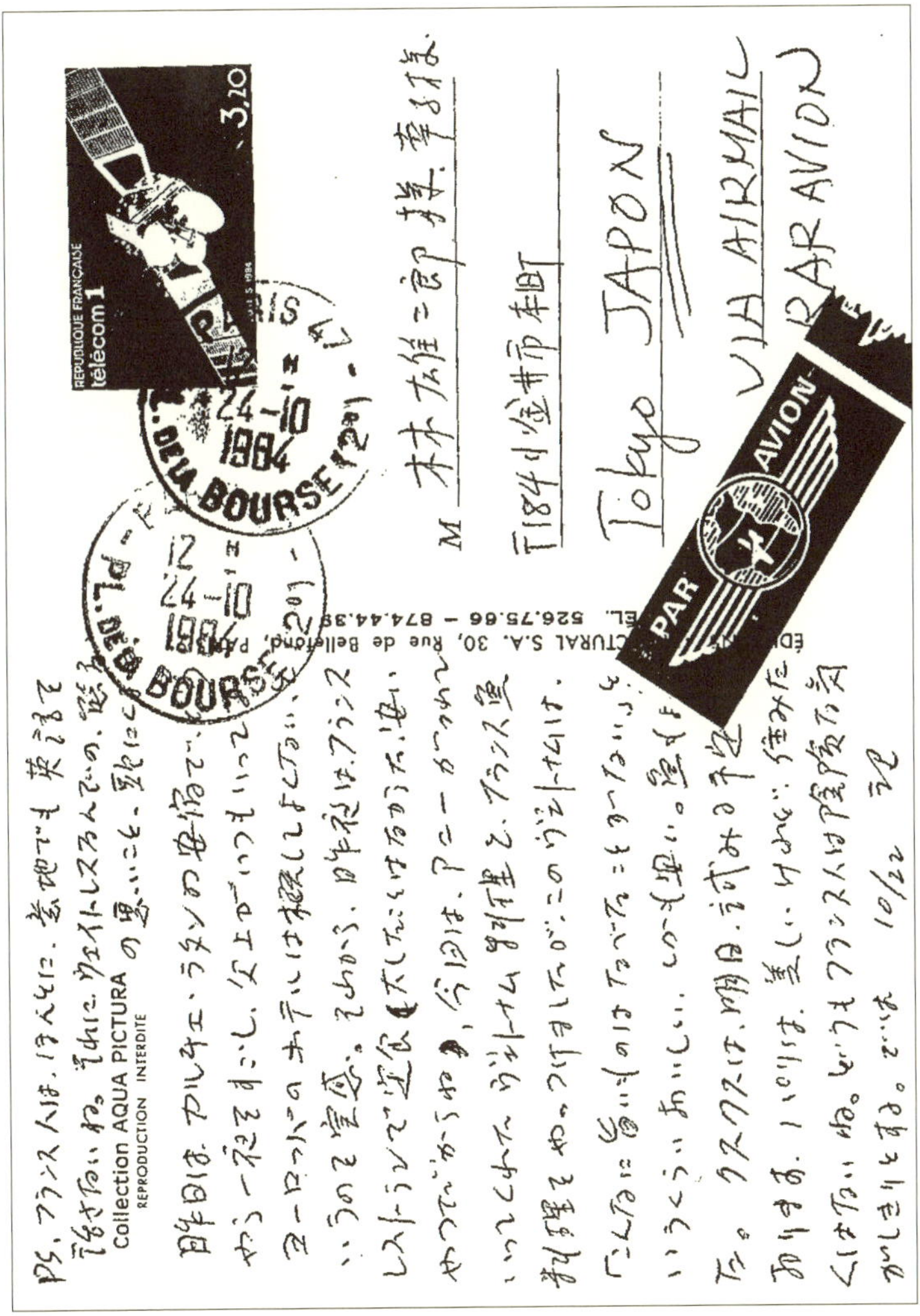
RÉPUBLIQUE FRANÇAISE
télécom 1
3,20
PARIS
24-10
1984
PL. DE LA BOURSE
Tokyo JAPON
VIA AIRMAIL
PAR AVION
PAR AVION
Collection AQUA PICTURA
REPRODUCTION INTERDITE
526.75.86 – 874.44.38
10/22

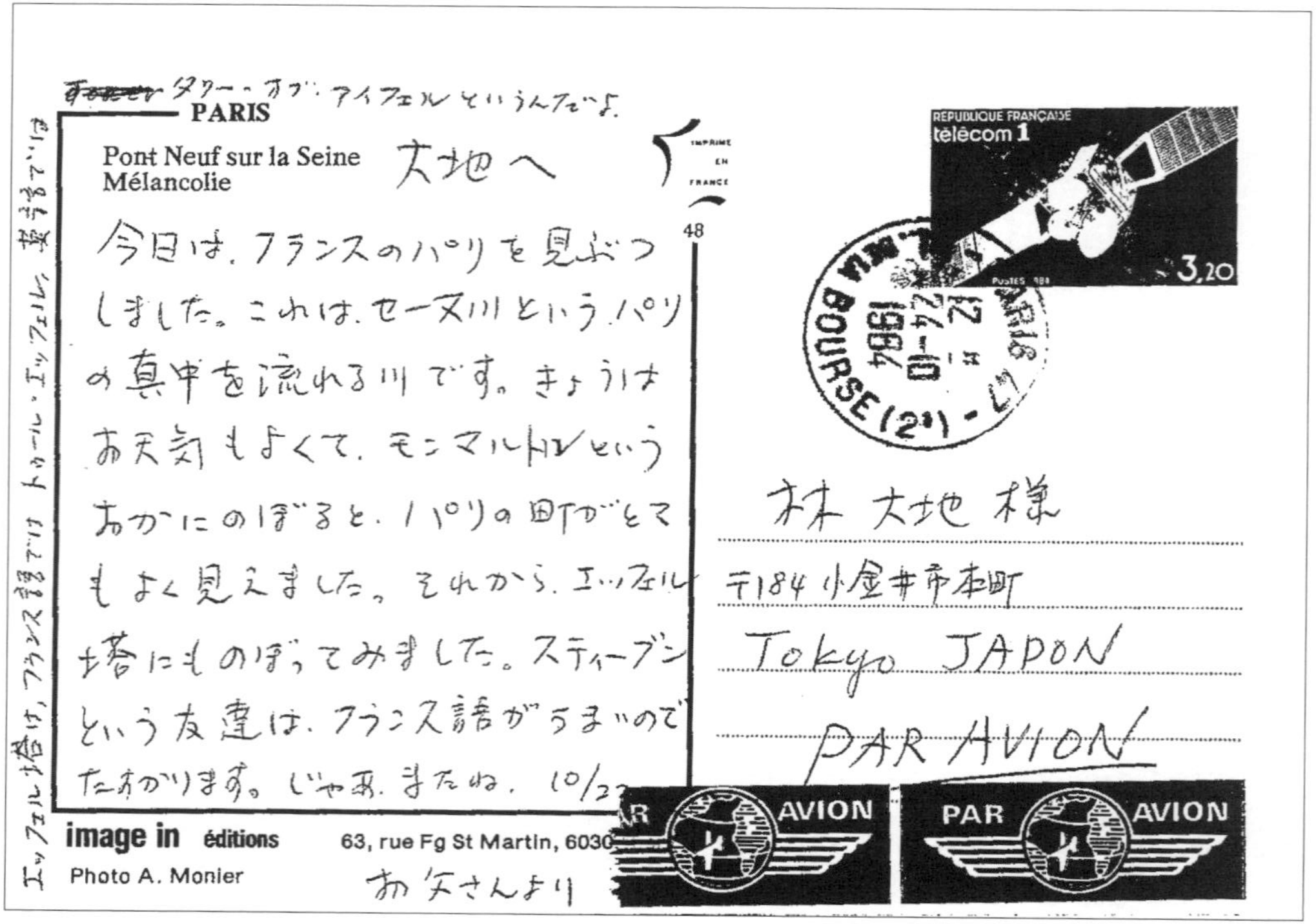

エッフェル塔は、フランス語では トゥール・エッフェル、英語では
タワー・オブ・アイフェルというんだよ。

PARIS
Pont Neuf sur la Seine
Mélancolie

IMPRIMÉ EN FRANCE
48

大地へ

今日は、フランスのパリを見ぶつしました。これは、セーヌ川というパリの真中を流れる川です。きょうはお天気もよくて、モンマルトルというおかにのぼると、パリの町がとてもよく見えました。それから、エッフェル塔にものぼってみました。スティーブンという友達は、フランス語がうまいのでたすかります。じゃあ、またね。10/22

image in éditions
Photo A. Monier
63, rue Fg St Martin, 6030

お父さんより

REPUBLIQUE FRANÇAISE
télécom 1
3,20
POSTES 1984

PARIS 16
12
24-10
1984
BOURSE (2e)

林 大地 様
〒184 小金井市本町
Tokyo JAPON
PAR AVION

PAR AVION
PAR AVION

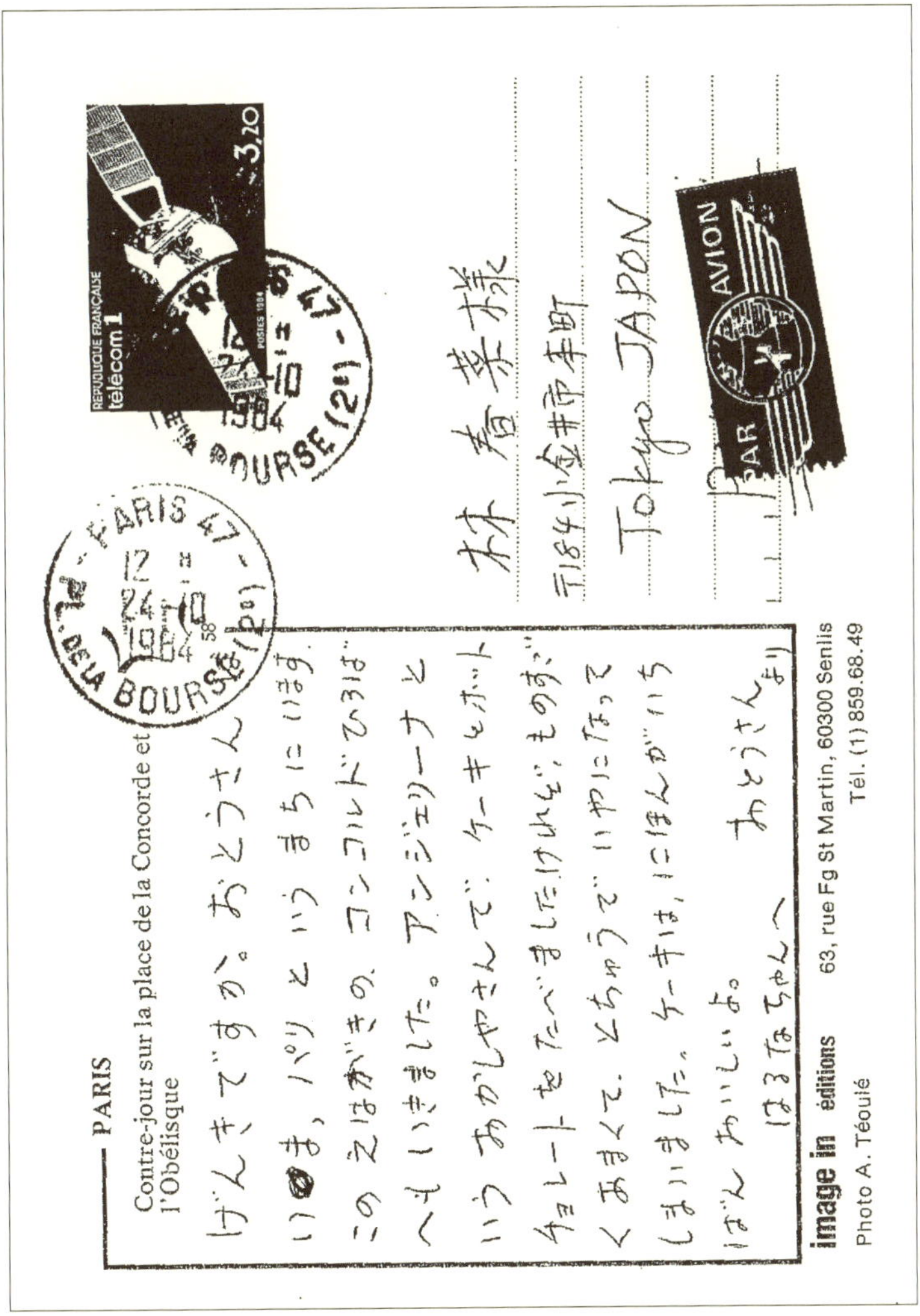

PARIS
Contre-jour sur la place de la Concorde et l'Obélisque

げんきですか。おとうさんは
いま、パリというまちにいます。
このえはがきの、コンコルドひろば
へいきました。アンジェリーナと
いうおかしやさんで、ケーキとホット
チョレートをたべましたけれど、ものすごく
くあまくて、とちゅうでいやになって
しまいました。ケーキは、にほんがいち
ばんおいしいよ。
はるなちゃんへ　おとうさんより

image in éditions　63, rue Fg St Martin, 60300 Senlis
Tél. (1) 859.68.49
Photo A. Téoulé

林 春美様
〒184 小金井市本町
Tokyo JAPON

RÉPUBLIQUE FRANÇAISE télécom 1 3,20 POSTES 1984
PARIS 47 BOURSE (2e) 1984
PAR AVION

10月27日　フランスの巻（2）

このようにしてフランス漫遊がはじまったのでしたが、Stephen と一緒にいったのは、或意味では良かったし、ある意味では具合の悪いところもあった。

たとえばね、ついにミシュラン三ツ星クラスの、高級なフランス料理を食い損ねたことは、ちと具合の悪い方です。というのは、Stephen は、別に何もフランスに用はないので、僕が仕事に行ってる間は、ブラブラして、友達のところへ遊びに行ったり、それでもなけりゃ、座禅を組むとか、老子の本や、漢方医学の勉強なぞをしてすごしている。そんなことはフランスへ来なくたって出来るわけであるからして、彼はただただ、僕のために旅費をつかって、来てるわけです。彼自身は、（自分でもいっているように、そしてまた、その身なりが示す如く）、実は、貧乏です。鍼灸師ったって、まだペーペーで、殆ど仕事なんぞないのさ。それで、漢方の勉強だとか Gardening（庭作り）なぞをして毎日を送ってるわけだから、どうしてもあまり豊かではない（実際、何して収入得てるのか訝しいくらいです）。

そこで彼にまかせておくと、第一に「安いこと」を基準とする。ホテルがその好例で、料理も、したがって、高級なところというわけには、ついにいかない。で、彼はヒマだから、僕の仕事が終れば、「サァ、メシをたべに行こう」というわけで待ちかまえているので、「いや僕だけ高級の方へ」ともいい難い。従って、そんなに上等のフランス料理はついにたべ得なかったので、実際は、フランス料理の何たるかを述べる資格は僕にはないのであります。

初日は、カルチェ・ラタンのボロ宿を立ち出でて、近所のフランス料理をやったが、学生相手みたいなところだから、まあ、大衆食堂だな（しかし、考えてみると、こういうのも一つの典型的フランス料理に違いない。日本で、町のソバ屋、丼物なんかが一種の典型的日本食である如く）。そこで、何とかサラダという細かく切ったキューリ、レタスだの、ピクルスだの、貝、エビの如きだの、アーティチョークの芯だのが、まぜ合わされたサラダと、ステーキに、フレンチポテト、というのをやった。このサラダは、さすがに、フランスで、イギリスには、このドレッシングの妙味はあり得ない。しかし、ステーキは、どうも大したこともなく、しかし、何しろ、50フラン（約１５００円）の定食だから、それも当然かね。

さて、翌朝は、近所のカフェで、クロワッサンにカフェ・オ・レ、バターにジャム、という、これまた典型的な French Breakfast をやったが、実にどうも結構至極の味がした。さすがというもので、この組合せの朝食は、五日間、いろんなところで食べたが、一つも外れということがなかった。どこでも、常にウマイのは甚だ感心しました。

そしてその昼が前述のベトナム料理、これは省いて、その晩は、カルチェラタンへもどって、こんどは、フランス魚料理に挑戦しました。ここでは、貝類を主としたサラダ、マグロだの貝柱だのピーマンだのを串やきにしたブロシェットというの、をやりました。これも、イギリスに於ては、なかなか口に入らない味がついていましたが、日本でたべるのとちっとも変りはありません。日本の味つけは、さすが世界に冠たるものだ。

次の日、月曜日には、昼は、楓林《フォンリン》という、岡野さん御紹介の中華へ行って、かれこれたべたけれど、やはり、そのソフィスティケイトされ具合がイギリスとは違って、全体に、ソフトな、やんわりとした味つけになっています。イギリスでは、(イギリス人は味に鈍なので)甘味も酸味も辛味も、トンカチでひっぱたいたように強力にするか、さもなくば何も味がないか、どっちかです。この楓林で、しかし、僕は翌日、とんだ災難にあうのだ。

その夕方、再びアニーが合流して、いよいよCous Cousを試みることになりました。カルチェラタンのいかにも怪しげなアラブ系のレストランで、「こういうところこそ、典型的なクスクスを食わせるのだよ」とStephenがいいます。父上から、「鳥の餌」ときいていたので、何かパラパラゴソゴソしたものかと思っていたら、大きな間違いで、ありゃ、一種の、汁かけアワめし(ヒエかな)という格だね。マトンは、さすがに願い下げにして、チキンと、ソーセージのやつにしましたが、いかんせん、油に羊脂が使ってあるので、そのソース自体が羊くさい。

Cous Cous というのはこういうものです。よろしいか。まず、ヒエの蒸したのだろうかと思われる（これをしも父上が鳥のエサというわけでしょう）白いパラパラした穀物を皿に盛ってあります。それを取って、上に、鳥肉（足一本）と、長くて辛いソーセージ、そこへキューリだのニンジンだの、玉ネギ、なんかが、コトコトに煮合せて、やや辛い、赤っぽいシチューになってるやつを、グワッとかける。これと別に、白いんげんの如き豆、一種のピーナツの如きもの、これがまた、赤い汁の中で煮られた皿がいくつか出て来て、これらもその上に、ズイッとかける。そこへ、唐辛子ペーストをちょいとつけて、かきまぜつつたべるのです。どうです、食欲が出ましたか。

しかし、想像していたほどには食べにくいものではなく、（そんなに「またたべたい」という気も起こらぬが）きれいに平らげてしまいました。それから、アラブ流の Sweets、アーモンドの粉で作った、イモ羊カンの如きもの、ギョーザの皮の中にピーナツをすりつぶしたアンコをはさんで揚げた如きもの、ウンコのようにトグロをまいた春巻の皮の如きものの上に、ベットリと蜜をかけたもの、そのいずれも、すこぶる甘いので、やや閉口しました（みんなで違う種類のをとって、分けていろいろ味わったわけです）。

お菓子といえば、ルーヴルの近くにアンジェリーナという有名な（日本でいえばクローヴア、ユーハイムというところかな）店があった。そこのチョコレートは世界で一番旨い、というのだそうで、押すな押すなで席待ちの行列が出来ています。

そこで、アニーの主唱によって、その世界的の名品であるホットチョコレート、生クリーム入り、に、三つのケーキをとってこれもわけてたべました。僕は、タルト、スティーブンはコーヒーケーキ、アニーは、アーモンドケーキ、しかしね、これがひたすら甘いばっかりでひとつも旨うはない。アニーにきくと、フランスのケーキは、みな、こういう風に甘いのよ、とのことで、日本の、近ごろの甘くないケーキがなつかしく思い出されました。そしてまた、一個が大きい。日本では、小さくて上品で甘味が少なくて、というのがフランス本場風かと思うと大マチガイで、ケーキは、何ケ所かでたべましたがいずれも、ドカンと大きくて甘い。やはり、日本人が、そのまま特性を生かして、世界で一番洋菓子を洗練しちゃったのではなかろうか（ひとつは、和菓子の美意識が、洋菓子にも混入していると、小生はにらんでおる）。

さてクスクスが終わったあと、アニーは用事で帰ってしまい僕とStephenは、ジャズピアノ（ラグタイムの如き）を鳴らしている酒場へ行きました。その途中、怪しげな奴らがたむろしている路地を抜けると、Stephenが、「ノゾム、今の通りで何かの臭いを感じなかったかね？」といいます。僕は特に気がつかなかったが、何かい、ときくと、「あれこそハッシーシ（大麻の強いやつ）のにおいさ」というのでした。さては、あの連中がハッシーシを喫しておったらしい。やはり、パリはなかなか剣呑です。

その翌日、火曜日に僕は再び楓林でトーフをくっておった。すると、ガチッという音がして、僕は席から5センチほどとび上った。いや、それくらい痛かったのだ。というのは、強力に固い石粒を、かねて、やや痛めつつあった右の奥歯で、真向ミジンにかみくだいてしまったのだ。それでどうやら、奥歯にヒビでも入ったらしく、以後、今日に至るまで、右側の奥歯にものがさわると、脳天につき上げるような痛さで、弱っている（近く歯医者に行きますよ。トホホ）。

それでその晩は、Stephen と二人、ポン・ヌフの傍らの、イタリヤ料理へ行って、ミネストローネ、エビのトマトソース、ホーレン草のソテー、といったやや歯にさわらないものをたべてがまんをしました。楓林のネェちゃんに、「オメェンとこのトーフをたべて歯が折れた」といったら、「トーフで歯を折った人は、まことに珍しい、しかし、トーフの中の石までは、ちと取りのぞきようがありませんでした」と、まず珍しい客ということになりました。

さて、帰りのことは、また次の便のココロだ。では。

望

皆様

10月27日　フランスの夜の夢の巻（3）

夜の夢といったって、僕は臆病だし、金もないし、しかも酒のみでもないし、で、ただ「見て」来ただけです。

アニーが、車で市内をグルグル見物して回ってくれた夜、「これから、○○通りへ行くけれど、Stephen、ノゾムに説明しちゃだめよ、行けば分かるんだから」とかいいながら、パリの場末のモンマルトルの丘の下から少し南へ下ったあたりへ車をころがしてゆきました。このあたりは、人気《じんき》悪く、ロクなやつらがいないところで、ちょっと気味の悪いところです。

さて、その○○通りにさしかかると、もう夜の10時ごろというのに、通りは大渋滞です。どうしてかというと、その通りの両側に、5mおきくらいに、売春婦が並んで客を引いているからです。男どもは、品さだめをしつつ車を動かしているので、つい渋滞しちまうんですな。ハハハ、バカなものだ。

しかし、この寒空にフランスの Prostitute 連中ときたら、まるで、お尻丸だし、パンティー一丁みたいな露出的なスタイルで男の目を引かんと努めています。ありゃ、冷えて、楽じゃないよ。アニーが「視線が合うとよって来るから、ジッと見ちゃだめよ」というので、見る如く、見ぬ如く、チラリチラリと見物をしておりましたが、女の子が運転して、そこへ風采の上んない日本の若造と、ボロボロのイギリス人がのった車なんぞ、近よって来る女はいないわな、こりゃ。しかし、さすがに、仲々の美形が多く（まあ、夜目ということもある）、見物するだけの分には、何の危険もなく、ハハーン、とうちうなづきつつ帰って来たのでした。

それから、ホテルを、図書館の前の三ッ星のやや上等のホテルにかえた夜、ポン・ヌフから別れて、一人で地下鉄で帰って来ましたが、歩道で、何だかさわがしい物音がします。見ると、30ぐらいの男が二人、壮絶ななぐりあいの喧嘩をしています。西洋人のケンカは、さすがに、肉によって筋肉を養っておるからして、日本人の殴りあいとはずい分ちがっている。大迫力です。死ぬんじゃないかと思った。こわいので、とっとと通りすぎて帰りましたが、あの分では、相当なダメージを双方とも受けたことでしょう。

図書館は、オペラ座のすぐ近くにあるので、いわば観光客のメッカです。そこで、表通りから裏道へ曲ると、すでにして、そこにまた売春婦が出没しております。もっとも、こっちは見むきもされなかったが。さすがにプロで、人を見る目があるな、やはり。そして、信号待ちをしているタクシーの窓などにつかまって、中のオッサンを口説いている。このオッサンが鼻下長《びかちょう》だったと見えて、一人の女がタクシーにのり込もうとすると、どこから現われたるか、数人の売笑婦が、ワッとかけつけて、このタクシーの両側にとりついて、大さわぎです。もう時間がおそかったので連中もアブレちゃたいへんだから、焦っていたのでありましょう。きっと。いずれにせよ、私は、ただその光景を興味深くながめて、トボトボとホテルに帰りました。僕は、信念として、女を買ったりはせぬので、ああいう者に金を投じようという了簡の男の気が知れないけれどねえ。

さて、夜の夢といえば、ムーラン・ルージュとか、クレージーホースなんぞが有名ですが、中二日は、アニーが一緒で、初日は、草臥《くたび》れてそれどころじゃなく、終りの日は、何しろ、トーフで歯を折って呻いておるわけで、これもそれどころでなく、Stephen は話の種に行こうか、とさそってくれたけれど、日本人がさぞたむろしているだろうと思うと気が重くなって、ついにやめになりました。

さような次第で、パリでは、スリにも遭わず、危険な目にも際会せず、悪いこともせず、ひたすら、英語で高邁なお話を交しつつ、すごしたのでした。

では。

望

10月27日　フランスの巻（4）

さて、所定の仕事も全部、無事終了し、帰途につきましたが、何しろ、歯が痛いので、たべることがたのしめません。

それで、顔をしかめつつ Gare du Nord の駅で Stephen と待ち合せました（彼は例の寒い安宿、僕は三ッ星の上宿にとまっていたので）。Stephen という人は、まったく、君も御承知の如く、至れりつくせり、親切の権化みたいな人で、前の晩、別れるときに、明朝、北駅までの地下鉄のキップを買うのがめんどうだといけないから、「何しろ相手はフランス人だからね」とかいって、サッと切符を買っておいてくれました。万事この調子で、彼は、私に尽すこと執事の如く、保護することシークレットサービスの如く、僕は彼といる限り、何もすることがないのでした。

さて駅につくと、彼はすでに先に来て、「もう席は取っておいたから」といって、しかも、今日のランチ用にとて、チーズとトマトと、ミネラルウォーターを買ってきてある。そして僕がパンを買って万端調ったわけです。

フランスの国鉄は、イギリスと違って、時間通りに出るから、とかいって定刻前に乗りこみ、待っていると、ほんとにぴったり定刻に動き出しました。良いお天気で、青々と空は高く、北フランスの牧野は、来るときとはちがった、明るい、やさしい風光を展開していました。葉を落した松が、蟬のはねのように、繊細に枝の模様を見せて、ところどころ立ち並んでいる様は、picturesque な景物でありました。家々も、とりどりに色がちがって、フランスでは、こわれた物置や捨てられた工場址さえも、絵画的に見わたされるのでした。「こりゃ良い天気でよかったねェ」といいながら、汽車がカレーに近づくころ、空はどんよりとたれこめて、怪しげな雲ゆきになって来ました。あまつさえ北西の冷たい風がふき出し、オヤオヤとおもっているうちに出航の時刻になりました。帰りは、フランスのオンボロ船で、行きのイギリス船よりずっと小さい。どうもいやな予感がしたのだ、実は。

船が防波堤を出るとまもなく、外海は、大荒れであることが知れました。しばらくはキャビンで仏教の話なんぞをしていたのでしたが、キャビンにいると、目が回っちゃうんだね。それで、デッキに出ると、おどろいたことに、立ってられないほどの猛烈な北風が、横なぐりに吹きつけ、ミゾレまでふっています。その寒いこと、冷たいこと、気持のよくないこと、まことに名状しがたいものがあります。そして、船は、この向い左側からの強風と、大波と、潮流とに逆らって進むので、オンボロ船ではあり、遅々としてすすまない。僕は、ちょっとでも室内にいると、目が回るので、この壮烈な風雨の中、小さくなって、デッキに立ちつくしていました。やがて、みんな船ヨイでゲーゲーやる人がふえて来て、船中大混乱です。中には、デッキに出てびしょぬれになりながら、必死で蒼白でこらえている人もいる。デッキの、ビショ濡れのベンチにすわって、じっと、キスしたまま動かないカップル、おかみさんが酔っちまったのを、あれこれ、手をつくしている、紅毛の大男のオジさん、泣いて吐いている子供、そりゃもう目もあてられない。

僕は、季樹じいさんを思いながら、「海軍軍人の家の子が酔ってどうするか」と自らを叱咤しつつ、士官にでもなったつもりで、前方の、波間に昇降するドーヴァーの白い崖をにらんでいると、不思議に、なんともなくなるのでした。おじいさん、ありがとう。これも御先祖の御加護です。

スティーブンはというと、この大波にホンロウされる船のキャビンに、悠然と座って、「あたしゃこういう天気を愛するね」とかいって涼しい顔で、本を読んでいて、一向平気。どうも、さすが大英帝国のやせがまんというものだったな。

こうして、ドーヴァにつくと、すでに予定より大ぶん遅れていました。汽車がロンドンのヴィクトリアに近づくに従って、町の灯がみえ、家の窓の明りが見え、すると、ああ、帰ってきたなァ、という、出張から帰って来て、東京の灯を見たときに似た、なんともいえないなつかしい気分になるのでした。

ドーヴァでは、さしも寒い風雨が荒れていたのに、ロンドンにつくと、ホンワカとあったかい。やっぱり、ロンドンは、あったかいところなんだね、あの辺では。それから、車でケンブリッジへ帰ったときは、もう11時すぎになっていましたが、ロンドンを離れて、北の地に出ると、やっぱり、ドーヴァ海峡と同じような、猛烈な寒い風雨が吹きあれていて、車はしきりと横すべりをするのでした。ケンブリッジは寒いよ、やっぱり。

今日なんかは、氷がはり、一面霜で真白だもの。

こうして、フランスの旅は終りましたが、Stephen と一緒だったせいもあり、一回も危ない思い、こわい気持は、味わわずにすみました。地下鉄も夜おそくのったりしたけれど、別にどうってことはなかった。フランスへ行くからといって、胴巻きなぞも用意しなかったし、ロンドンと同じにやっていましたが、何ら、変なことはありませんでした。あんなひどい宿にとまったにもかかわらず、です。ただ、歯を悪くしたのが、これはいけなかった。それもトーフ食ってだからなあ(月曜に歯医者へ行くよ)。

今日はまた、頗るよい天気で、ここへミングフォード村は、素晴しい美景です、写真をとったから、出来たら送ります。しかし、さむいね。やっぱり。そして、好天の下、河に沿って散歩を試ると、行きあう人が、みな、ニコッとほほえんで、やさしくあいさつをして通るのです。イギリスにいると、こういうときは、ほんとに、気持がホノボノとしてきます。フランスでは、バスの中なんかでも、実にみな殺風景で、女共なども、こっちが「pardon!」といったって、「ヘンッ」てな顔して、アイサツもしない。イギリスでは、何かぶつかったりして、「Sorry!」といえば必ず「OK!」とか、言いながら、ニッコリほほえむものですが、フランス女の小面憎さといったら、ソッポむきやがるからなあ。父上もフランスとは、行った国が悪かったね。まったく、ではまた。

望

P. S. 芹沢光治良の〝巴里に死す〟をよんだが、どうもバカバカしくてとても終いまでよむにたえなかった。8割方よんだところで、すててしまった。ああいう、ベトベトと甘口の変に媚びたような文体でフランスを賛美してるのなんかは、いやだねえ。

11月1日

パリで豆腐を喰って傷めた歯ですが、その後、ST. IVES の歯医者へ行きました。それでさんざん調べたけれど、どこもヒビ割れなんかない、というんだね、痛む歯には。それでむしろその隣りの、一とう奥の奴に、ごくごくわずかな（"Very very fine crack" といってた）ヒビが入ってるけれども、これは痛むようなものじゃないし、それに痛いのはその奥の歯じゃないんだろ？　というわけで、「かかる細小のヒビ割れは治療する方法も必要もないが、まあ、あなた次第で、御希望とあれば抜いて進ぜるが……どうするかね」というのです。痛くもない歯を抜かれて、痛い歯は直しようがないってんじゃ、どうも御免をこうむったよ。

幸いに、痛みは、わづかずつ退く気配で、今日あたりは、比較的、やわらかなものは、件《くだ》んの歯でも噛めるようになりました。まあ、ST. IVES のヤブ医者のいうように、放っときゃ直るんだろう。スティーヴンに鍼でも打ってもらうことにしよう。

ロンドン大学の仕事は、ついに明日終了します。予定より1ヵ月遅れですが、しかたない。

なにしろ、これで終りかな、と思うと、またどっかから未整理の山がドサッドサッと、何回も出て来る始末で、それでも、安村さんが、全部、僕のやりたいようにやらせてくれたので助かりました。まあ、お礼に夕メシでもおごろうかと思いますが、安村女史は、ヴェジタリアンの甚しい人なので、こまっちまうよ。結局、600タイトルはこえたでしょう（イギリス人の作った目録には250しか出てなくて、それで奴等は大イバリなんだから、あきれる。イギリス人は、無能だ！）。

その中に（まったく未整理で放っとかれた山の中に）、とびきり面白いのが見つかりました。一つは天保年間のいろんな配り物の一枚摺りの集めたもの（これは本当に珍物です）。また、「はつ秋の夢」という題の汚ない写本は、蛤御門の変の実見記で、同じ本は、日本中にあと一つしかないようです。これは、おじいちゃん用に、やっぱり写真にとっておいたよ。それでも、とび切り上等の本は、貴重書だから、正規の手続きで見たけれど、イギリス人が間に入ると、その非能率、信じがたいもので、こまったものだ。

望

とも子様

子供たちへ

(1) 大地へ。

かけっこは五位だったそうですが、がっかりすることはないぞ。ああいうものは、一生けんめい走れば、それでよいのだよ。何位であったかは、どうでもよい。お父さんもかけっこは遅かったのだからね。そのかわり、勉強で一とうになればいいじゃないか。それなら、大地にも出来るだろ。「一生けんめい、まじめに」これが大切だからね。

お父さんは、毎日、朝から夜の8:30まで図書かんで勉強して、そのあと、帰ってからまた夜中の2時まで勉強している。それで、他の先生たちが、お父さんが勉強ばっかりしてるので驚いています。お父さんも一生けんめいだ。大地も一生けんめい勉強して、大きくなったら、イギリスへ来るかい。きれいなすばらしい国だぞ。こんど写真が出来たから、送ります(次の手紙でね)。ケンブリッジ大学に留学して、英語名人になると良いな。まあ、とにかく、病気にならぬよう(風邪ひかないようとくに気をつけて)、元気でがんばってください。

イギリスは、今のところ、良いお天気がつづいて、とてもあたたかいです。森が美しく色づいて、それはそれはきれいです。お父さんの部屋の窓には、リスが遊びに来ます。じゃあね。

おとうさんより

（２）はるなちゃんへ

はるなちゃん、こがねい　ようちえん　の　しけん　なかずに　できましたか。おにいちゃんと　いっしょの　こがねい　ようちえん　へ　いけるといいね。

きっと　たのしいよ。こないだ　は、ずいぶん　ながいおてがみ　ありがとう。じ　もじょうずに　なって、もう　おねえさん　ですね。じゃあ　げんきでね

おとうさんより

11月7日

日曜日（4日）に当山夫妻が来英しました。例によって、F Hotel という味もそっけもない団体ホテル（しかも、ロンドンの外れの場末にあります）で、気の毒の限りです。

どうして日本のツアーは、ああいうバカなホテルばかり使うかね。と思って考えてみると、伝統的な古風のホテルは、よっぽど高級のところを除くと、Bath のついてる部屋が本当に少ないのだね。なにせ、ヨーロッパ人は風呂に入らないでも平気だから。そうすると、日本人みたいに、毎日、風呂を使わなくちゃ気のすまない人達が団体で来ると、部屋のやりくりがむづかしい、ということもあるんじゃないかな。

ともあれ、その日の夕方このホテルへたずねて、計画をたてました。相手がハネムーンだから、あんまり、こっちが出しゃばっても有難メイワクというもの、かといって、何もしてやらないでは薄情、というわけで、そのかねあいがむつかしいのさ。結局翌5日はケンブリッジに一泊するということになって、その日は、中華で会食し、パブをおごって夜中に、僕一人ケンブリッジへ帰って来ました。

その途中、もう車の往来も絶えた真ックラな田舎道で、突然、車の調子がおかしくなりはじめたのには、冷汗をかきました。しかし、その日は、何とかもちこたえて、エンストしそうになりながらも、かろうじて帰着。翌日は、Huntingdon の駅まで彼らを迎えに行きました。それから、この Hemingford の Manor へ案内し、Boston 夫人にすっかり家の中を案内してもらって、林の中を散歩し、田園の美しさを満喫したあと、ケンブリッジへ出て夕食はギリシャ料理、そして早目に Royal Cambridge Hotel という宿へ彼等を送って、僕は一人で帰って来ましたが、いよいよ車が動かなくなり車庫の5m手前まで這う這うの態でたどりついてそこでエンコしてしまいました。

翌朝、Ian という庭師の兄チャンが見てくれたところ、Distributor の部品がイカレているというので、町まで買いに行き、これを交換したら、すっかり良くなりました。そこでまたケンブリッジまで二人をむかえに行き、こんどはロンドンまで送って行きました。

そのあと、夕食は Boston 夫人が招んでくれていたので、大急ぎでケンブリッジへ帰り、夫人手料理の、小牛のソテー・トマト風味オニオンソースかけ、ベイクドポテト・パセリかけ、ボイルドグリーンベジタブル、デザートは、マンゴーに生クリーム、チーズとクラッカーそしてコーヒー、というごちそうで、なるほど Blacker さんがいっていたように、夫人は、料理の功者です。とてもおいしかったよ。僕は、大きな肉を2キレもたべ、すっかり平らげてしまいました。こうたびたびごちそうになっちゃほんとに申しわけないようですが、どうもこりゃ、三ツ子の魂で、僕はよその家のおばあさんにメシをたべさせてもらうクセがむかしからぬけないね。まあ、そのように、おばあさんに好かれるわけだろう。そのあと、10時ごろまでよもやまの話をして、愉快に部屋へ引き上げました。

その後、当山たちはどうしたかしらん。まあ、ここらへんで手を引いといたというのは、適切というものだろう。当山は、相変らず無愛想で、Boston夫人にも「あの方は一言も話そうとしなかったわね」などと言われていました。夫人はなかなか観察が鋭くて、「あの奥さんの方は、私の言ったことは殆ど分らなかったようね。男の人の方は、分ったようだけれど、自分からは話さなかったのね」といっておりました。

さて、12月の、おじいちゃん御来英の節の計画ですが、いっそ、おばあちゃんも御同行なすっちゃいかがでしょうか。セガレがイギリスにいてお膳立て、案内をつとめるなんていうチャンスは、もう二度とないよ。ハワイはハワイで別にとっといて、この際、どうです、お金に困るわけじゃないんだから。もっとも、飛行機の長旅は、首がガクガクになりますが……。

で、今、計画を練っておりますが、やっぱり、スコットランドのエジンバラ辺りに一泊旅行を入れてみようかと思っています。飛行機で行けばわけはない。ただ、25日のクリスマスは、スティーヴンの家に招かれているので、父上も一緒に、と思っています。

その外、British Library に3日ほど使いたいと思っているので、あんまり余裕はありません。ケンブリッジにも一泊してもらいたいしね（もっとも、ウチじゃなくて、ちゃんとしたホテルをとるけどね）。ロンドンの宿は、ラッセルホテルという、古風のホテルにしたいと考えています。それやこれやで、あんがいいそがしい旅行になりますな、どうしても。

お土産は、Boston 夫人に〈舞扇〉、あとはひとしなみに好古堂の木版画リプリントでよいかと思います（今後の必要が出来るかもしれぬので10枚くらいもって来てください）。

それから、スティーヴンだけは、もう少し良いものを何か考えて下さい。彼は、中国医学を勉強中で、いつも「黄帝内経」だのそんなものをよんでいます（英訳本で）。しかし、今、中国語を鋭意勉強中ゆえ、「傷寒論」の漢文テキストの注釈本なんかどうだろう。スティーヴンの家には、何度も泊めてもらって、大いに（一番）世話になっているので。もし面倒なら、僕の書庫の和書棚に、江戸の板本の傷寒論が一本あるから（3冊）、それをもって来てもよいし。神田の山本書店、という大きな本屋には、いつでもこの種の板本が在庫してあるので電話して、適宜、きいてみてはどうかと思いますが。

なお、好古堂の若主人の酒井雁高という男は、小生の同級生で、よく知っておりますから、林望の名前を言って、「くれぐれも、良い趣味のもの、春信あたりのものでも見つくろって揃えてくれるよう」と伝言して下さい。とも子、ちょっと電話してみちゃどうだい。案外よろこぶやもしれん。酒井君は、いつも新橋の店にいます。
ロンドン大学で仕事中に、たまたま、ネパール大使が見え、そのときとった写真に僕がうつったので、安村さんが僕にくれました。それゆえ、記念におくります。勉強しているところの写真は珍しいので大切にアルバムにしまっといて下さい。

次の機会には、板を組み立てて作る、"Doll House"のキットを買っておくりましょう。ハルナがよろこぶぞ。これ、一万円ぐらいですが、とても良いものです。大地はどうするかな、困るんだよね。サッカーゲームかスヌーカーでも買うかな。こっちは野球はてんではやらないで、もっぱらクリケットだから、しょうがないし。ま、おまかせ下さい。では。

望

P.S. Boston 夫人は92才(!)であることが分りました。しかし、しっかりしてて、80くらいにしか見えない。

11月10日

父上御来英中の計画ですが、一応頭をひねりつつ下記の如く考えてみました。


(日) 12月18日着　ロンドン近郊散策、午後、ケンブリッジへ。(ケンブリッジ泊)

(月) 19日 (骨休め)、ケンブリッジ見物等。CLARE HALL で昼食。(ケンブリッジ泊)

(火) 20日　旅行出発。(Ambleside 泊) ↑ (アンブルサイドは、ウィンダーミーア湖という、大きな湖のほとりの、美しい村の由。そこの、Waterhead Hotel という古風のホテルに泊ろうと思っております)

(水) 21日　Lake District 周遊。(〃)

(木) 22日　旅行帰途。(ケンブリッジ泊)

(金) 23日　British Library (ロンドン泊)

(土) 24日 (この日はクリスマスイヴなので、図書館は休みかもしれないが) もし図書館があいていれば午前中 British Library。午後は、バレーかオペラなど見物。(ロンドン泊)

(日) 25日昼　カムデンタウンボロ市 (多分やってると思う)。

夜、Strange 家のクリスマスディナーに招かれている。（ロンドン泊）
（月）26日　British Library（ロンドン泊）
（火）27日　〃（買物など）（ロンドン泊）
（水）28日　離英

Lake District は、イングランド北西端の山間地方で、イギリスに二大景観地あり、その一は、ダートムアのデヴォン地方、その二は、この Lake District といわれている美しいところです。スコットランドでもよいけれど、そうすると、飛行機の旅になるので、ロンドンからの出発ということになり、予定は全く変更しなければなりません。あんまり強行軍でもいけませんので、大体こんなところでどうでしょうか。↑（Lake District は寒かろうか、とボストンさんにきいてみましたら、「そりゃ山のテッペンは寒いでしょうけど、谷の方は、別にここらとかわらないでしょ」とのこと）。

ケンブリッジは、Royal Cambridge Hotel か、Cambridge Lodge Hotel かをとりたいと思います（僕のうちは、2人はねられないから）。ロンドンはラッセル・ホテルをとってやろうと思いますが、クリスマス前夜なのでとれるかどうか。今は、すぐ日がくれてしまい、とくに御来英中は、一年中でいちばん昼が短い時期ですから、4時には暮れてしまうと思います。

そのため、あんまりゆったりと見物して回ることも出来ません。ケンブリッジのホテルは、一泊、朝食つきで約30ポンドですが（いっとう良い部屋で）、旅行中はチェックアウトしますか、それとも、面倒だから、ずっと、いつづけにしときますか、御報せ下さい。

父上ケンブリッジ滞在中、僕は勿論自分のうちへ帰ってねます。ロンドンは、シングルを2つとって一緒にロンドンに泊ります（この機会に色々、ごちそうをこころみよう、ローストビーフとか）。

いずれにせよ、よくよくお考えになって、こうしたらもっとよかろうというような点があらば、御一報下さい。とりあえず、大至急、これでよいかどうか、という点を御連絡下さい。御連絡あり次第直ちに手配にかかりますので。

（さっき、Boston さんにお茶をよばれ、そのとき、父上の来英のことはいっときました。"How nice it is!" とよろこんでた。ま、おたのしみに）。

時に、こっちでずい分外遊中の学者連中にあったけれど、その中で、東大教養の山内さんという英文学者の一家に、CLARE HALL の fellow の Heim 博士という人の家で紹介されたけれど、この人は、俗臭がなくて、いかにも学者らしい学者でした。また別の日、山内さんの奥さん（この人も先生）に、図書館でバッタリ会ってメシを一緒したのでしたが、「林さんは英語がうまいですねえ、ずい分勉強なさいましたか」とほめられました。

近頃、英語のコツをひとつつかんだことは、これはサイモン・クロウもいっていましたが、聞くより話す方がやさしい、ということです。だから出来るだけ相手にしゃべるチャンスを与えぬように、きれ目なくしゃべってるとよろしい。だから、サイモンにしても、シャモニー先生にしても、概してみな、口数が多いわけです。内容は何でも良いわけ。このごろは、日本語で考えて訳すという手順はやめて、とにかく舌先で勝負することにし、思い浮ぶまま、出来る限り早口でまくしたてるようにしています。それで「オッ、この人はうまい」と思わせちまうんですな。しかし、すると外人連中は、もうふつうのスピードで話してくるので、聞く方は大変ですが、これも慣れで、半分位分れば、何とか対応は出来るさ。

それと、これもサイモンがいっていたことですが、一種の演技、挙措動止、堂々とかまえて、分んなくてもオウヨウに相づちを打つ、何かきかれたら、とりあえず、“Yes.”とか“No.”とかただちに、(ほとんど反射的に)答えて、それから“Because…”とかいって〝アーム〟、とか少し引きのばしつつ、理由はあとからとってつける、これです。

これを、日本から来たばかりの人が、ハタからみてると、あたかも、僕が、イギリス人と同じ速さで、100%分って議論してるように見えておどろくのですが、なーーに、そんなに分っちゃいないのだ、実は。しかし、College の会合には極力出て、当ると幸い、この伝《でん》で談論しているので、そのある勘のようなものが出来ました。

たとえばね、何かきかれたとして、“No.”とこたえるとする。このとき、“No”だけじゃ時間が短すぎて次の文句を考えるに至らないので“No, No, I don't think so, because, you know, ――…”という風に、あれこれつなげて、間をもたせながら次を考える。Yes なら“Yes, … Yes that's right, of course …”というようにね。これが慣れない人は、“No, …アー、…”なんていってるから、いかにも下手クソにきこえる。

もっとも、発音はこれは天性でね、僕は、発音は殆ど天才的にうまいのです、実は。こういうのは音感とか、絵心とか、歌のよしあし、と同じ種類のもので、出来る人は、別に努力しなくても、簡単に、それらしく発音できる。出来ない人は、いくらやってもダメというものでね。ロンドン大学に、どっかのエライ先生らしい日本人が来ててね、これがコモンルームで、英人相手に、大声で話してるのですが、僕は、これほどひどい発音の英語はきいたことがない。つまり、カタカナをつけて読んでる、という風なわけ。こういう人は、もう絶対だめでしょう。英会話の学校なんぞいってもムダムダ。

しかし、この年令になると、新しいボキャブラリーがなかなか頭に記銘されないので、やはり限界を感じます。それでも、ケンブリッジの図書館と交渉のために、レポート用紙10枚に及ぶ長文の英語の手紙を、一晩正味3時間ほどでデッチ上げたり、我ながら大活躍です。

そういう中で、ボストン夫人との対話は、最もたのしい。彼女は、まことに立派な頭脳のもちぬしで、しかもユーモアがあるので、これほど良い英会話の相手はちょっとありますまい。Lewcock《ルーコック》博士という人にきくと、「ボストン夫人は、今は、本当に数少ない、イギリス伝統の本物の Upper Class の生活を生きている人で、林さんあなたケンブリッジで、いやもしかしたらイギリスで最も幸運な日本人かもしれないよ」というのでした。

ではまた。

望

みなさま。

11月12日

昨日は、Boston 夫人に日本食をごちそうしました。いつも食べさせてもらうばっかりじゃ悪いからね。

献立ては年よりむきに次の通り。

・椎茸と Leek（長ネギの一種）の吸物
・湯豆腐
・さらし玉ねぎの二杯酢（＋かつおぶし）
・四色ごはん
（肉そぼろ、玉子そぼろ、インゲン、花ニンジン）
・カブの一夜づけ

上記の面々をよくみると、実は、あんまり手はかからぬ献立てでしょう。味はどれも上乗の出来。四色ゴハンのインゲンなどは、色を保つために、煮汁を冷して煮びたしにするという芸のこまかいところをみせて、あざやかな色に出来、「まあ何てきれいでしょう」とボストン夫人を感心させせました。しかも年寄だから、かたいといけないと思って、考えた末、わざわざ冷凍のインゲンを使って、「やわらかで色を美しく」というようにし、ニンジンも、花形に、紙のようにうすく切ってよく煮た上で用いたのでしたが、それでも、「このニンジンは生《ナマ》か」といわれてガックリしました。我々からすると、もうクニャクニャという感じなのだけれど、何しろ、イギリス人は、人参でもなんでも、30分も煮つづけて、グチャグチャにゆでたのばかり食べてるから、ちょっとでも歯ごたえがあると、「ナマ」と感じるのだね、困ったものだ。

とくに、吸ものと、玉ネギの二杯酢は、大そう気に入ったようでした(この二品は、イギリス人は必らずウマイというよ)。で、これは、どうやって作ったのか、とさかんにきいていました。よくおしえてあげたけれど、無駄でしょうね。カブは、English Turnip というのがこのごろ出て来て、日本の秋カブにも似て(青クビになってる)、やわらかく、香がよく、極上の味です。湯豆腐は、やっぱり、ちょっとなじみにくいようでした(そりゃそうだよ、あの味は、なれなきゃ分らないから)。

デザートは、虎屋のヨーカンに緑茶、これもおいしいとよろこんでいました。なにしろ、92才にして、これが日本食のはじめての経験というんだからね。しかし、本当に我ながら料理はうまいね。色といい、味といい、盛りつけといい、ホレボレとするような出来であったよ。→（「こんなに何品も出て来るのはMealじゃなくてBanquet（正餐）だわねェ」とボストンさんがいうので、「ナニ、日本人は、夕食はいつもこの程度はたべるのですよ、ほんの、普段着で」とすましてこたえておいた。これは別に誇張ではないよ。イギリス人の夕食ときたら、パンにスープにチーズだけ、なんての普通だからね。ひどいもんさ）

今や、ケンブリッジ大学図書館と調査についての特例措置を認めてもらうために、交渉の最中で、しかし、図書館の、現場の人たちとはすっかり仲よくなりました。

それで分ったことは、カーメン・ブラッカーさんは、てんで人望がないということです。ブラッカーさんは、この際にも何ひとつ助けてくれないばかりか、前もって一言も図書館に通じといてくれなかったので、「本当に、あの人は、いつもああいう風だから、いろいろな人にいやな思いをさせてしまってね」というように言われています。その分、関係のないMills先生という人や、Bowring先生という人が手をつくして助けてくれています。だから、ブラッカーさん、自分でなんにもする気がないのなら、はやくこのMillsさんに紹介してくれればよかったのに、Millsのミの字も言わないのだものな（どうもMillsさんはブラッカーさんとは仲が悪いらしい）。

しかし、現場の人たちの人望という点では、Mills 先生の方が断然上で、僕も、この人の方が徳があると見ました。ブラッカーさんは、いくら説明しても、僕の調査のことをついに全く理解しないようだったものね。そこへ行くと Mills さんは、非常によく理解を示されて、自らその館長との交渉に当ってくれる協力ぶりです。でもまあ、そういう人と、土壇場でめぐりあってよかった。これで何とかなるだろうと見ています（そこへ行くと、Oxford のマクマレン先生は、ちゃんと現場のタイトラーさんを紹介してくれ、自分でも意を通じておいて下さったからね）。

こないだも、ブラッカーさんに約束をスッポカされて、半日待ちぼうけを食わされました。その揚句「あしたかあさってにでもお目にかかりましょうか」とて、すまないとも言わないのですよ。これには少々ムカッとしたけれど勿論ガマンしました。この時は、コレッジで待っていたので、ハーディングさんというコレッジの事務長とでもいうような立場の人が「ブラッカーさんかい、いつもこうなんだから、仕方がないなあ」とあきれたような顔をしつつ、あちこち連絡してくれるというようなこともありました。

で、そのスッポカされた翌日、約束の時間に会うと、「私は、忙しくて15分ぐらいしか時間がありませんから」といって、何もしてくれないで、「まあ、自己紹介して、自分で説明して下さい」とかいってさっさと帰ってしまいました。これでミルズさんたちが助けてくれなきゃ、とんと立往生するところだったよ。しかし、Bowringさんという若い先生は、ベラボウに日本語がうまくて、面白い人だから父上に是非紹介しましょう。シャモニーさんと五分か、それ以上の日本語です。イギリスは、相変らずあったかです。では。

みなさまへ

望

P. S. はるなのぬりえよくできました。机の上において、いつもながめながらごはんをたべていますよ。こんどは、自分で描いた絵も送ってね。ぬりえだけじゃなくて。荷物ついたかな?

11月14日

今日は、Boston 夫人が、どうしても自分のためにギターを弾いておくれ、というので、30分ばかり、あれこれ弾いてあげました。どうもあんまりうまくはないけれどニコニコして、さかんによろこんでくれました。

（以下、主に父上に）

大沼さんから、ダウンジャケットのようにパンパンにふくれた分厚い封書が届きました。まさに、かんでふくめる如く、達意の名文で、懇篤に認《したた》めて下さってありました。あの人は、一種の隠者ですが、まずあれほどの人物は今の日本の学界には、外に居なかろうと信じるな。私などは、大沼さんに帰服することはひとかたでない。斯道文庫のあとの連中には、一向尊も敬も感じないが、大沼さんだけは、別で、どんなことでも、大沼さんがこうしろ、というのならば、僕はそれに従って迷わないね。えらい人だね。

とにかくしかし、ああいうのは、生れつきの天稟《てんりん》で、真似て出来ることでないのが困る。僕の見るところ、林健太郎さんの徳というのも、大沼さんにちと似ているのではないかな。大沼さんだって、木で鼻くくったようで、一向無愛想だけれど、その心底に温情掬すべきものがあって、知る人は、それを知って、尊ぶことがひととおりでないのだね。こういうのは、稀で、僕には、とうていなれない境地です。近頃は、トヨタ財団の方でも、ようやく大沼老師の人物たるべきことが理解されつつあるのは、大慶と存じます。

ケンブリッジは、図書館長が官僚的小乗的人物で、しかも極めつけの頑固人というので、交渉が難航して、どうも、殆ど便宜を図ってもらえないもようです。仕方ないから、やれる範囲でベストをつくすさ。とかく〝長〟なんてつくと、ロクなやつはいない。今のところ八方ふさがりですが、そのうち多少は良くなるだろう。

もう、こっちは、4時というと暗くて、たしかに陰気な季節になってきました。しかし、ビショビショと雨がふるので、それほど寒くはなく、まだコートも要りません。そして、湿度が高いので、僕などはたすかります。ひとつはアトピーにとって、ひとつは、ノドの粘膜にとって。

食事の休みなどに、図書館で、亀井さんの著作集を読んでいますが、もう、常軌を逸した秀才ですね。今は少し老いたけれど、20才代の後半くらいに（多分、東大の助手時分でしょう）書いたものなんかは、舌鋒火を吐く如く、そのシャープな頭脳が遺憾なく流露しています。こりゃえらい人にみこまれちゃったな。亀井さんは、つい最近手紙を下さって、素晴しい文章で、励ましてくれました。そこに「林は、俺のマナ弟子だ」と書いてありました。俗論にまけるな、東洋文庫書報に拠って毅然として、俗学者を討つべし、とありました。これは多分に亀井さんのカイカブリ、なんだけれど、しかし、せっかく見込んでくれたのだから、極力勉強して、先生の名前を汚さないようにしないとね（しかし、亀井の弟子じゃ、林という男もウルサいわけだ、とみな言うでしょうハハハ）。では。

望

みなさまへ

P. S. 諸般の事情にかんがみて、3月末の終了まで、この住所にいます。オックスフォードへは引越しません。それで、週の前半は、B&B でもとって、Oxford に泊り、後半はケンブリッジへ帰るという生活にします。もう、そう決めました。家さがしは、殆ど不可能ですから、1ヶ月半なんてのは。ここは良いところだし。

11月18日

来ル12月の日程は次の通り手配しました。

17日（月）［ヒースロー］着（特に予定なし）→ケンブリッジへ。ケンブリッジ泊（Royal Cambridge Hotel）

18日（火）骨休め、ケンブリッジ見学等（〃）

19日（水）（昼間未定）夜、CLARE HALL、Dinner（この程、CLARE HALL がケンブリッジ大学の25番目の正格コレッジとして、女王から認定の紋章を授けられたので、それを記念して正装の Dinner がある）（同ホテル泊）

20日（木）旅行出発（Lake District）

6時間程度の Drive の予定（車が故障しなければの話ですが、さすがの TOYOTA も、キリンも老いてはの例にもれずさ）

この日は、AMBLESIDE 村（Windermere 湖畔）の Waterhead Hotel に泊る（2食つきで23ポンド50ｐだから安いものさ）

21日（金）Lake District 周遊（同ホテル泊）
22日（土）帰途（ケンブリッジ1泊）
23日（日）カムデン・タウンのボロ市見物。ロンドン（Hotel Russell 泊）
24日（月）British Library（〃）
25日（火）〃 〃（〃）
夜は、Stephen Strange 君の家のクリスマスディナーに招かれているので、父上も一緒に、といっときます（〃）
26日（水）British Library（〃）
27日（木）離英
ただし、この British Library は、9：00〜5：00で、その間、父上は、全部おつきあい下さる必要はこれ無く、一日ぐらいケンペルの本をながめられたらあとは、別のところへお出かけになってもよいかと思います。ただ小生は、どうしても見終らなければならない本が少し残っているので、3日間は Full に図書館におります。Optional tour としては
たとえば
（イ）ウィンザー城見学
（ロ）ストラトフォード・アポン・エイボン　シェークスピアの村見学。

（ハ）ストーンヘンジ・Bath 見学
などは、日本人ガイドつきの日本団体むけツアーをやっており、このほか、
（ニ）ソールズベリー見物（大聖堂が見もの）
○（ホ）ドーヴァー城　〃
○（へ）グリニッジ　〃　（カティーサーク号〃）
（※または、あれこれ Museum の類もたくさんありますから）

などが比較的容易に行かれます。（ニ）（ホ）は British Rail で2時間ぐらい。（へ）は、テムズ河下りの遊覧船で小1時間の由です。

また、この際ですから、ロンドンの、いずれかの夜に、バレエでも見物いたしたく、また別の夜は、有名高級レストランにてローストビーフなど試みたく（といっても、日本に比べりゃ安いもので1人30ポンドも出したらたべ切れない由ですが）、更には、PUB などにも御案内仕る予定でおります。ほかに、何にても御希望の向きお申し越し下されますよう。

ケンブリッジでの交渉は、とうとう思うようにならず、しかし、Bowring 先生や Mills 先生方が、とてもよくして下さるので、居心地は悪くありません。いずれ別の機を期して、と思っています。Bowring さんに Japan Foundation の件を相談したら、「そりゃ是非何と

かしましょうよ」というあんばいですが、ただどうせ来るなら、ちゃんと、講義を持ってもらって、一年間の講師というのが良いんではないか、ケンブリッジとしては、是非そういう風にして来てもらいたいのだが、というので、さあて、また1年間は留守に出来ないので、どうするかかえって頭をかかえています。もっとも、天下のケンブリッジが、直接東横へ「貴学の林先生を、一年間当学へお貸し下されたい」とでも招聘されれば、英《はなぶさ》さん（注、当時の東横学園女子短期大学学長）は「こりゃ名誉だよ、君！」なんてことになるかもしれませんが、それまで英さんが学長でいる保証もなく、学内の風当りもいかがと思われるので、これはちょっとむつかしいだろうなあ。そうなると一とう良いんだけどね。

　ただこのバウリングさんという人は、非常にエネルギッシュな活動家なので、彼が運動してくれれば、そういうことは、無理ではないと思います。Blacker 女史はもう停年近いのだし、そうなれば、彼の天下ですから。さて、ごちそうを前にして食べ方が分らない心境です。いずれ、父上にも御相談申し上げたく。

以上

望

11月23日

（イギリスはこのところ、陰雨瀟瀟たるもので、一日中夕暮の如し。しかし、湿度がひどいだけで寒くはない。一向風邪ひとつ引かず、胃も腰もちっとも支障はありません。御安心下さい）

今日（23日）、朝、父上母上の御書落掌仕りました。

春菜が、打てばひびく如く、お父さんの声色をするところは、御高察のとおり、涙を流して抱腹絶倒しつつ読みました。何というかね。春菜という子は、そういう、生れつきの、「たのしさ」を持った子供で、それは、ある意味では、僕の子供のころとよく似ているのではあるまいか。してみると、不思議なもので、子供というのは、ちゃーーんと、両親の、外見も内面も、たして2で割って持っているのだな。

今日は、Nick の紹介で知りあった筑波大学の山形和美教授のお嬢さん（Flautist……Flute 奏者：flutist ではないよ、flautist というのだ、イギリスでは。もっとも、アメリカではみな flutist といっているけれど、Dr. Alice Heim〈CLARE HALL の Fellow 心理学者〉にいわせると、――アメリカ人は、誤って flutist といっていますが、間違いです、f. l. a. u. t. i. s. t. とつづって、フロウティストというのです、とのこと、ハハハ）が、Wolfson College の Lunchtime Recital というのに出演するからというので、Mrs. Boston と二人でよばれていきました。リサイタルそのものは、小さなもので30分ほどで終りましたが、Boston さんは大変よろこんでくれました。山形一家はまもなく離英して帰国するので、僕は一計を案じて、この日曜日（アサッテ）に Boston さんの Concert Room をかりて、このお嬢さんのために、小コンサートを開いてあげるようにしてあげました。それで、今日、Boston さんがこのお嬢さんのフルートをきいて、大へんよろこばれ、——はじめはあんまり乗り気じゃなかったらしいのですが——急に大のり気になって、私が是非皆さんをおもてなししましょう、ということになりました。ユミさんというそのお嬢さんも大よろこびで、これは、一つよいことをした、と思っています（ユミさんは芸大 flute の出）。

Wolfson College から Boston さんをのせて帰る道々、開口一番夫人はこう言いました。（今日は10人ぐらい日本の英文学者が来ていましたが）「今日あった日本人の中で、あなたが、遥かに群を抜いて英語が一等上手ですね。much, much, better than anybody else!」と、しきりにほめてくれました。もっとも、Boston さんにしてみると、林さんは自分が付いてコーチしてるんだから、当然、というつもりもあったかもしれないね。いずれにせよ、ますます精進するでござりましょう。この分で、せめて3年間くらいこっちにいれば、英語は全く自家薬籠中のものになるのだがな。日本に帰ればさびついてしまうだろうと思うと悲しいね。そうして、Boston 夫人は、車に酔うので困るのだそうですが、僕の運転は、極めて穏やかで、とてもよろしいと上機嫌でした。

英語といえば、僕は、Boston 夫人の著作を順次読みつつありますが、専ら「音読」（朗読）しています。英語のリズムの練習をかねてね。すると、この文章は、極めて格調の高い文体であることが分ります。何故かというと、Boston 夫人はまた、詩人としても評価の高い人であるからです。

夫人の最も留意せるところは、その文体が、決して Childish でない、全く adult の文体を以てする、というところなのだね。それには一つの信念があって、子供にとっては、大人の文体、大人の語彙というものは、常に〈あこがれ〉のひとつで、そういうものを読みかつおぼえることは、子供たちにとって大きな Excitement である、と、彼女は、この信念に基いて、少しも子供に妥協しない確固たる文体で書いておるわけです。かかる原文を、イギリス語正調を以て読んだときの、美しい音声の流れ、というものは、所詮、他の語に移しがたい。そこで、僕は、さる談話の折に、所詮この格調というものは、訳し得ぬものではなかろうか、と言ったところ、夫人は、我が意を得たりとばかり、横手をうって、さてこそその通りで、たとえば日本語は知らず、ドイツ語やデンマーク語なんかでさえも、その訳はまるでちがったものである、というのでした。まして、極東の異語に於てをや。

さて、今は、ケンブリッジの図書館からしきりに本を借りては、あれこれと読んでいるけれど、仲々おもしろいものがあります。例えば、吉川幸次郎の『遊華記録』、これは、しみじみと面白かった。また亀井さんの著作集は、心底〝エライ!〟と思った。思ったところで、こういう人に見込まれちゃったのだから、せいぜい破門にならぬよう、がんばんなくちゃと思ったことです。大変な人です、亀井さんという人は。透徹明察神の如し(故に敬して遠ざけられている!)。

さてまた、アーネスト・サトウの『一外交官の見た明治維新』、これまた結構によんでいますが、しかし、ケンブリッジには、戦前の版しかなく、したがって到る所伏せ字、抹消なぞあって、どうも弱ります。しかも、燈台下くらし、『遠い崖——アーネスト・サトウ日記抄——』をはじめとする近時のサトウ関係著作は一つもケンブリッジ図書館に入っていません。そこで、もし大きな本でなければ、近時単行本になった右記『遠い崖』(萩原延壽)をもってきてくれませんか。もし大きくて邪魔ならば荷物と一緒に送って下さい。というのは、E・サトウというのはおどろくべき天才で、こっちへ来てはじめて知ったのでしたが、サトウ自筆の蔵書目録があります。これが、和紙毛筆ですが、その達筆たるや、どう考えてもイギリス人の手とは思えない。

しかし、また、ケンブリッジには、彼の日本語手習ノートが残っていて、これを見ると、たしかに彼の筆跡であることが分ります。彼は、唐様《からよう》、御家流《おいえりゅう》の二様をよく書いた由ですが、まったく信じられぬ程の達者です。その一部に、手習反故を使って書いたカタローグがあって、これを見ると、その文例がいかにも面白い。やゝ伝法な江戸言葉で、「御維新前は、攘夷だ鎖港だと騒いでいた連中が今では政府の御役人たあ、世の中奇々妙なもんだ」などという例文が、墨痕美しく認めてある。これは、全部コピーしたから、おみせしましょう。

そんなわけで、いまこのサトウに興味があるのです。こういう天才外交官が、その一方で、今から見たら腰をぬかすほどの見事なコレクションを作ってしまったのですから、日本の小役人なぞ手玉にとられたわけさ。そういう伝統の末に、あのサイモン・クロウなんかも違ってるわけで、これは、フランス外交なんかとは、一味違った外交先進国イギリスの底力と思わずにはいられません。ふりかえって、日本の外交の淋しいことは、……アーア、というところ。

望

11月25日

今日はまた、仲々愉快な1日でありました。

今日は日曜日で（25日）、午後2時から山形さんのお嬢さんのコンサートを、当邸の二階の「音楽の間」でやることになっていました。これは、小生が思いついて、Boston さんを説いて実現したのですが、一時はあてにしていたお客さんがみな都合悪く来てくれないので、プロデューサーとしては、やゝ困ってしまいました。

しかし、昨日になって、Andrew Paton という、イギリス人の友達（20才の白皙の美男、素晴しいハンサムで感じの良い青年です）、それに Anne Tan Poh Ann という長い名前のシンガポール人のガールフレンド（この子はまた、可愛らしい中国人でヘアースタイルは、美容院「マエダ」へ行ったあとのとも子さんと全く同じふうです）の二人が来るといって来、また永谷さんという日本人プロフェッサーやら、山田さんという（Mrs. Boston の表現をかりれば "Very babyish face" の）英文学の先生、それに、ハープシコード奏者としてかなり有名な人である Dr. Gifford 夫妻やら、あれやらこれやらと看客がふえ、Boston さん曰く〝今日まで催したうちの最大看客数〟になってしまい、プロデューサーは、うれしい悲鳴となりました。

Boston 夫人は、きのうから、ここをせんどと、あっとおどろくような骨董の茶器をとり揃え、各種のお菓子を用意してくれました。やや交通不便なので、僕が、永谷、Anne、Andrew の三人はケンブリッジまで迎えにゆきました。Anne が彼女の所属の Queens' College で「一緒にお昼をたべない？」というので、ありがたくごちになりました。こっちのコレッジは、寮なんか、男も女もごちゃごちゃに入れこみになっていて、ありゃ、楽しかろうねェ、若い者には。俺も若けりゃケンブリッジへ留学も悪くないな（しかし、まあ、風紀は、どうであろうか、自由なんとちがいますか、まあ結構至極です）。

その食堂で、奥山爾朗君という外務省の若手が、やはりここに留学して来ているのに紹介されましたが、この男は、アメリカ訛りの英語をベラボウにうまく話す男で、さすが、東大出の外交官というものですが、しかし、人柄はいたって好感がもてました。彼がこんど30日の St. Andrew's Night という何かの旗日のディナーに招いてくれたので、近くもう少しよく知りあうことになりましょう（だんだん交友がひろくなるなー）。

それはともかく、こうして、Anne と Andrew と永谷先生の3人をのせて Manor へ帰って来ました。ちょうどみな見えて、ボストンさん得意の邸案内も終わり、二階の、Concert Room でユミさんが前講釈をして、演奏をする、という形で、10曲ばかりやりました。なるほど音響は冴え冴えとして、Boston さん自慢だけのことはある。きいているうちに、ユミさんのお母さんなどは、しきりと涙ぐんでしまう有様で、みなよろこんでくれました。演奏も大過なく終り、なかなかよい出来でした。

考えてみると、ずいぶんいくつもの偶然が重なり積って、こういう素晴しい場所でコンサートを持つことが出来たわけですから、人生は不思議です。おそらく、ユミさんの人生でも、もう2度とこういう機会はありますまい。俺だって、大地がもっと大きく一丁前のギタリストだったら、ここでやらせたいと思うものな。

そのあと、お茶の時間、ということになりましたが、お湯が沸くのを待つあいだ、ギフォード先生が、ふと、一階の古いハープシコード（18世紀作）に目をとめて、ためしに弾いてみよう、ということになり、にわかに、思わぬ小リサイタルが出現しました。古雅な、良い音色のハープシコードで、先生自身も、ボストンさんも、そこに居た誰もかれも、これまたよい一時でした。

そのあと、一階の Dining Room にみな座ってなごやかに談笑一時、辺りもすっかり暗くなる頃、そろって家路につきました。

まことに、僕がここに住むことになったのも不思議ですが、何人ものイギリス人などを招いて、コンサートを主宰したとは、実にどうも不可思議の感にたえません。これが果して去年の今ごろは、不安にかられつつ、忙しい毎日を送っていた自分と同一の人間であろうかと思うほど、今は悠然とイギリス風の生活をたのしんでいます。

それで、あさってには、Gifford 夫妻が Boston さんを夕食に招いたので、僕も運転手兼つきそいとして、共に招かれ、夕食のあと、17世紀製作の、古典的ハープシコードの演奏をきかせてくれることになっております（ギフォード氏自慢の名器で、それを以てレコードなども出している、そういう名品の由です）。

今週はバカに忙しくなり、あすは、山形教授方で Dinner、あさっては、Gifford 邸、木曜には、Shakespeare 劇場へ見物に行き、金曜は Queens' College で St. Andrew's Night の dinner、そして日曜はまた、Manor で、ヴィオラ・ダ・ガンバの Concert ということになっております。これが目と鼻の先で演奏してもらって、お茶なぞを頂いて、一銭もかからないのですから（こういうことをいうのはさもしいが）、良い身分です。

大地やはるなの写真、またハルナの絵、たのしく拝見。さっそくみな壁に張り出しました。とりわけ、春菜の砂場であそんでる写真は、今まで最高の出来じゃないか。いや、将来ああいうタイプの、まさに傾国の美女になるであろうことがありありと分る、まことに結構な写真です。あれで、やっぱり、ハルナもなかなかの器量だぜ。どんどんよくなるホッケのたいこ。「ハーチャンは可愛いからナーー」とお父さんが言っている、と、そのように、ハーちゃんにお伝えをねがいます。

今日は一日好天で、しかし昨日までの雨で、門前の Meadow は、一面の湖と化し、水鳥が群れています。これが Fen といわれる地帯の特色です。

望

P. S. 26日朝、大地の日記到着、たのしく読みました。

大地は、ますます文章が上達して来たね。おどろくことは、大地の文章には、殆ど破綻がないことです。文首文末の照応とか、てにをは、常体敬体の別とか、すべてに、整然ととのっている。あれでお母さんが何かわきでコーチしてるかね、それともひとりで書くのかね、たぶんひとりでさっさと書くのだろうと思いますが、僕の子ども時分などよりずっときちんとした文章をかきます。結構至極と思います。やはり彼は、いずれかといえば整った秀才タイプで、やや八方やぶれの、僕の子供時分とは少し趣がちがうようだな。いずれにせよ聡明なことは、この文面をみればよく分る。だいいちテストを見直してから出すなどは、こりゃ僕なんかは、たえてなかったことで、いつもいっとうさいしょに出すけれど、いくつか間違っている、というのに、見直しはきらいで、ちっともやらなかったものね。

明日、航空便で、子供たちへの X'mas Present を送ります。中身はまずおたのしみですが、君だけにおしえとくと、大地はスターウォーズの大宇宙船、春菜はこないだ言った Doll House です（君、よくがんばって組立てて、センスよい色をぬって仕上げてあげて下さいね）。以上。

第 4 章

1984年12月1日～
1985年2月24日

12月1日

今朝小包二つ損傷なく届きました。こっちからの小包は届いたでしょうか。子供たちへのプレゼントのおまけに、編物の本を一冊追って発送しました。イギリスには、Printed Matter（印刷物）の Mail はありますが、書籍小包という制度はないので、普通の小包扱いになっています。

制度といえば、イギリスの電話には、Person to Person とか Station to Station という区別はなく、すべて一律です。しかし、Collect Call の場合は、相手が Yes といってくれなきゃ通話出来ないので、必ず相手は誰か、ときくわけです。で、いつも、Mr. ハヤシから Mrs. ハヤシへといって交換手に申しこむのです。何故なら、誰からかかってきたのか分らなくちゃOKのしようがないからね。

それで、いつもの如くそういったら、あにはからんやオジイちゃんがいつものセッカチな口調で登場し、交換手が「イギリスの Mr. Hayashi から Mrs. Hayashi に Collect Call の申し込みがありますが、Mrs. Hayashi はいますか」といっているのに「Yes Yes, Yes Yes」の一点ばりで、交換手が途方にくれちゃってるわけさ。（Yes なら〝いる〟というわけだから代わってくれそうなものだが、一向代らないで Yes がくり返されたので彼女は困ってしまったのだった)。それでくりかえし、「Mrs. Hayashi はおられないのですか」というにもかかわらず、なお「Yes Yes, Yes Yes」とくりかえしたので、さて謎は深まる一方であったらしい。

しばらく絶句したあと、こっちへ「何だか男の人が出ていますが、この人で良いのでしょうか」というから、「良いのです」といったら、やっと交換手が「あなたが料金を払いますか？」ときいたわけです。そこでこんどは「Yes, Yes」というのが正解になってようやく通話出来たのでした。いやはや、こっちできいていて、冷や汗が出ました。しかし、あの調子で国際会議などで大活躍というのは、実に、東洋の神秘です。どうか、イギリスへお出での節は、小生の通訳を待たずに「Yes.」と断定するのは御遠慮願いたく存じます。

それから、Dinner Jacket の件ですが、さっそく College の Bursar にきいてみましたところ、ふつうのダークスーツで一向にかまわない、とのことです。御安心下さい。

さて、27日の火曜日の夜、Gifford さんの家へ、Boston さんと２人して招かれて、ハープシコードの Concert をきいてきた話をしましょう。

７：30においで下さい、というので、Boston さんに「食事は出るだろうか」ときいたところ、「７：30というのだから Dinner に招いてくれた、と自分は信じているけれどねぇ」

というので、そのつもりで、「オナカへったわねェ」などといいながら行きました。山形教授一家も招かれていたのでしたが、彼等の意見では「イギリス人のこったから、メシは出ないよ、きっと、出てもせいぜい軽いスナック程度だから、何かたべていった方が良いよ」というのでした。

さて、玄関についてみると、お客さんは、他にも何人もいるらしいことが分りました。するとボストンさんが、ちょっと肩をすくめるようにして、悪戯っぽい表情を浮べつつ、小声で、「こりゃ、食事は出ないわねェ、この分じゃ」とささやきます。

さて、部屋に入ると、何人かのお客さんがいて、もちろん食卓なんかありません。通りがかりに、チラッと台所をのぞくと、まるで、ショールームのようにきれいに片づいていて食べものなどカケラも見えません。こりゃ参ったぞと思いながら飲みたくもないジュースをのんで、ポテトチップ程度のものをかじりつつがまんしておりました。ボストンさんも、「参ったわねェ」という表情で、目で合図して来るのでした。山形一家は、したためて来たとみえて一向平気で、それから、約2時間、ハープシコードとフルートとオルガンとの高尚なコンサートをば、空き腹をかかえて謹聴したのでした。

ところが、この家が、ロクに暖房がなく、マントルピースがあるきりです。しかるに、そこでコークスを燃やすものだから、ケムリが出て、くさくてしかたない。奥さん、それを見こして、ドアを開け放してあるものだから、そこからスースーと冷たい空気が入ってきて、閉めりゃケムい、開けりゃ寒い、と、イギリス人のがまんづよいにもあきれるのでありました。

やがて、9時すぎるころ、間仕切りのカーテンがあけられると、別室に、カナッペが用意されてありました。それは決してまずくないものでしたが、しかし、さんざん空腹と寒さとたたかってきたので、とても充分なたべものとはいえないのでした。ボストンさんもパクパクとよくたべ、まもなく家路につきました。車にのると、ボストンさんは、「カーテンのむこうに食べものがあったときは、アー、やれ助かったと思って、今日一ばんうれしかったことねぇ」といってカラカラと笑っていました。

こうして帰りついたのは、10時をだいぶすぎていました。僕はおなかがへってたまらないので、カップラーメンをつくってたべようと思い、お湯を注いで、部屋へ持っていくとちゅう、ボストンさんの台所をのぞくと、夫人は、今や、カンズメのスープをあけて（"Tinned Soup" は彼女の好物です）小鍋であたためつつあるところでした。ほんとうにボストンさんというのは、ほほえましいおばあちゃんです。

しかしながら、この日きいたハープシコードは、まことに典雅な音がして（１７８０年とかの製作の由）、ギフォード先生によると、世界の5台の名器に入る逸物だそうです。それで、これを自分がもっていることが知れると、いろんな人がうるさく言ってくるので、余り人には言わないでおいてほしい、というほどのものだそうです。

それからきのうは、外務省の奥山爾朗君に招かれて、Queens' College の St Andrew's Night の Dinner に行ってきました。

これは、スコットランドの聖アンドリュースという聖人のおまつりだとかで、スコットランド人は、みな、肩章のついた上衣に、キルト《（スカート）》、房のついた白いハイソックスという正装でしたが、ほかの連中は、ほとんどふつうのかっこうで、ノーネクタイやセーターの人もいて、あんまり格式ばっていません。しかし、ラテン語の長々とした祈祷やら、バグパイプの演奏やら、変てこな儀式があって、しかも料理は、スコットランド料理のメニューで、誰にきいても「何だこりゃ?」といって珍しいもののようでした。

主品は“Haggis”という料理で、これは、Lamb（小羊）のひき肉に、何だか玉ネギの如きもの、脂肪のごときもの、ゼリーのごときもの、いろいろの変てこなものが、コテコテにまぜあわせてあり、ねっちょりとした口ざわりのものです。それには、mashed neep というものと、Parsley Champs というのがつけあわせですがこれもイングランド人には、何のことやら分りません。フタをあけてみれば、前者は、ゆでて裏ごししたカブ、後者はマッシュポテトにパセリをかけたものにすぎませんでした。魚は、サーモンフライですが、これも、へんにグチャグチャとこね合わせてあって、あんまりおいしくないのでした。食後の Sweets は、Regents Pudding というもの。これは、いろんなものの入った黒ざとうのスポンヂケーキに、白いラム酒入りのクリームのかかったやたら甘いもので閉口しました。

それから、その前の日29日（木）は、ストラトフォード・アポン・エイヴォンへ、Visiting Scholar の Tour でシェークスピアを見物してきました。

シェークスピアの町は、はなはだ観光地化していて、一向面白いことはなく、Royal Shakespeare Theatre というのも、日比谷公会堂の如く殺風景な今出来の劇場で、内部もさっぱり味わいに乏しく、ありゃ、行く価値はあまりないな。

芝居は、ベニスの商人でしたが、何だか変てこな新式の装置を使った演出で、興を殺がれることははなはだしいのでした。さすがに役者はうまく、科白も明確で（しかし大方分らなかったがね）、あの、翻訳劇のようなわざとらしさは、毫《ごう》も感じられず、リズミカルな言葉の流れは、分らないなりに感心させられました。やっぱり、日本の赤毛芝居は、ありゃ駄目だぜ、てんでなってないや。本物のシェークスピア劇団は、メーキャップなんか、地顔かと思うくらいあっさりしたもの。どこもここも自然にやっていて、やはり、大したものです。あれでセリフが分ればきっと面白かろうと思ったほどです。
さて、こうして、この忙しい一週間が終りました。では。

望

12月3日

本日11月27日付の貴信受取りました。

大地は、まことに残念だったけれど、よくお稽古した、ということが大切なのですから、ごほうびは、欲しいものを買ってやって良いのじゃないかな（もっとも、もう買ってもらってることと思いますが）。春菜は「私がんばって風邪ひこう」というのには、思わず吹き出してしまいました。

子供たちあての〃おもちゃ便〃はとどいたかい。きっと〃こんなの、そりゃうれしいけれど作るのが大変じゃないの〃とかブツブツいいながら、康史おじちゃん（注、筆者の妹の夫）にたのもうとか、桜堤（注、当時武蔵野市桜堤に住んでいた母方の伯父で、世話好きの好人物であった）にとかいって人をクサしていることと想像しています。そう文句ばかり言わずと、コツコツ自分で作ってごらん。それも良い勉強だぜ。イギリス人は、何でもこうやって自分で手作りすることが、子供の教育の第一と思っているので、大人になってからでも、何でも自分で作ったり工夫したりします。

次は、大地には、ヒコーキの写真集（これ大人むけの立派な本です）、春菜には、〃私にも作れるお料理〟とでも訳したらよいような、子供とお母さんがいっしょに作る、かんたんなお料理の本、を買ってみました。おいおい送ったげようね。

イギリスは、ヒコーキの本場だから、ヒコーキの本はとっても沢山良いのがあります。つい立よみしてたら、やみつきになりそうで、まあ、英文はよめないにしても、写真みて、名前を知るだけでも、たのしかろう。それからまた、プラモデルなんかでも、ヒコーキは、徹底的にあって、とくに、日本ではあんまりない、ヨーロッパの二線級のヒコーキなんかがたのしいね。日本のでは、〝Mitsubishi Zero〟（ゼロ戦）がやっぱり人気があるようです。ヒコーキの本でも、大きさ別、用途別、時代別、といろいろあります。

あ、そうそう、あなたには、〝偉大なる100のメニュー〟という、イギリス料理の本をかったよ。これが、けっこう、おいしそうに写っているが、味は、下らないのであろう。しかしこの、〝Great 100 Menu〟という題が英国的だと思っておもしろがってかったのであります。

きのう、ロンドンへ行って、カキの冷凍を買ってきて、きのうはカキ鍋、今日はカキフライをやりました。きのうは、カキ鍋に、ウドン、納豆、というあんばい、きょうは又、カキフライ、ポテトサラダ、玉ネギの揚げもの、吸物、というようです。一人で鍋というのもややワビしいけれど、しかし、口の方は、満足します。

さて、それから、日ヨウだったので、例によって、Camden Town のボロ市を見に行ったところ、仲々獲物がありました。その第一のものは、幕末ごろの、手描染付のサシミ小皿（ショーユを入れるやつ）の4枚組でこいつは、たったの5ポンドでした。その第二は、変ったおナベです。

ざっとこういう形の三つ組の深い厚手のおナベで、5ミリほども厚くて、ガッシリした、取っ手なんか、ホレボレするほどのにぎりごこちの良さです。もちろん、ちゃんとフタもあります。それでこれは、ピッタリとひっつけると一つの大きな鍋のサイズになって1つの火にかけることが出来る。たとえば、味のちがうものをば、一ペンに一つの火で煮ることが出来る。……が、果して、そういうチャンスがどれほどあるか、ということはさておいて、この Form、この重味、まことにうるわしいものです。

さて、それで、値だんは、全部でたった3ポンド（900円！）。今日、ボストンさんにそれを見せたら、「まあ、良いナベねェ、こんなの見たことないわねえ、3ポンドですって！　そりゃー安いことね。おめでとうを言いますよ、こりゃ」とのことでした。ですから、イギリスでも、風変りなス

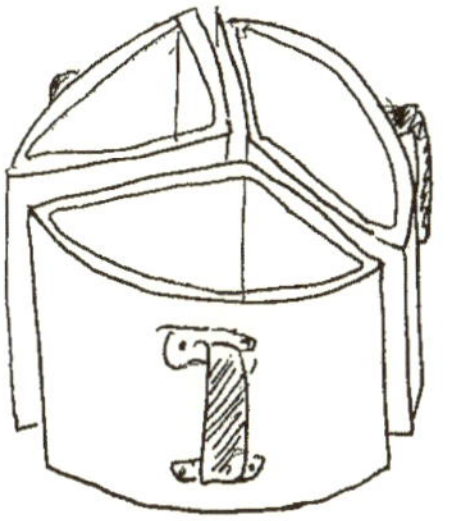

タイルのものであるらしいけれど、レッキとしたイギリス製です。もちろん一個ずつ別々に使ったって良いのです。もっとも、もったいないから飾っとくかな。

もうひとつ、ジョージアン時代の Presser というのがあって、これは、樫の木で出来た製本用などにつかう圧迫器です。これは、しごくがんじょうな、ツヤツヤしたよいもので、製本用にほしくてしかたがありませんでした。

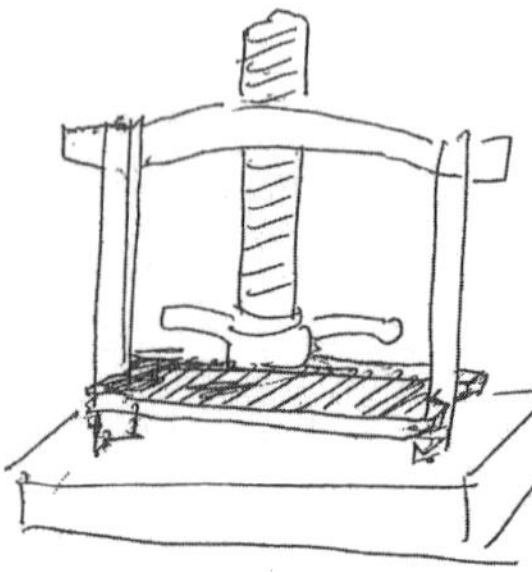

値だんは100ポンドほどだから安いことは非常に安いけれど、重いので日本へ送ることを考えると二の足をふみました。でね結局これは買わなかったよ。ザンネンじゃ。

それはともあれ、きのうの朝、氏原さんから国際電話がかかってきました。奥さんの玲子さんが、「ウジハラですー」と、なつかしい声でかけてきました。つづいて、氏原さんが出て、いろいろとその後の話をしました。

それで、彼が、「ケンブリッジでは、誰が世話してくれてんの?」というので、「Richard Bowring さんという若い先生ですよ」というと、「バウリングなら知ってるよ。逗子に住んでて、鴎外やってた男だ、何度か家へも来たよ」というので、まったく、氏原さんの顔の広さには、おどろきます。その話を、バウリングさんに今日したら、「ウジハラさん？　ああ、知ってる知ってる、面白い良い人ですね」ということになり、近く日本へあそびに行くバウリングさんは、氏原さんをたずねてみよう、といっていました。氏原さんも大忙しらしくて、しかし元気そうでした。君も折をみて電話ぐらいしてごらん。

Simon Crow は、まだイギリスへは戻ってないらしい、と氏原さんが言っていました。11月に、また氏原さんところへ現われたりして、その後も、沖縄でブラブラしているらしい、とのことです。このジメジメと暗いイギリスへは帰る気がおきないのでしょうか。

今しがた Tel で Bowring さんが7日の金ヨウ日に彼の家で晩ごはんをごちそうしてくれるそうで、招待されました。

それではまたね。子供たち、元気でおやりよ。

望

とも子様

12月6日　ケンブリッジの月影

この年になっても、はじめて、気のつくことというのがあっておどろかされる。今夜は、月の光というものをはじめて知りました。ちょっとおかしな言い方だけれど、何といったらよかろう、月の光の皓々たるその色を、はじめて認識した、といったらよかろうか。

今夜は、良い月夜で、しかも、十四夜です。太陽は、この季節には、もう、地平に近いところを、スッとよこぎる程度なのだけれど、月は、宵より出て、夜半には、中空高く、煌々と照っている。照っている、というのが大袈裟ではない。

こないだBostonさんと話をしているときに、昔、まだ子供のころ、窓をあけてベッドに入ると、顔の皮フに、月の光を感じたものだった、という話をしてくれました。林さんはそういう経験があるか、といわれてハタとこまりました。さて月光を、あたかも日に照らされたように——もっとも、何も熱は感じないのよ、ただ光が、こう当っているというのがはっきり感じられたのだったわ、私はそれが好きでね、月の良夜は、いつもカーテンをしめずに月に照らされながらねむったものだったわ、という、そういう経験は、僕にはありませんでした。家の構造にもよるけれど、よっぽど、縁側にでも寝ない限り、日本人は、そういうことは感じないのではなかろうか。それで、僕は、何とも答えることが出来なかったのだけれど、今夜、なるほどそれが分りました。

イギリスの月の良夜は、本当に明るくて、大げさでなくて新聞が読めます。あまり良い月夜なので、一風呂あびて、外を一周歩いてみました。ドアを開けると、夜風は寒くない程度にひいやりとして、家の屋根が、夜露を受けて、その夜露が月の光にぽーっと光るのが見えました。おや、霜！　とそう思ったけれど、いえ、霜ではないのでした。広い庭には、どこにもここにも月の光がくまなくて、木々も、芝生も、Meadows も、その月光の白さに染められてみえました。

庭の片すみのイバラの藪を見ると、枝一面に、真白に、今度こそ本当に霜が下りて、クリスマスデコレーションのように、白く輝いておりました。やっぱり、霜！　とそう思って、そのイバラの枝に手をかざしてみると、それは、またもや霜ではないのでした。冬がれの枝々に、月の光が宿って、本当に、どうしたって霜、としか思えないほどまっしろに光っておりました。

そこまで行って、うしろをふりかえると、月は、Manor の大きなチムニーの左に、少しかすみ乍《なが》らかかっておりました。館の窓には、まだ燈が黄色くともって、庭面《にわも》の白さと、燈の窓とが、静かに対峙しておりました。この庭上《ていしょう》を領する月の下に、外には、誰もなくて、僕がただ一人でその月の光を、歎いている。この一夜を見、感じたことだけでも、千万、ここに住んだ甲斐がありました。古い和歌には、月の光が隈なくて、それを霜とながめる、とか、あゝ、そうそう、

牀前看月光　疑是地上霜
挙頭望山月　低頭思故郷

というのもあったね。これは、決して、白髪三千丈式の誇張や比喩ではないのだと、知りました。

疑うらくは、これ、地上の霜かと、そういう想いが、本当に体得されるのでした。そうして月は、日本の空にも、同じように照っていることを思うて、ふりさけ見れば、といった仲麻呂の心持も思い寄せられ、それからそれ——と、思いはめぐってつきませんでした。

満月の夜には、日本でも狂人がふえますか、とボストンさんはたずねます。僕は、昔読んだ Laurence Van Der Post というオランダ人の、A Bar of Shadow（影の獄）という小説を引用して、昔の陸軍々人の中には、満月の夜になると、決って捕虜の首を刎ねた男がいたそう

だ、という話をしました。イギリスでも、狼男は、満月の夜ではありませんか、と僕がたずねると、それもそうだけれど、昔、近所に正真の狂人があって、ふつうのときは、「ちょっとおかしい」という程度なのだけれど、満月がめぐってくるごとに、狂おしさが怒涛の如くつき上げてきて、それは恐ろしい有様なのだった、という話をきかせてくれました。

いえ、日本では、満月――秋の満月の良宵には、米の団子をおそなえして、ススキを活けてあそぶ古い風習があったのでしたが、今はもう亡びました、と僕は話してあげました。

――まァ何て素晴しいのでしょう。――そういうとき、日本では、月の中には兎が住んでいて、おもちをついていると信じられています。Moon Rabbit といってね、といったら、Oh! Moon Rabbit! How Romantique! と、心からたのしそうに笑ってよろこんでくれました。

昨日も、Boston さんと2時間あまり、あれこれと物語をしましたが、名前の話になって、日本人の名前には、中国人のように意味があるか、という質問をされたので、僕はもちろんです、と答えて、家族の名前の意味を語りました。望は、ambition 又は hope、林は Wood です、といったところ、横手をうって、まァ Wood! それは、私の旧姓と同じだわ、というのです。じゃ Lucy という名前はどんな意味ですか、ときくと、これは、〝光〟というラテン語（Light に同根の語）にちなむ名前だというのです。こんどは僕がおやおや、僕の兄は、〝光〟（Light）という名前です！ といって大笑いしました。春菜は、Spring grass、大地はEarth、妹のさきくはHappiness、とこたえたところで奥さんは、ときかれてハタと困りました。〝とも子〟ってどんな意味だろう。これは、"Just a name"（ただの名前で大した意味はないのです）とこたえといたよ。やっぱり名前には、何かこう、ロマンティックなものがほしいね。

今日はこれまで。バイバイネ。

望

12月9日

昨日は、二階の Concert Room で、クラヴィコードの Concert がありました。来演したのは、Derek Adlam（デリック・アドラム）という人で、この人は、英国随一のクラヴィコード奏者の由です。しかも彼は、自身、楽器の製作者でもあり、昨日も自作のクラヴィコードをもって来ました。何でも、何か由緒のある古器の模写作りだそうで、山中塗のような朱色の漆塗で仕上げられたその楽器は、金泥で細くふちどられ、蓋をあけると、キラキラ光る弦線の下の共鳴板には、とりどりの色で、バラの花が描いてあるのでした。昨日は土曜日で、僕は家にいたので、この重い楽器を2階へ運び上げるのに片棒をかつがされ、くねくねと折り曲った階段をソロソロともち上げるうち、腹筋がひきつって、さんざんの目にあいました（しかし腰は何ともないから、御心配なく）。

やがて、5時近くなると、夫人の一人息子の Peter 氏の一家が来ました。180センチはあろうかという、巨きな（しかし太ってはいない）、典型的なイギリス女である二番目の奥さん（まだ30代末か40代前半でしょう）と、その二人の娘さん（17と15くらい）、いずれも大きくて、しかし、ニコニコして感じのよい人たちでした。しかし、ピーター氏は、もう60はこえているだろうと思われる（なにせ夫人は92才だからして）紳士ですが、どこか、虚無的な、暗い目つきをしているのが気になりました（でも話してみるとちっとも暗い人柄じゃないのですよ）。それから、ハワード・ファーガソンという指揮者兼作曲家兼ピアニスト、BBCテレビのプロデューサーでオーストラリア人の陽気な紳士、ヘラルド・トリビューン紙の女性記者のおばちゃん、イスラム考古学者のルーコック博士夫妻、何とか研究所図書館の司書である、リチャードなんとか氏、といったところがお客さんで見え、その人たち一人一人に、〝こちらが、私の delightful tenant の林さん〟といって紹介されました。このごろ夫人は、ようやく、NOZOMU という発音をものにして、そうよぶこともあります。

二階の Concert Room は、殆ど真暗で、明りとして、たくさんのローソクに火を点します。そのユラユラした火影の中で、ささやくような、かそけき古典楽器の音がうるわしくきこえるのでした。実際、一年前日本にいたときは、こんな日のあろうことを、どうして想像できたろう。そう思うと、目を閉じて楽に耳をかたむけながら、またもや不思議の感にうたれるのでした。

終ってから、Peter 一家の持参した、各種のカナッペやオープンサンドをつまみながら、ワインを飲んでパーティーになりました。こういう少人数の家庭的な Party は、僕なんかでも疎外されることがないので、とてもたのしいです。日本にいて考えると、パーティーというものは、どこかウサン臭く、どこかうつろなものですけれど、ここでは、血のかよった、大きな楽しみのひとつです。ことに、きのうなどは、Boston さんのよく知っている上等な人たちばかりの集まりでしたから、少しも肩のこるようなことはないのでした。どの人とも、殆ど均等にあれこれの話をして、たのしい一時でした。

それで、また、その出席者の、ハワード・ファーガソン氏の家へ Boston さんと僕と招かれて、近いうちにまた（きっと音楽をききに）行くことになりました。Boston さんにとっては、安全で身近で教養ある運転士がついているわけだから、便宜だろうし、招くほうも、安心して招けるし、僕は僕で、おかげで、いろいろと楽しい思いをさせてもらってしかも（お土産はボストンさんがもってくわけだからして）一切只、という、いわば三方一両得な話です。

そのパーティーの席上で、ピーター氏と、夫人の後見役を以て自任するルーコック博士から、〝林さん、あなたが帰国されたあと、この Annexe に住む良い方をみつけてくれませんか〟といわれましたが、〝しかし、なによりも〈良い人〉でなければいけませんから、むつかしいですね〟と答えておきました。実際、僕は良い心持で暮しているけれど、そこらにいる日本の俗物学者共には、ここではちょっとくらしがたいのではあるまいか。

その一日前の金曜の夜は、Richard Bowring 先生の家に招かれて dinner をごちそうになり、そのあと、夜中までよもやまの話をして帰ってきました。Richard は、まるっきり日本人と同じような日本語を話すのですが、その生活は、Stephen とよくにていて、いわば典型的イギリス人なのですね。そこのところのギャップが面白くて、これまた愉快な一夜でした。

奥さんはスラーーリとした美人で、イギリス人ですが、日本にもいたことがあるので、親しみをこめて接してくれました。お嬢さんは、大地と同い年でイモジンという名前です。この子がさっそく僕になついて、傍であれこれあれこれと話しかけてくるのでした。しかしちっともいやみのない可愛い女の子でした。親子の情というものは、イギリス人でも変らないね、日本人と。リチャードが、さかんに娘に日本文字を書かせたりして、少なからず自慢気でしたが、そういう気持ちは、こりゃ人の親としては十分にわかります。彼は今日日本へ旅立ちました。父上とはちょうどゆき違いです。リチャードの家には、日本のものがたくさんあって、お嬢さんが、さかんにゴマせんべいをポリポリたべているのが印象に残りました。

てなわけで、イギリスは、相もかわらず好い天気であたたかく（日本よりずっとあったかい、今のところ）、結構なあんばいです。この手紙がつく頃は、父上御来英のころかと推定しています。

ひとつだけ無関係のこと書くと、イギリスでは近ごろ、例のカニカマボコ（カニボコ）が大変に出回っていて、スーパーはもとより、ヘミングフォード村へ回ってくる行商トラックのおっさんまで、ちゃーんともっています。一本10ｐだから、日本より安いかもしれない。うまいよ。日本の会社がつくってるに決っています。あの味は。ハハハ。

望

12月17日

本日、父上御到着。

実は、都心の大渋滞で多少遅刻ぎみで、大急ぎでかけつけたところ、到着案内板にBA305ってのは出てないんですな。いやこれにはアセった。もしかして、確かめなかったけれどガトウィック到着なんじゃなかろうか⁉ 大あわてでインフォメーションできくと、BAは、第1ターミナルだってんだね。僕は勘ちがいで第2の方に行ってしまったわけです。

ところが、御承知のとおり、ヒースローは、それぞれターミナルがかなり離れたところに別々に建っていて、パーキングも、全部別のビルなのです。でありますから、違うターミナルってえと、Pから車を出して、また違うPにとめて、というやっかいなことになるわけ。こりゃーーおじいちゃんプリプリ三角になってるナーーと、大アセリで、走って車を出して、さて第一ターミナルへ入ろうとすると、Pが満車で入れない！ そうすると、また別のPへ回らなくちゃならない上に、そのP1Aという別棟のPは、少し遠いところにあるのであります。

てなわけで、30分近くも遅刻して、ヘーコラしながらかけつけると、豈に図らんや、父上上機嫌で、まづ結構でした。父上は、タイでやゝ風邪をひき、パリでやゝ腹を下したとかで、多少疲れ気味にみえましたが、御機嫌は上々で、それから、また大渋滞を通って、Bank へ行き、用をすませて Golders Green で、中華をたべ（これはタップリ食べたから、まあ、お腹の方は大丈夫なのでしょうよ）、ようようウチへ着いたときは5時半すぎで、もう夜中のようにまっくらでした。

それから、一しきり荷物をあけて（いろいろ慰問品をありがとうございました。とりわけ、シイタケは払底して、買おうか、けど高いしなー、と思っていたところでした）、Boston さんにあいさつをしに行きました。彼女も上機嫌で、Present は、よろこんで受けとりましたが、「これはクリスマスプレゼントか？」ときくので、まあ、時節柄、そういうことにしといてもよかろうかと思って、つい "Yes" といったら、「じゃクリスマスイブにあけましょう」といって、飾ってしまいました。しかし、これは、母上が作った手編みの肩かけです、ということをよく説明しておきましたから、「まァ、何て良いこと！」といって、大へんに大よろこびしていました。これは Hit であったと思います。

ところで、おじいちゃんが（ロンドンで僕の見立てで買えば良いのに）、早まって、山てこの子供のおもちゃをパリで買ってしまい、トランク中、おもちゃだらけにして来たので、この先もまだあることだから、このおもちゃは、ここで抜いて、僕が例によって、別に荷物にこしらえて、Post をつうじて送ります。たぶんおじいちゃんより先につくと思いますが、内容は次のとおり。

①　赤い箱2つ、↓大地のおもちゃ。

（イ）恐竜がグネグネうごくやつ

（ロ）（きいたけど忘れた）

②　ままごとセット

フランス人形　↓春菜用。

③　何だか、ちょっと幼稚すぎるではなかろうかと思惟されるプラスチックのゲーム（⁇）2種。

これは、ユメちゃん、アケちゃん（注、筆者の姪）。

（これらが、2つの箱にまぜこぜに入っています）

で、全部、名前が書いてあるので、まちがえないようにとのことでした。

こうして、荷をひとしきりいじったあと、ケンブリッジへ出て、ジャガイモの上に具をのっけた、まことにバカげたものを夕食代りにたべて、ホテルまで送って行きました。

ウチへ帰って来てから、小包をつくって、着物を出したりいろいろやって、これからねるところです。

大地は、今日も父上と話していたのだが、ちょっと、林健太郎さん式のところがあるようにみえるね。ハーちゃんのビー玉飲み込み事件は、胃の方へ行ったからよいようなものの、まちがって気管支にでも入ったら、今ごろ、僕は葬式のために、帰国という話になるところだったぞ。くれぐれも、よく注意してくださいよ。あの子は、お父さんの掌中の玉なんだから。

あの絵の具で書いたハーチャンの絵は、良いねー。あの春風駘蕩といいますか、ノーーンビリした風情、ノホホーンとしたユーモア、やはり、絵には人柄が如実にあらわれる。しかして、その人柄は、まことに好もしいと、お父さんは、児画自賛するのであります。

明日は、ケンブリッジで、島崎君という若い慶応の後輩を父上に引きあわせて拙宅で懇談などいたし、そのあと、夕食を共にして、夜分は、島崎君と僕と二人でSnookerに打ち興ずることになっておる。明後日は、図書館のスタッフと父上と、昼食を共にし（こういうことは全く破格のもてなしです、イギリスでは）、そのあと、夜分は、例のFoundation Dinnerに出ます。そして、その次の日に、旅に出ます。帰って23日は、カムデンタウンのボロ市、24日は、カンタベリー大寺院へでも行こうかと思っておる。25日は一日、Stephenの家、26日は、この国のこの日独特の風習であるパントマイム（といったって、あのマルソーのマイムとはちがう、要するにドタバタ軽演劇で、勿論セリフもある）を見て、とこうなっております。
また日のすすむに従って、レポートします。亀井さんから、『汲古』にのっけたエッセイを
ほめた手紙が来ました。

望

母上様、とも子様、

12月28日

おじいちゃんは、昨日の朝10：00のタイ航空便で、ほぼ予定どおり、無事離英しました。全般に、好天にめぐまれ、Lake District の旅行も大成功で、良かったのですが、最後に、大失敗をやらかしてしまいました。こりゃ全く僕の不注意で、これを書く筆もにぶりがちですが、まずは御報告しておかねばなりません、というのは……着物一式を盗まれてしまいました。

25日に、スティーヴンの家の Dinner で、これを着て、好評を博したまではよかったのですが、夜、ホテルへ戻って、父上を先におろし、そのあと30分程クリスマスのロンドン市内を、一人でドライブして回って、8時半かそこらに、ホテルへ帰って来ました。ラッセルホテルには地下 Park がないので、となりの、インペリアルホテルの Park に車をとめ、プレゼントやら何やらで、荷物が多いので、「まあ、着物なんかとってく泥棒もいないだろう」とタカをくくって、車の中に、風呂敷に包んで、上から、地図などをかぶせて、ちょっと見には見えないようにし、カギをかけて、ホテルへ戻って来ました。

ところが、ホテルの地下駐車場というせいもあって、油断してこういうことをしたのがいけなかったのでした。翌朝、Parkへ行ってみると、車の、ウインドウガラスが粉々に割られ、中の着物一式きれいさっぱり盗まれていました。アーーッ、しまった！　と思ったときは、すでにおそく、万事休す。しかたないので、とりあえずスティーヴンの家へ助けを求め、彼が、ベニア板のようなものをくれて、これを、切って、窓にはめて応急処置をしました。そのあと、スティーヴンが同道してくれて、Holbornの警察署へ盗難届を出しに行きました。といったって、こりゃ全く形式的なもので、警察は、まじめにさがしてくれそうもありません。その日はBoxing Dayといって、どこもみな休日なので、ベニヤ板ばりの車で、おじいちゃんと二人カンタベリーまで見物にゆきました。それらのことはまた別に紀行風に書きますが、とりあえず、その後の処置について書いておきましょう。

昨日、おじいちゃんを送ってから、トヨタのケンブリッジのディーラーにTelすると、正月3日までは、トヨタU．K．の元締めが全部休みなのでガラス部品が入荷しない由で、これが直るのは、1月中旬まで持ち越しそうな塩梅です。しかし、今日、午前中に、トヨタへ行って見てもらい、手配方をたのんで来ました。昨日、ロンドンのカムデンガレージ（日本人）にも行ってみたのですがやっぱり同じことで正月あけまでPartsは来ない、というのです。それなら、ケンブリッジのトヨタでやった方が便利だし、第一ずっと安いので、トヨタへ持ち込んだわけでした。Partsさえ手に入れば直すのは1日で出来るので、昨日の午後は、Parts を求めて、ロンドン中をかけずり回ってみましたが、新車ならいざしらず、7年も8年も前も旧型カリーナの、ライトバンのリヤドアウィンドウなどは、ストックをしているところがなく、徒労に終りました。

しかし、ウィンドウがベニヤ板では、みっともないこともさることながら、こんなものは、ちょいと押せば外れちゃうので、いつ車ごと盗まれるか気が気でないのが困ります。そこで、車の中には、何一つ物は置かず、しかも、車を離れるときは、面倒くさいけれど、いちいちエンジンのディストリビューターのローターという部品を外して動かないようにして行きます（もっとも盗まれちまうと、１８００ポンド保険が下りるのでトクをするのだが……、いっそ、盗んでもらうか）。そのようにして、1月中旬に直るまでがまんします。

着物の方は、きっと泥棒が誰か闇のルートを通して売るはずですから、近いうちに、ロンドンの古物市場に出現するだろうとにらんでいます。それで、知人には、もし見つけたら買い戻してくれるよう頼んでおく一方、自分でも、日曜のボロ市などこまめに探して回るつもりです（あの羽織裏だけはとり戻したい！）。さらに、「ロンドン便り」というPR誌に手紙を出して、在留邦人に広く協力を求めるなど、いろいろ手はつくしてみようと思っています。案外、ヒョイとみつかるかもしれないからね。ただ、当地は只今、漢字ブームで、漢字のプリントのシャツやら、セーターなんかをさかんに着てるので、あの「夢」一字がむしろ裏目に出て、だれかに買われちまうと、万事休すです。

いずれにせよ、僕の油断と不注意でこういうことになってしまって、ガックリしています。就中《なかんずく》、青木先生には合せる顔がありません。横浜のおばあちゃんに作ってもらった白い繻袢も、ことのほか良い具合だったのに、残念でなりません（注、この羽織裏に、私の洋画の師匠、青木義照画伯にお願いして「夢」の一字を墨痕淋漓と揮毫してもらったものであった）。


ボストンさんが今日また夕食に招んでくれ、大変ごちそうでした。アボカードとカニのオードヴル、ローストチキンにチェストナッツのスタッフィング、ベイクドポテト、さやいんげん、アーティチョークの芯のゆでたの、オレンジのブランデーシロップかけ、というあんばいでした。

食後、ボストンさんは、わざわざ、おばあちゃん作のショールをとりに二階へ行き、これを羽織って話をしました。「これは、とてもヨーロッパ風で、大変気に入りました。とてもあったかだし」といって、大よろこびでした。扇は、金地に、草花の丸尽しで、これも大変よろこんでみせてくれました。ところが、これを飾るのに扇立てがないのが残念、といっていましたから、竹の扇立てを一つ送ってください。買いに行くのがメンドウでしたら、おじいちゃんコレクションの棚の中にあるのを一つ横流しして送って下さい。あとでまた買って戻しときゃ良いんだから。

では、おじいちゃんとの珍道中の次第は、次の便にて。

望

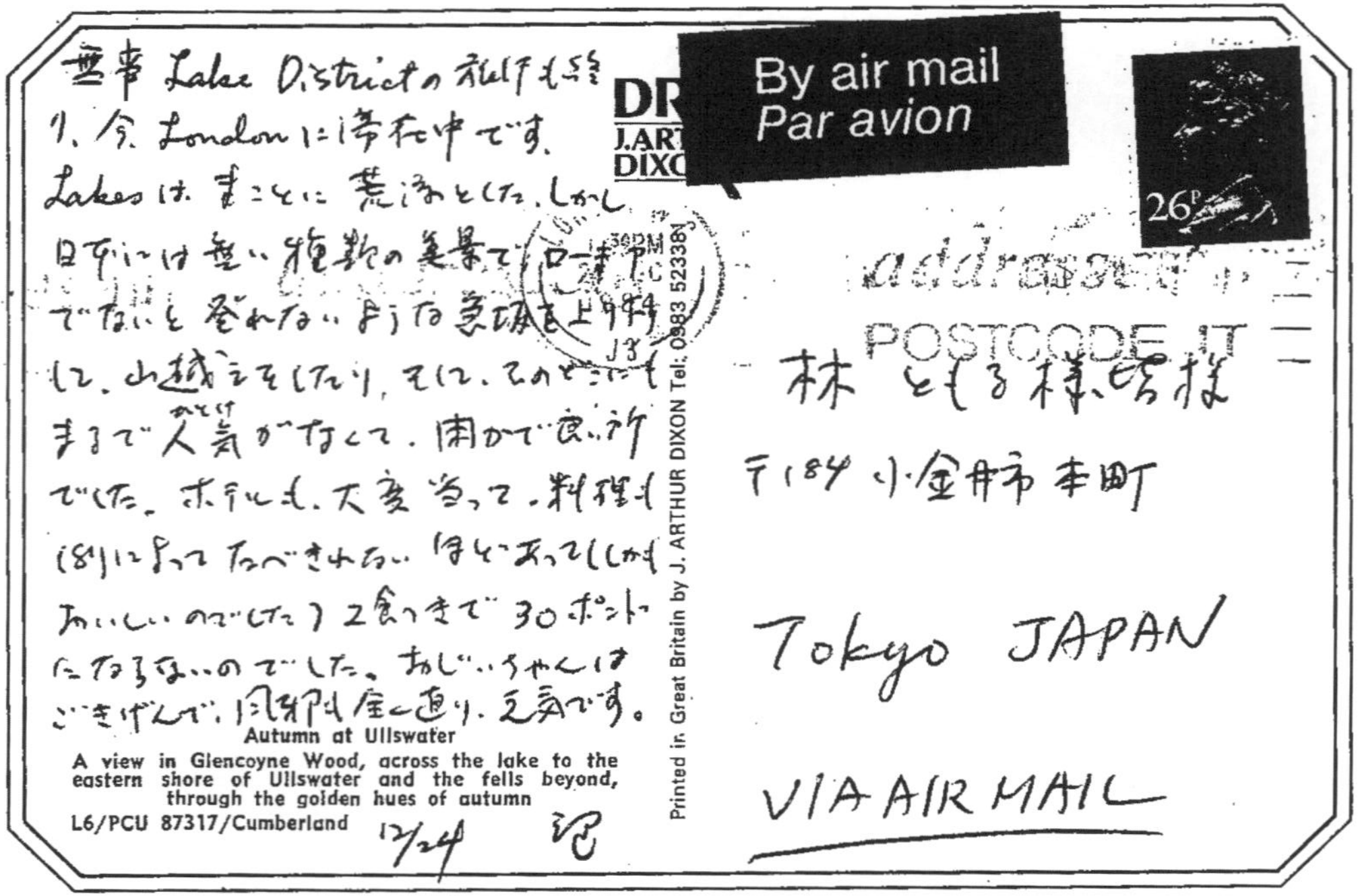

無事 Lake Districtの旅行も終り、今 London に滞在中です。
Lakes はまことに荒涼とした、しかし日本には無い雄大な美景で、ロープでないと登れないような急坂を上り下りして、山越えをしたり、そして、そのどこにもまるで人気《ひとけ》がなくて、閑かで良い所でした。ホテルも、大変凝って、料理も(8)りによってたべきれないほどあってしかもおいしいのでした。2食つきで 30ポンドにならないのでした。おじいちゃんはごきげんで、風邪も全く直り、元気です。
12/24 記

Autumn at Ullswater
A view in Glencoyne Wood, across the lake to the eastern shore of Ullswater and the fells beyond, through the golden hues of autumn
L6/PCU 87317/Cumberland

Printed in Great Britain by J. ARTHUR DIXON Tel: 0983 523381

By air mail
Par avion

26P

POSTCODE IT

林 ともる様 昭様
〒184 小金井市本町
Tokyo JAPAN
VIA AIR MAIL

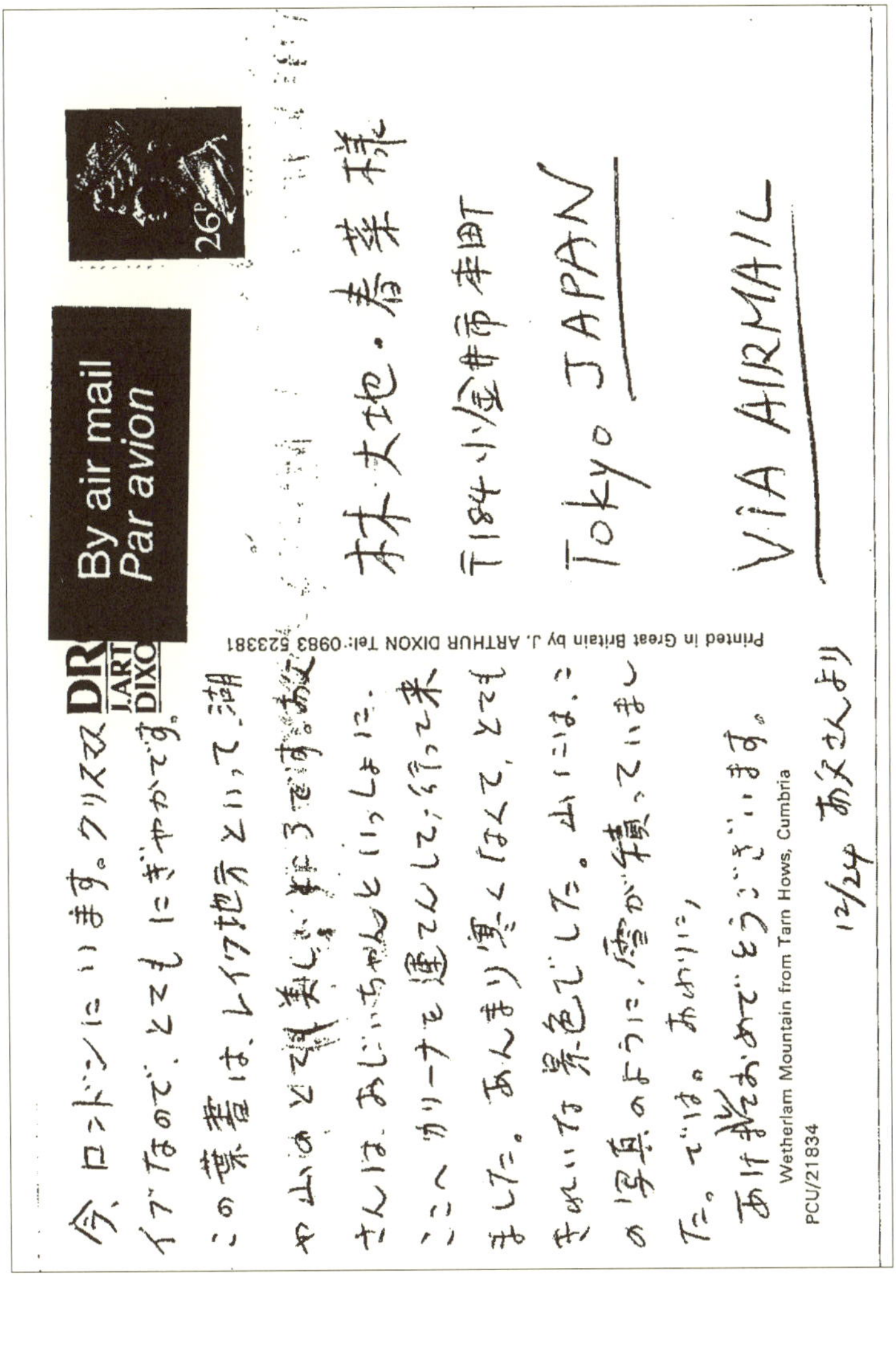
今、ロンドンにいます。クリスマス
イブなので、とてもにぎやかです。
この葉書は、レイク地方といって、湖
や山のとても美しい所です。おじ
さんは、おじいちゃんといっしょに、
こへ、カリーナを運てんして、行って来
ました。あんまり寒くはなくて、とても
きれいな景色でした。山には、こ
の写真のように、雪が積っていまし
た。では。おわりに、
あけましておめでとうございます。
12/24 叔父さんより

Wetherlam Mountain from Tarn Hows, Cumbria
PCU/21834

By air mail
Par avion

26P

Printed in Great Britain by J. ARTHUR DIXON Tel: 0983 523381

林 大地・春菜 様
〒184 小金井市 本町
Tokyo JAPAN
VIA AIRMAIL

1月3日

このところ、年賀状がしきりと来るので、その返事に追われて、おじいちゃん旅行のテンマツを書くのがすっかりおそくなっちゃった。

17日のことはもう書いたね。

さて、その翌日。慶応を出て、今ケンブリッジの大学院にいる島崎君という青年がいます。で、この日、Darwin College で彼に会い、一緒に Hemingford まで帰って邸を見物し、三人でソバをゆでてたべました。それから、またケンブリッジへ出て少し考古学博物館なんぞを見て、夜は、彼の案内で、南の郊外にある当地では一寸有名だという Pub Restaurant へ行きました。これは、Owner がオカマだそうで、従業員はみな男色家だそうです。室内は、それほどきれいではなく、僕は、鳩のキャセロールというのをたべましたが、鳩なんてのはうまくはないな。もっともこりゃ料理が悪いのかもしれぬ。しかし、おじいちゃんは上機嫌で、大いに飲みかつたべました。島崎君も、殆ど酒はのまない口なので、おじいちゃんが一人で飲んだようなものです。

翌日は、19日、昼は図書館で、アーネスト・サトウのコレクションを見ました。これは、道子 Matthews さんという、日本人の係の人に案内してもらったので、おじいちゃんも気が楽のようでした（Matthews さんは、とっても優しい奥床しい感じの婦人で、御主人はＩＣＵの Prof 二人の子供がいます）。それから、中国人司書のヘレン・スピレットさんもいっしょに、郊外の Pub へくりだして昼をたべました。こういうことは全く異例のことで、おじいちゃんも、金釘流の英語（？）でさかんに話をしておられました。おじいちゃんは、虹マスのムニエルの如きものをとり、「こりゃ、ウマイ、ウマイ」とパクパクたべてましたが、なにしろ大きいので、あきれました。

夜、この日は Foundation Dinner が CLARE HALL であり、僕はホテルで着物にきがえて、出かけ、やんやの好評を博しました。（それにしても残念なことしたナァーあの着物！）。おじいちゃんは、料理はまずいし、英語は分らないし（僕は自分の応接に忙しくて、おじいちゃんの通訳までは手が回らんかったから）閉口してたようでした。それで、Dinner のあと、Party になるのでしたが、その前にホテルまで送りとどけました。僕は再び Party に加わって、そのあと高村さんという東大の先生の家まで彼等を送って、ついでにお茶を頂いて、着物をきがえて帰りました。

20日 Lake District へ出発。途中何ごともなく、すっかり日が暮れる頃、Windermere 湖のほとり、Waterhead Hotel につきました。仲々良いホテルで、小ぢんまりと、サービスがよく、しかも料理はこりゃ出色の味といってもよいのでした。

おじいちゃんは大変お気に召して、しかも安いんだからなァ。2食つき39ポンドくらいです。

21日は朝からレイク周遊に出かけました。まずWindermere北となりのグラスミーアという湖畔へ行きました。これはワーズワースが住んでいたというところで、ワーズワース博物館と、それに隣《とな》って彼の家が公開されています。この家の方では、イギリス人のおネエちゃんがていねいに説明してくれるので、僕はせいぜい通訳に力めました。

グラスミーアは、とっても美しい湖畔の村で、今は、ほとんど人気もなく、ひっそりと静まりかえって、一層の興趣をそえています。ちょうど仁科三湖みたいな感じの山間の小湖で、道を走りながら、信州の山河を思い出しました。次にThirlmere《サールミーア》(この――mereというのが〝湖〟の意味と見える)を経て、KESWICK《ケズウィック》という町をぬけ、(この町は殺風景な、箱根湯本みたいな町ですが、ちょっとスイス風の趣があります)、南下して、Derwent water《ダーウェント》という湖のほとりをめぐり、そのあたりから、道は、だんだん山岳路になってゆきます。この先、Seatoller《シートーラー》という峠までは、ちょっとすれ違うのがむつかしいような狭い道で、ガードレールもなく、しかも、その傾斜のはなはだしいことは、Lowでなきゃ登れないというくらいです。こりゃえらいところへ来ちゃったな、と、老いたるマイカーにむちうって、ようやくに峠をこえると、こんどは、つんのめるような下り坂がはるか先まで一気に下っており、広々とした氷河痕のU字谷が見わたされるのでした。

このあたりの山は、もはや、森林限界をこえるとみえて、木は殆どなく、山肌は、一面、赤く枯れたシダでおおわれています。ちょっと異様な、しかし、荒涼たる美しさの景色でした。その坂を下りきったところにButtermere《バターミーア》という湖、つづいてLowes Waterという湖があらわれ、しかし、そのどれも、まるで死んだように静かで、それが一段と印象深く感じられるのでした。

そのころにはすでに昼すぎで、さて、そろそろ昼メシでも食うか、なんていいながら、走っているうちに道は、Lakesを抜けて、西海岸を走るA５９５という街道に出ました。そこの、エグルモントという町の外れ、はるかに海を見下す丘の上のパブで、あんまり変りばえのしないランチをたべ、あとはホテルまで帰るだけです。

途中、ちょっと街道から外れて、Seascaleという浜へ出てみましたが、きれいさっぱり何もないところで、荒れ果てた浜に、冷たい雨がふり、寒い風がビュービュー吹きつけていました。車を下りて、浜まで歩いてみましたが、人ッ子一人いるでなし、しかたないので、ホウホウのテイにて車へ戻ってきました。

その先は、うねうねと続く曲折路で、はや陽は没しかかっており、その夕闇もせまるころ、

Coniston Water という湖のほとりの Coniston という村につきました。ここのパブで一休みして、コーヒーをやっていると、村の男衆が仕事を終えて一ぱいやりに来ます。日本人など殆ど見たこともないのでしょう。みんな、オヤッという顔をして、それでも、ヒゲづらの大男が、ニコリと笑ってウィンクしたりします。彼等は、大ジョッキでビールをやりながら、ブリブリおナラはするわ、大声でしゃべり笑い、その傍若無人は、見ていてかえって気持がよいくらいです。

ここで、お土産をかって、車にもどろうとすると、一人のおばあさんが僕のわきをすりぬけざま、僕のお尻をポンとたたいて、"Have a Nice X'mas!" といって、ウィンクしてゆきました。

22日は、ケンブリッジへ帰る途中、肉屋で Lamb のアバラ肉をかい、それで Roast Lamb を作ってたべました。(以下、次の便につづく)

では、

望

1月4日

12月23日は日曜だったので、この年最後の Camden Town のボロ市へ行きました。おじいちゃんは、殊の外面白がって、あれこれ、チャチなブローチなんぞを買ったり、古本を漁ったりしました。古本は二つ獲物があってその一つは、大正末ごろの日本商品のカタログ集のようなもの、今ひとつは、18世紀後期の The Gentleman's Magazine という、ゴシップ誌のようなもの、の二点です。これは、ちょっと Dr. Rosen にどういうものかきいてみてから、いっしょに送りますから、まだ発送していません。おじいちゃんは、待ちどおしがられると思いますが、今しばらくお待ち下さい。

それから、お土産に、当地名産、羊の皮の室内ばきを大量にかいつけ、これは発送しました。そのうちひとつは、那須のおばあちゃんに送っておきました。僕は、これを、寝るときはいてねます。すると、足がポカポカしてきもちよく、しかも軽くてやわらかいので気になりません。もっともふつうの人はうっとおしいかもしれませんが、僕は、いつも靴下をはいてないと足が寒くてねられないので、別に何とも感じません。

それから、Stephen の家へちょっとよって、きもの等一式あずけて（このときは、注意してたんだよね、あの日だけ、何か魔がさしたように置いてしまったのだった)、ホテルへCheck in し、一休みしてから、ローストビーフをたべに出ました。ロンドン一という名店は、席が一杯で予約がとれず、二番手という、ハイドパーク近くの大高級ホテル（なにせ、このホテルは、最低でもシングル一泊33000円もするのだ!）のRib Roomというところを予約し、まずオードブルにメロン、とたのんだら、おどろいたね、半分にきったメロンがドカーンと出て来てこれが一人前、これだけで腹がふくれちまいます。

メインディッシュの、ローストビーフがまたビックリ、厚さ2㎝さしわたし25㎝ぐらいの巨大な肉に、ソフトボールより大きいようなジャガイモ（皮つきのJacket Potatoというやつ）が2コ！　その外に、かれこれあって、スープとサラダが別にあって、このスープだって、オニオングラタンとったら、丼ばちのような大きな壷に、なみなみと入り、その中には、フランスパンが3つも浮んでいる（ふつう日本では一切れです）。

ついに、肉にたどりついたときは、すでにほぼ満腹に近く、肉は半分しかたべられなかった。それでも、デザートをやろう、というので、イチゴクリーム、をたのんだらば（日本だと、なりの良いのを3つばかりもってくるだろう?）、これが、大きいガラス鉢に、30コぐらいゴロゴロ入れて（大山盛りです）、そこへ、生クリームを、大お玉で2、3ばいかけちまうというものすごさ。これもとうとう半分しかたべられませんでした。すごいねェ、外人の胃袋は。大きいわけです。しかし、いずれにせよ、ここの味はBクラス。

翌24日は、クリスマス・イブで博物館やなんかは全部休み、戦争博物館へ行ってみたのだが無駄足でした。どうしようか、ということになって、おじいちゃんの発案で Marlow という町へ遠出しました。これはロンドンから30マイルぐらいのところにある河岸の町で、テムズ河畔に美しく広がる、素晴しくしずかな町です。ここでは Cambridge × Oxford の、ボートレースがあるのだそうで、おじいちゃんは、25年前に一度来たことがあるそうです。

そこの岸辺の、中々良いホテルのレストランで、ちょっと軽くのつもりが、またもや大山盛りのランチをたべて、そのままロンドンへ戻って、Reject China Shop というせともの屋（これはロンドンで一とう大きい）で、洋食器の揃いを買いました。しかし、どうしたものか、あんまり良いのがなくて、結局、大したことはないのを買ってしまいました。あとで、ケンブリッジの陶器屋をみたら、Royal Doulton《ドールトン》 のとってもよいのが同じくらいの値で出ていて、しまったーー！　と後悔しました。小花の柄は、本家用、白無地の、便器みたいな肌合いの白い八角皿大小は、望家用であります。帰る頃お金が余ったら、Royal Doulton のティーセットでも買って送るよ。

それから、オモチャ屋へも、と思ったら、もう（陶器屋のオバハンがエンエンと計算ちがいばっかりして時間とってしまったのだもの）閉まっていました。このオバハンは、まことに良いかげんで、たし算もロクに出来ず、電卓を使ってさえも、毎回計算があわないという始末であるにもかかわらず、何十ピースという陶器の山を目の前にして、もうはかりもせず（これは、出来あいのセットじゃなくて、あれをいくつ、これをいくつ、とデタラメに組合せたのだが）、送料はいくら、とたちどころに言うのです。それが、一覧表も見ないでだよ。そのあと、ウチ用の八角サラをもっていったら、やっぱり即座に、送料はいくら、というんだね、そのくせ、値段は計算できない。ありゃきっと良いかげんに言ってるんだろう、という気がしました。

25日は、朝から、Highgate へ行きました。まず Rosen さん方へ表敬訪問したところ、一家みんな、パジャマにガウンというなりで、奥の居間で、X'mas Present をあけて、とっちらかしていました。「いやーよく来てくれた、さあ入って入って、お茶でもいれるから」と、先生大変よろこんで、下へもおかぬもてなしぶりでした。奥さんも子供たちもニコニコして、今さらながら、Rosen 家に下宿したことの幸いを思いました。おじいちゃんも、「なるほど良い人だねェ」と感じ入っていました。

次信へつづく。

望

１月５日

そのあと、Stephen の家へ行って、着物にきがえ、シェリーなぞをやりつつ（僕は、ノーフォーク・パンチという何だか養命酒の親るいみたいなのをやっていました）、あれこれ話をして、Dinner（といっても昼メシです）のはじまりを待ちました。

Dinner は形どおり乾杯のあと、例によって七面鳥、boiled vegetable がメインで、これには二種類の stuffing（鳥のつめもの）、が添えられ、かけるものとしてはグレービー、それに、何とかベリー（今、ちょっとド忘れ）のゼリーのようなもの、がつきます。

それが一通りかたづくと、X'mas Pudding。これは、いわば黒砂糖のパウンドケーキというかフルーツケーキというか、そういうテイのもので（注、実は、各種ドライフルーツに砂糖、小麦粉、牛脂などを加えて蒸したもの）、一年前につくって、保存しておき、X'mas の日に蒸し直して、たべるのだそうです。ふしぎに味がよくなるらしい。どうしてくさったりカビたりしないのか不思議ですね。ともあれ、この天ペンのところにブランデーをかけて、それに火をつけ、土手のところに、ヒイラギの葉をさして、もって来ます。これは Boston さんにきくと、イギリス人の家では必らずそのように Service するのだそうです。さてこれを切りわけて、Brandy Sauce（これは、カスタードクリームにブランディーの入ったもの）、又はBrandy Butter（バターにブランデーを混ぜたもの）をつけてたべます。とても甘い。

次に、Mince Pie。これはミンツパイと発音しますが、パイまたはタルトのなかに、ベットリと甘いそして少しラードかなにか入れて煮てあるフルーツのあんの如きもの（注、実は各種のドライフルーツにスエットという牛の脂を入れて煮てある）が入っています。むかしは、Minced meat を入れたのでこの名があるそうです。これまた X'mas のお祝物で、「まあ、とにかく、お祝いものですから、どうか上って祝って下さい」といわれて、おじいちゃんへキエキしながら、この甘いのにいどんでいました。

ところがまだまだ、次に、Mints。これは、ハッカ糖の丸くした、かなり大きなやつです。もちろん、ベタベタにあまい。次に、スコットランドの X'mas 菓子、という丸いビスケットを、まっしろに砂糖でくるんだもの（さすがにこれは、二人ともパス）、これで閉口していてはいけない。次にまだ X'mas Cake が出て来ます。これまた、黒いフルーツケーキに、まっしろに砂糖でかざったケーキで、その砂糖の下には、何といったらよいだろう、ねっちりと何かを練って作ったような、これまたやたらと甘いもの（注、これはマージパンである）がくるめてある。ここまでくると、もう死に物狂いでたべました。

その上まだチョコレートなんかが出てくるに及んで、「もう父がねむくなる時間ですから」

とかいって、7時というのに退散しました。あのように甘いものばかりたべ続けて、しかも「ウン、Delicious!」とかいって平気なのは、ちょっと神経をうたがうな。やっぱり味覚がマヒしてんだね、イギリス人は。もっとも、これは、一種、おセチ料理のたぐいだから、日本でも似たようなものかな。

そして、その晩キモノをとられちまったというわけです。26日はBoxing dayといってみんな祭のあとの休日です。これは、むかし、奉公人に、PresentのBoxをやって休ませたのでそういう由です。

さて、ベニヤ張りの車ではるばるカンタベリーまで出かけました。カンタベリーは、ロンドンからドーヴァーへ行く途中のカンタベリー寺院の町です。この町はさすがに古く、荘厳の気があって、また行ってみたい気がしました。その日は、ショボクレて帰って来て、Russell Hotelのレストランでローストポークなぞをたべ、歩いてPantomimeを見物に行きました。このキップはStephenがPresentしてくれたのでした。(パントマイムのことは先便に書いたかな、どうだったかな、忘れました)。これは、無言劇じゃなくて、セリフ入りのドタバタパロディ喜劇です。これもX'mas特有のだしもので、長くて暗い冬のその極限に、ざっと笑って明るくしようという心から出たものかもしれません(演目は“Sleeping Beauty”のParodyでした)。

これで、おじいちゃんの漫遊記はおしまいです。

着物の捜索は、まだ進展はありませんが、きのう、「ロンドン便り」の編集部から連絡があり、「ロンドン便り」の記事としてとりあげて、キャンペーンしてくれることになりました。あるいは、これで何か手がかりが得られるかもしれません。

車のガラス、何軒か Window Screen Specialist（窓ガラス専門のディーラー）にも当たってみましたが、ストックはなく、しかし、一軒のところで、「ある」というので、勇んで行ってみるとまちがいだったりしました。その店ではガラス部品代が60ポンド、といっておりました。ところが、おどろくことに、1月3日、ケンブリッジの Toyota のディーラーである Hallens という店から、注文のガラスがもう届いた、と連絡があり、すぐに行って、その場で直してくれました。それで、なんと、たったの36ポンドでした。たぶん、日本人のガレージへ行けば120ポンドぐらいはとられたと思うよ。イギリス人のメカニックはおそくて駄目、しかも高い、というのも真赤ないつわり、完全な例の俗論で、実は、なかなかテキパキしているし、しかも、日本人ガレージの 1/3 ぐらいの Price なのでありました。どういうのかね、あれは。

たとえば「MOT」という車検は、日本人ガレージは最低30ポンド、Hallens でやったらたった10ポンドでした。こんなのってあるか？　しかも、日本人ガレージでは、保険を使うときは、見積りを出して、保険会社の査定を受けてＯＫが出ないと出来ないので３週ほどかかる、なんていっていたけれどウソッパチで、Hallens でやったら、その場で Check で払って、そのレシートをもって、保険会社へ行き、申込書（Claim Form）を書いて出せば、それだけでまるきりＯＫ、10分ですみます。

というわけで、一件落着しましたが、とたんに、今日は、雪にみまわれ、あたり一面真白です。しかも一日中とけません。しかし、ソロソロとやって（チェーンはもってないし、売ってないし、とくに今日は、チェーンをするほどではなかった）、別に不自由はありません。

今日午前中は、図書館で勉強をして、午後は、Cherry Hinton というところにある大きな Sainsbury's へ買いものに行きました。ここには、魚を売っているのだよ。それで今日は、カニを一匹（これは、塩ゆでにしてある）、値は１ポンド（３００円）でかなり大きく、腹には、コッテリとミソがつまっておりました。それから、イカを、１ポンド（重さ）かったら、小ぶりなのが７本ありました。それで値は１ポンド11ｐ、そこで、夕食は、カニ一匹、イカの煮つけ、鴨のスープ、キャベツの酢づけ、ごはん、とごうせいにたべました。カニは、鮮度がよいとみえて、全く、かゆくもならず、よい香りで、とても結構な味がしました。

今日、Tape うけとりました。B面の大さわぎは、いかにもハルナがのってる様子たのしくききました。お仕舞のビデオどりの日に、大地が「家でラーメン作ってたべれば良いよ。家が一番おちつくだろう」といったそうですが、大地らしい、というより、うち（望家）らしいエピソードだね。大地も、ずい分、立派な発言をするようになった。一年あわずにいて、さぞ生長したろうとたのしみです。

なお、今のところの予定では、3月18日ごろこっちをたって、ボストンに2泊ぐらいして、そのあと更に出来たら、スタンフォード大学へ、室君をたずねたりしてハワイへ向う予定です。

望

1月6日　いよいよ寒波

この2、3日、急に寒くなって、いよいよ本格的な寒波がおそって来ました。とたんに、毎日雪で、本街道はともかく、裏道、路地などは、すっかりアイスバーンになってしまいました。日中でも氷点ぐらいしか気温が上らないので、これがかたく凍りつく一方で、一向にとける気配はありません。

しかし、おどろくことに、イギリスでは、みな、ただの一台として、チェーンをつけない。アイスバーンの上では、ソロリソロリ、ツルッツルッとやりながら、それでも、スノータイヤさえつけません。しかし、万一ということもあるので、チェーンをさがすのですが、だいいち、どこにも売ってないのだね、これが。今日、TOYOTAへ行って、「チェーンくれ」といったら、黄色いプラスチックのベルトみたいなのを二本よこして、「これだ」という。ということは下図の如く、左右のタイヤに一本ずつつけるわけです。「これで十分なのか」ときくと、すまして、「いかにも、これで十二分である」といってスマしているので、ま、ためしに、と思って2本かって来ました。それで、これを、さっそ

くつけてみようと思って、さんざん悪戦苦闘したのであるが、カリーナの車輪は、それをかける内側のスキマがせますぎて、どのようにがんばってもこれがつけられないのだね。もう、小一時間もがんばって、どろだらけになって、とうとうあきらめました。どうなってんのかねあれは。TOYOTA の純正部品コーナーでかったのにトヨタの車につかぬとは。しかし、どうもチェーンがない、というのは不安です。さいわい、こういう場合の運転の技術は、大ていマスターしているので、まあ、ゆっくりやればとくに危険はないけれど、どうも不便です。

それと、やっぱり東京よりは、格段に寒いということがわかるのは、Window Washer 液が、毎朝凍ってしまうことです。これは、タンクの中で、凍っちゃうので、どうもこまります。お湯を入れたりして、とかして動かすのですが、それでも、驚くことに、夜は、走りながら、ピュッとウォッシャー液を出すと、それが、窓に当ったとたんに、それなりに凍結してしまうので、窓が氷におおわれて何も見えなくなってしまう、というはじめての経験をしました。これはちょっとこわい。かなり濃度のこい Washer 液なのですが、窓から屋根から、つららだらけになってしまいます。

そこで、今日は、Anti-ice という不凍剤をかってきて、窓にふきつけるやら、Key 穴にふきこむやら、Washer 液タンクに入れるやら、大わらわで整備しました。また明日も雪のようですから。

　昨日の日曜日も雪を冒してロンドンまで着物をさがしに行きました。きのうは、Petticoat Lane というところと、Camden Town と行きましたが、このペチコートレーンというところは、古着じゃなくて、新品の安売横丁、ちょうどアメ横みたいなところで、盛大に毛皮をうってた。シープスキンの良いコートが、80ポンドぐらいです。つい買おうかな、という気にもなったが、やめておきました。どうも肩がこりそうだ、あれは。結局、きのうもまた収穫なしで帰ってきました。夜になると、路面が凍るので、急いで夕方のうちに戻りました。

　今日は、夕食後、Boston さんにさそわれて、ハワード・ファーガソンさんの Piano 曲のレコードをききました。ショパンの濃厚な影響下にある、美しい現代曲で、「この第二楽章の Largo は、大変瞑想的で、美しく悲しく、とても良いですね」といったら、Boston さん、「そうそう、私も、この第二楽章が一番良いと思うのよ」とて、また点数をかせいでしまった。ハワード・ファーガソンは、現代イギリスを代表する音楽学者、指揮者、作曲家、Pianist で、Boston さんとは旧知の仲、先日のコンサートにも来て、こんど13日にファーガソン邸へ、お昼ごはんを招かれました。もちろん僕が運転して、御一緒します。ファーガソンさんは、これはまた、その曲想からは想像もつかないような、愉快な紳士で、こないだの Party のときは、僕と能の楽について、いろいろ話をしました。すっかりおもしろがって、林さんもぜひ一緒にお出下さい、とのことだったそうです。

さて、再び寒さに戻ると、しかし、寒くても、ストーブはつけおしみせずにドンドンつけているので、まあ、さむくはありません。さて Bill（請求書）がいくらくるかが問題ではあるけれど。ねるときは、King Size の Quilt をかってきて、毛布二枚、キルト（これは、かけぶとんほどの厚さです）をば、下図のごとく、きっちりとくるんで、しかも、５００ｗぐらいのストーブ（電気）を一晩中つけっ放しにしてねているから、ちっともさむくはないよ。敷布団の下には、厚板を入れてあるので、腰の方も大丈夫です。なにしろ、「工夫の人」ですからね。オイラは。では

望

相変らずカゼもひかず腹もこわさず、大元気です。

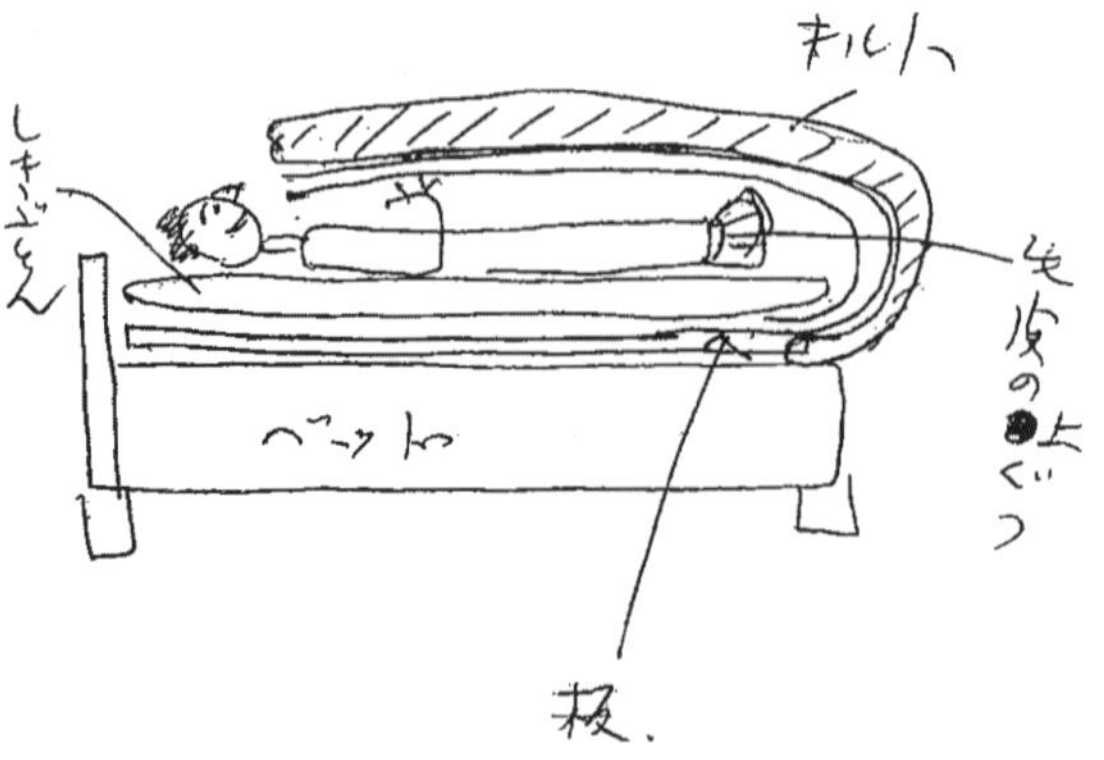

1月20日

またちょっと間があいてしまいました。毎日帰ってからセッセと手紙を書いているのですが、年賀状の返事やら、事務的なのやら、とんと追われてしまって、なかなか家へ書くことが出来ませんでした。

先週の土曜日、即ち12日は、同じCLARE HALLのVisitorで、インド人の、Lakshumi《ラクシュミ》 Sbramanian《スブラマニアン》というむつかしい名前の友達と、Oxford近くの、Warwick Castleという城を見物に行きました。Cambridgeからは2時間余りの行程で、良い天気ではあり、とてもよかった。

Lakshumiさんは、30才の女の子で（しかし見たところ25才位にしかみえないのだが）、あけっぴろげで陽気な性格、とてもつきあいやすい人です。この日は、彼女がサンドイッチを作ってもって来てくれて、途中の野原でああだこうだいいながらたべました。彼女は、インドに、歴史学者のフィアンセがいて、帰るとすぐ結婚式なのだそうです。彼女はインドのカーストでは、もちろん最上級の階級に属する由で、子供のときからインド舞踊と歌を仕込まれたということで、道々、嫋々《じょうじょう》とラーガを綾なして、長い長い、ラーマーヤナの一節を歌いつづけてくれました。かねて僕は、インド音楽を愛好することがひとかたでないので、これは楽しいドライブでした。Warwick Castle は、もう、絵にかいたような西洋のお城（左図のごとし）で、中世の大きな城郭ですが、今は、もとの持主の貴族の手をはなれ、マダム・タッソー館の所有になっています。

そのため、別館のようなところは、Royal Weekend Party という趣向で、何とか公爵だの、かんとか伯爵だのが、思い思いにくつろいでいる様子が、ロウ人形で精巧に作られていて、これは、明らかに、マダム・タッソー館そのものよりも、数層倍勝る仕かけです。彼女は歴史学者なので大喜びで、あそこを撮ってここを撮ってと写真をせがむことしきり、だいぶんと奉仕してあげました（なにせ女の子には甘いので）。

そのあと、もひとつ、その近くにあるケニルワース城址という、もう崩れかかった廃虚を見に行きました。短い冬の日のこととて、すでに陽は西に没み、朱色に夕焼けした空と、残る雪が凍って、鈍く光る地面と、寒々と枯れた林、そして、音もなくよどんだように流れるAvon 川の水面、そういう景色の中に、崩れた石壁の廃虚が、黒く昏れなずんでゆく様は、不吉で異様な、何ともいえない、また別の美しさでした。

さて、翌日の13日（日曜日）は、Boston さんと二人で、Howard Ferguson さんの家へ、Lunch を招ばれに行きました。ハワードさんは、もう70ぐらいのおじいさんですが、Pianist、作曲家、指揮者、音楽学者（ことにシューベルトの研究家）、また Producer として英国に令名の高い人です。まことに気さくな、明るいおじいさんで、話す英語は正確な美しい Posh、いつも陽気に Joke をいっては、太鼓腹をゆすって笑っているといった人柄です。で、この人はやっぱり Boston さんのよい友達なのです。いつぞや、Wolfson College の Concert のときの Lunch でお目にかかって、それから、当邸の Concert にも招かれて見え、そのときの Party で僕と大変いろいろ話をして、そしてこの日、Boston さんと一緒に招かれていったわけです。

彼は、独身らしく小ぢんまりした家に、楽譜と本に埋もれるようにして一人で住んでいました。ハワードさんはまた、料理の名人でもあり、近く、お料理の本を出版するそうです（それゆえ、「お料理は、たのしみねえ」と Boston さんはニコニコして出かけました）。三人入ったらいっぱいの、小さな kitchen に、これも小さなテーブルが置いてあり、ハワードさんはすっかり仕度をして今やたべるばかりにして待っていてくれました。

さてこの日のメニューは、

starter : Smoked Herring のマリネ

main : Roast Chicken with onion, garden peas　ピラフ

Dessert : クレープシュゼット　Coffee

というわけでしたが、本当に、おどろくべきことに、疑いもなく、これは、4月渡欧以来、最高にうまいたべものでした。やはり、西洋でも、料理の真髄は、腕の良い料理人の手になる〝家庭料理〟であることが痛感されました。このローストチキンなどは（イギリスへ来て、ローストチキンは、数えきれない位たべましたが）、いまなお、その風味が舌先に残っているほど、絶妙な味がしていました。これは何か、グレーヴィーのような中に、野菜といっしょにタプタプとしてオーヴンで蒸しやきにされたものの如く、通常、イギリス人が作る、味もそっけもないパサパサのやつとは全くちがう種類の Roast Chicken でした。このつけ合わせの、ピラフがまた、ウームとうなるほどのよい味がついており、イギリス人でも、かかる奇特の巧者もあるものかと、すっかり脱帽しました（この作り方は、次号にて）。

春菜ちゃんの、手紙、うけとりました。上手に字が書けてるねえ、まったくおどろきました。子供はあっという間に上達するんだねえ。お父さんが、すごーく感心していたと伝えて下さい。（春ちゃんも頭が良いなァー、と思ったよ）。では、

望

1月20日　ファーガソンさんの Recipe

(1) Smoked Herring のマリネ

これは、ニシンのくんせいをかってきて皮を去り、身を、1センチぐらいの幅に切る。これをマリネにするのだが、そのつけ汁の方は、

・Lemon juice（ほんの少し）

・Olive oil

・Orange juice

そして、

・a lot of Sugar

「どうだい、この、a lot of Sugar というのが、ちょっと気がつかない、この味のヒケツなのだよ。意外だろう?」と彼は説明しました。もっとも、これらは、「手かげん」でやるので、やはり、ハワードさんとか、僕とか、然るべき味覚の主がやらないと、ちゃんとしたものは出来まいから、まあ、帰ったら作ってあげよう。

おっとそうそう忘れるところだった。さて、この切ったヘリングをば、このつけ汁に入れ

そこへ、たーくさんの、パセリみぢん切りを混ぜ合せて、しばらくつけておく。

これは、実にどうも、ウマイ！

(2) ハワードさんの、義理のおばさんの Recipe によるピラフ

これは、ほんのサワリだけを、一言二言教わったにすぎぬのですが、さっそく、帰って工夫をめぐらし、とうとう、同じ味にたどりつきました。さて、

(イ)、必ず long grain rice（長い外米）を用いる。

(ロ)、お米は洗って、ザルに上げておく。

(ハ)、1合のお米に対して、テーブルスプーン1杯ほどの Olive oil（サラダオイルでよい）でお米を、いためる（テフロンのお鍋かパンがよい）。

(ニ)、これと別に、チキンブイヨンを作って冷ましておく。

(ホ)、お米の量に対して、2 1/4（Twice and quarter と彼は、おしえてくれました）すなわち1合の米に対しては、2合と 1/4 のスープストック（チキンブイヨン……塩味はうすめにね）という配合で、テフロンのお鍋に入れ（こうするとこげつかない）、

(ヘ)、はじめっから、弱い火でたく。

(ト)、25分ほどで出来上りです。失敗はありません。

（チ）、途中、Tea spoon 一杯ほどのバターをおとすと、一層よろしい。

⑶ クレープシュゼット（オレンジ風味）

クレープは、通常のネタにて（粉、玉子、牛乳）、掌を一杯に広げたぐらいの大きさに作る。これは、前の日に作って、一晩、Fridge（冷ゾーコ）に入れてねかせるとよい。

さて、これを、サービスする直前に、次の如く、もいちど火にかけて仕上げる。

大きな、底の平らな、鉄のフライパンに、たくさんのバター、オレンジジュース、そしてレモンの絞り汁を入れて、ジュウジュウと熱し、そこへこの、焼いてねかしてあったクレープを入れ、よくからめて、ちょうど春巻ぐらいのサイズに、クルクルと巻いて、あるいは、たたんでサービスする。これはまた、実にうまい。

Roast Chicken はまだ教わりませんでした。こんど手紙でも出してきいてみましょう。いずれにせよ、以上ひとつおためしあれ！

さて、人の縁というのは奇妙なもので、先日、島崎君とはじめてあったわけですが、その島崎君の友達の友達という酒井先生という人もボストン夫人に会いたいと言ってる、というので「もちろんOKですよ」といっておきました。

さて当日、その酒井さん夫妻が、大事そうに生後3ヶ月の赤ちゃんを抱いてやって来ました。一目見て、あっこれは、良い人だな、と僕は思った。とても感じのよい人でした。彼等は二人とも三多摩の出で、同郷人ではあり、彼はどうやら、立川高校→一ツ橋大学、というコースで、今は電気通信大学の助教授であるようです。専攻は英児童文学とのことで、さてこそBostonさんのものは、よく読んでおり（むろん英語で）、さかんにBostonさんと流暢な英語で話していました。彼は、英文学者にしては英語がうまく、良い人と知りあいになりました。それから、近くの村の、Fenstantonというところの、パブレストランへ、みんなで昼食をたべに行きました。

テューダー調の、とても落着いた雰囲気のところで、前から一度行ってみたいと思っていたところでした（しかし味は下！）。

彼等とは、そのレストランで別れましたが、別れしなに、ちょっとSnookerの話をしたら、彼もSnookerが大好きときていて、是非こんど一手、手合せしようということになりました。現在のところ、僕は、Snookerは、全勝を誇っており、昔、ビリヤードをしきりとやったのが、ここへ来て役に立っています。何ごとも無駄にはならぬものだ。

おとといの金ヨウ日の夜、突然、山内先生から電話があり（山内先生は、前にちょっと書いたハイムさんのお宅で紹介された東大の英文の先生）、是非、明日の夜 Trinity College の Dinner へ招待したいからお出ねがいたい、といってきました。その日は、夕方 Peter 一家と一緒に High Tea をやって、謡をうたう約束になっていたのですが、早目に切りあげて、夜は、Trinity col. へ行くことにしました。

さて、このつづきは次のココロダ。

望

1月24日

其後、また少しずつ、いろいろの人とつきあいが出来て来ました。

① ジョン・オダナヒューというアイルランド人

これは、31才の青年で、CLARE HALL の大学院生です。ちかごろ、よく Supper や Dinner に出かけるようにしているので、食後ロビーで話したりしているうちに、仲々良い男だということが分って、すっかり意気投合しました。CLARE HALL にも、何人かすこぶる感じの悪いアメリカ人やスコットランド人がいて、そいつらには、いつもいやな目にあわされますが、よく見ていると、このごろでは、そいつらの方が、ポツンと孤立しているようです。僕らは、中国人、西インド諸島人、インド人、アメリカ人、そしてジョン、というような顔ぶれで、いつもワイワイいって、態度の悪いヒステリー秘書をこきおろしたりして、たのしくしていますが、その感じの悪い奴らの方は、いつも2人か3人ぐらいで、背を向けて何かボソボソやっています。

ジョンは、そんなに大きくなく、人あたりのやわらかなやさしい感じの男で、どうもやはり、アイリッシュということで、イギリス人から疎外されるような感じでもあるらしく思われます。CLARE HALL の学生の中ではこのジョンが一等親しみがもてる。

② ピーター・コーニッキさん

彼はこの1月から、ケンブリッジ日本学科の先生になった若手教官です。リチャード・バウリングが、精力絶力で、ネルソン提督みたいな感じなのに対して、ピーターは、いかにも物静かで、穏やかで、しかも、京都大学にいたので「京ことば」でしゃべる。「そンなン知れへん」なんていうのでびっくりします。彼は髪も殆ど黒っぽく、ちょっと見には、日本人かと思うぐらいです。しかし、この人は、日本の近世貸本屋についての、すぐれた論文をいくつもものし、日本でも有名な新進の学者で、京都大学で、はじめて外人として専任教官に任ぜられた人です。

で、1月中旬に、ピーターと、リチャードと僕と3人でじっくり会談の結果、「よし、目録作ろう」ということになり、結局は、ピーターと僕と二人で共同して、早速作業に入ることになりました。僕の提案を、ピーターもリチャードも全面的に賛成してくれて、日本語の目録を、斯道文庫の方式に従って作ることになりました。しかし、それには、ピーターに、このやり方を教えなければならないので、2月は、ずっと彼についてコーチしながら、いよいよ、目録作成にのり出しました。今までエリック・キーデルという前館長、ダグラス・ミルズ前教授、それに、セシル・ウィットフォード女史だの、いろんな人が、バラバラに、目録作りにかかっていたのを、この際、全部すて去って一から統一的にやり直すことでどうやら、ケンブリッジ当局もOKを出したようです。ただ、このキーデルという人だけは、顔を立てなければならないので、〃キーデル氏記念、アストン・コレクション・カタログ〃というタイトルにするとか、一部その NOTES を使うとか、巻頭に写真をかかげるとか、そういう形で、〃実質ぼくらでやろうじゃないの〃 ということになりました。

ピーターは、きわめて素直で明朗な良い感じの男で、ともかく、これで、林―コーニッキ編、という形でレールが敷けましたから、ずっとやりやすくなって来ました。これで、リチャードが、新たに UNIVERSITY PROFESSOR に任じ、僕の紹介した小山君という男が図書館日本担当にうまいこと選任されれば、万全です。ともかく、コーニッキさんという人が、良い人なのでよかったよ。この分でいくと、夏休みなどに行ってやる、という抵抗のない形におちつきそうで、その間は、コーニッキさんが一応の原稿を作って、それから、僕が行って訂正する、という形が良いのじゃないか、と思います。

そして、その費用などは、またいろいろ考えて、どこかから取るように、コーニッキ君の方でも努力してくれるよしです。ただ、まだ今のままでは、コーニッキ君の実力がおぼつかないので、3月まで一生けんめいトレーニングして、どこまで力をつけられるか、というところです。しかしイギリス人も努力家が多いね。感心します。ちなみに、コーニッキ君は、僕よりひとつ年下です（リチャードは2つ年上で、Professor の有力候補）。

③ そして、山内久明先生のご子息

東大の教養の Prof. で、おじいちゃんもこっちで会った人ですが、そのご子息。今や Snooker 相手として、丁々発止をやりあっています。今のところ、僕の方が勝ちこしている！ Snooker は、このたび、キューを買いこみ、本格的に凝ってやっています、何ごとも、一応の目鼻がつくまではいっしょうけんめいに努力するのが僕の方法でありますから……。アンドリュー・ペイトン君とも、近々に一手手あわせをすることになっており、ピーター・コーニッキ君も、是非一番、といっております。電通大の酒井先生もイギリス好きの点では小生にまさるとも劣らぬほどなので、Snooker には、なかなか闘志をもやしておられ、この土曜日に、初手合せの予定です。

「よく学び、よく遊ぶのが慶応の伝統で、慶応の人間は、こういうことをやりながら、ユウユウと勉強するのだよ」などといいつつ、山内君を打ち負かして、「僕も慶応の経済を目ざします！」などと言わしめたりしています。おもしろいだろう？ ではまたね。 望

1月27日

昨日土曜日でしたが、朝一番から図書館へ行き、昼すぎまで仕事をしました（我ながら勤勉なものです）。

そのあと、College のコインランドリーに洗タク物をつっこんで、大急ぎでハンバーガーを買いに行き、帰ってくると、丁度洗タク機が終ったところだったので、すぐドライヤーにつっこんで、ラウンジで、ハンバーガーをパクパクたべました。

それで、たべ終ると、ちょうどドライヤーが完了し、ほぼ2：30に近くなっていました。2：30からは Snooker の table を予約してあるのです。かねて、酒井さんに声をかけておいたので、来るかナァーと思いながら、一人練習していると、20分程おくれて、やっぱり酒井さんと奥さんと僕と3人でかわりばんこに撞いて、大変愉快でした。それから、3階の Tea Lounge で、お茶をのみながら、談笑することついに2時間半に及び、これが愉快で話題がつきないのです。気が合うというのは、本当にたのしいことで、氏原さん以来、もっとも親しい交りを修するところとなりました。

もう暗くなったので、「じゃア」と別れて、Park から車を出して帰ろうとすると、また酒井さんの奥さんが道のところで呼びとめて、「一緒に晩ごはんたべましょう」というので、これから帰ってつくるのも面倒だし、さっそくまた車をとめて、Dining へ行きました。料理はペッペッというまずさでしたが（なにせ生協だから）、またもや愉快に話をして、食事をとりました。酒井さんの奥さんは、彼の高校教諭時代の（立川高校の先生をしていたのです）教え子だそうで、化粧気もパーマっ気もないけれど、よく表情の働く、怜悧な女の子（というのも変かな、もう一児の母だから）です。この奥さんも、酒井さんと同じく、少しもいやみのない明朗な人柄で、僕はすっかり気に入りました。日本へ帰ったら、是非みんなで遊びに行ったり来たりしようや。

さて、今日は日曜日で朝ゆっくり寝坊し、もう昼ごろおきだして、ヘンデルをききながら、肉玉子ウドンを作り、ヴィヴァルディのコンチェルトにあわせて、ズズズーー、とこれを啜り込み、それから、ケンブリッジ大学の蔵書目録の序文と凡例の草稿を書いていました。するとBoston さんがあらわれ、折しも来訪中の、Philip Vellacott というおじいさんに引きあわされました。この人は、Boston さんの親友の女流画家、エリザベス・ヴェラコットさんの兄弟で、ギリシャ古典劇の専門の著名な学者。それで、ぜひ、ギリシャ古典劇と能との交流といったことについて話をしたいというので、あらためて、4時頃迎えに来られ、僕一人だけ、ヴェラコット邸へ招かれて、1時間ほど、話をしてきました。

その折の話では、ペンギンブックスのギリシャ古典劇は、みな彼の英訳だそうですが、これを日本語注をつけて、日本で出版するという話があって、しかし、それが途中で沙汰やみになって音信不通になってる、というのですね。だから、誰か、英文科の人に話を通じてくれないかとたのまれ、さっそく、山内久明先生(東大のProf.)に、通じてあげました。その結果はどうなったか知りません。しかし、人のためになってあげることは、廻り廻って、また自分のためになるでしょうからね。

帰って来てから、Bostonさんと話をしていた折、「僕は、また近いうちにもう一度来ますよ」(事実そのつもりですから)といったら、Bostonさんが「それじゃあ、あと2つベッドを用意して、部屋をすっかりセットしなおして、一家みんなで住めるようにしとくから、是非またウチにおいでなさいよ」といっていました。ひとつ夏休みに、みんなで来るか。大町ですごすのもイギリスですごすのも大してかわらんよ(もっとも飛行機代は、ちと高いが)。考えてみようや。

ともあれ、相変らず元気で、とびまわっています。

じゃあね。

望

１月28日

帰りの Flight についてお報せします。

こないだも電話で話しましたが、はじめ、Thomas Cook という、日本でいえばＪＴＢみたいな大手のエージェントへ行ったら、Discount はやってない、という話で、１０６０ポンドだかの正規料金で行こうかな、と一瞬思ったのでしたが、その後、永谷先生におしえられて、Zacharama《ザカラマ》 Travel というもっと小さいエージェントへ行ったところ、ここはディスカウント・エージェントで、ＮＷ（ノースウエスト）の便がとれました。それでも、金曜と今日（月曜）と2回行ってまだ確実なことが分らず、さきほど、予約ＯＫの電話連絡が来ました。それで、当初3月19日（火）に出発するつもりだったのですが、火曜日は、この便は無く、月曜か水曜ということなので1日遅らせて水曜3月20日の出発になりました。どうしてかというと、ガトウィック出発なので、前日には少くともロンドンに出ていなければならず、そうすると、月曜出発の場合は前日は日曜で買物も何も出来ませんから、とかく不都合と思って水曜にしました。それに、この永谷先生が、やっぱり同じ20日のＮＷ便でボストン経由で帰国する由で、「一緒に行こうよ、林さん」とさかんにいうものですから、まあ、退屈しのぎにもなろうかと思ってね。

で次のようなルートになりました。

3月20日（水）

London (Gatwick) ─ Boston

3月22日（金）

Boston ─ San Francisco

3月23日（土）

San Francisco ─ Honolulu

いずれもNWの乗りつぎです。正確な発着時刻とか、便名なんかは、また追っておしらせします。

なお Ticket は、ホノルルまでしか買ってありませんから、あと Tokyo までは、そちらで、もろともに手配して下さい。この Ticket は、Amex で買いましたから御安心下さい。

もっともおかしいのは、みんなで一緒の飛行機にのってて、落っこっちまったら、こりゃいくら保険かけてても空しい努力というもので、誰が受けとるのかね。Amex だと保険がかかる、といってよろこんでいても、こりゃーしょうがないな。そうでないかい。帰りの飛行便の手配なんかすると、いよいよ帰国が近づいた感じで、あわただしい落つかない気分になります。本当いうと、まったく帰りたくないのだよね。何もかもが「これから」というところで、アーア、とためいきばかりついています。

このごろは、今後のこともあるので CLARE HALL に義理だてして、毎日のように College でメシをたべています。「あんなメシを毎日くってると病気になるぞ」と笑われながら、せいぜい努力していますが。

シャモニー先生から手紙が来て、父上からの御状に返事も差上げず失礼申し上げたので、くれぐれもよろしく、とありました。彼はまた実に好漢ですね。では、

林望

2月1日

実際どうして僕はこうスンナリとVISAがもらえないのかね。先に、ハワイへ行ったときも入国手続でさんざんもめたのをはじめとして、こんどのイギリスのVISAもずい分大変だったし、今回のアメリカは単なる観光だから簡単と思ってたら、どっこい切符をハワイまでしか買わなかったのがたたって、またもやチェックにひっかかってしまったのだ。

銀行に入金次第、残高証明をもらって、それと、イギリスのVISAをもらうときに使った各種の公式書類と、そうしてハワイから先の飛行機の切符、と、こう揃えればまず絶対大丈夫と思いますが、Oxfordへ行ってしまうので、仲々思うように行動出来なくて、悪戦苦闘です。

実は、ケンブリッジ大学の方からの証明状でも良いということだったので、今日リチャードに会ったのを幸い、わけを話して、「早速、そいじゃ書いてあげましょう」といって、すぐ作ってもって来てくれたのでしたが、それをみると、「林望氏は、日本古典籍の調査のため本学をはじめ、イギリス各図書館に計一年間滞在したが、この期間が3月末に終るので日本へ帰国するわけである。その帰途、アメリカのいくつかの大学へ同じ目的で短期間滞在したいと希望しているので、許可されたい。4月より新学期がはじまるので、それ以後まで滞在することは決してあり得ぬことを証明する」と書いてくれちゃったのだね。こうなると、「Sightseeing」でVISA申請してるのに「目的が違う」といって、またはねられそうなので、リチャードには悪いけれど、どうも、この手紙を提出しない方が無難と思います。まあ、東横のと、三菱のと、父上の保証と、預金とこれだけで十分と思いますから。どうも、とかく、人とちがうことをやろうとすると、100倍面倒になるように出来てるね。しかし、こうして、一つ一つ、人はリコウになってゆくのだよ。

VISAはまだ下りませんが一応、スケジュールを左に書きます。

3月20日　ロンドン（ガトウィック）発　13：40　North West 43便
ボストン着（現地時間）15：50
3月22日　ボストン発（〃）8：20
ミネアポリス（〃）着　10：15　NW67便
のりつぎミネアポリス発　11：15　NW159便
サンフランシスコ（現地時間）13：00

3月23日　サンフランシスコ発　8：35
ホノルル着（現地時間）　12：00　NW009便

以上のようになっています。たぶんこれは、変更しないとおもいます。これで、そんなに違わない時刻にホノルルにつくのではなかろうか。そっちの Flight Schedule をおしらせ下さい。

一昨日の朝、氏原さんから Tel がありました。なにしろ、彼は猛烈忙しい人だから、うまく会えるかどうか、一応、僕の方は、明日、アサッテ（土日）は、空けて、いつでも応じられるようにスケジュールを組んであります。

それでは。

望

2月3日

今日（2/3 日曜日）、氏原さんが一日、ケンブリッジまであそびに来ました。朝11：16に家から約20マイル離れた、Royston という駅までむかえに行きました。行く道々、どうも今日は、車の水温が上るナァ、と思いつつ駅へつき、Park にとめて、見てみるとラジエターの水がジャブジャブ漏れています。それで、水がへって、オーバーヒートぎみになっていたのでした。どういうものだか、僕の車は、人が来るというときに限って、いつも大きなトラブルを起します（とも子のときは、パンクした、奈蔵のときはエグゾーストパイプがボッキリ折れ、当山のときは、エンジンストップ、おじいちゃんのときは、窓をわられ、そしてこんどは、ラジエターが穴あき……）。しかもその大ていのときは、日曜だったり、休暇中だったりで、どうも運が悪い。

そこで氏原さんは、着くそうそう、駅員と交渉して、ヤカンに水をもらうやら、タクシーの運ちゃんにきいて、応急処理をするやら、「イギリスだねえ」といいながら、それでもテキパキと助けてくれました。幸い、この穴は、ラジエターの上の方にあいているらしく、一定のところまで漏ると、あとはへらないようなので、ときどき水を入れてやりながら（ポリタンクに一杯の水を入れてもってあるいて）家まで帰って来ました。

それから、Boston さんに紹介すると、例の如く上機嫌で、案内してみせてくれ、氏原さんがまた、例のイギリス通（とくにイギリス文学通）ぶりを発揮して、いろいろと面白く話をするので、Boston さんも、例になくたくさんのことを話してくれ、その上、氏原さんは、ボストンさんが自費出版した詩集まで贈られて、そこにいろいろ書いてもらって、よろこんでいました。

それから二人で歩いて村のパブへ行き、パブの何とかパイという昼めしをたべ、村の中を、ゆるゆると散歩して回りました。氏原さんは、「良いとこだねえ」「僕も住みたいね、こんなところ」とかいいながら、ああでもないこうでもないと、いろんなことをしゃべりつつ、くまなく歩いて来ました。

それから、家で、Scone と Malt Loaf の tea をやり、学校の入試のことなどを、たのしく話して、そのあと、ケンブリッジへ、Snooker をやりに行きました。氏原さん、仲々つよくて、たじたじとなりましたが、結局、僕が勝ちました。

そのあと、町で中華をたべて、さっき、9：00の列車でロンドンへ帰って行きました。帰りのヒコーキの中で読むのだといって、僕の書架から、Boston さんの "Perverse and Foolish" という自伝を、もって行ってしまいました。

さて、こまったのは車で、しょうがないので、明日は Oxford 行きをとりやめ、朝一番でガレージへ行って早急にラジエターを交換することにしました。こりゃまたトホホ、金がかかるけれど、こればっかりは仕方ないやね。それで、車の修理が出来次第、Oxford へは行くことにして、さっき McMullen 先生には電話しておきました。朝、大学（College）と図書館へも遅延の旨を連絡するつもりです。その間は、ケンブリッジでひきつづき仕事をつづけるほか、VISA の手続きを急いで出来るだけ早く片付けて、心おきなく、Oxford へ向うつもりです。しかし、考えてみれば、今日、氏原さんが来なければ、僕はラジエターの故障に気がつかないで、Oxford へ向ってしまい、見知らぬ土地で、ウロウロしてしまうところでしたから、これはむしろ、ついていた、というべきかもしれません。

昨日、写真入りの手紙が届きました。ドールハウスは、ずい分かわいらしく、きれいに出来たね。どうもありがとう。やれば出来るではないか！

大地のお仕舞は、なるほどキリリとして、実にさっそうたるものだね。それで、ハルナが泣いてる写真は、うしろの先生方が、みんなニコニコして、その場の、和気あいあいたる雰囲気が伝わって来るようです。ハーチャンは、本当にかわいくて、みんなに好かれるな、きっと（そのわきで、お兄ちゃんが、不本意そうに、テレかくしの顔をしてるのが、また大地らしくておもしろいね）。それがまた、春菜のポーズというと、いつもこのスタイルで、やっぱり女の子だね。どこで、こういうポーズをおぼえるのだろうか。

しかし、何といってもお風呂の写真がよい。これはもう朝から、ずっと、ながめっぱなしにながめていますが、ちっとも見あきない。まるで、ハルナの声がきこえて来そうです。

帰ると、アイサツやら、報告やら、大忙しになることが予想され、あんまりうれしくありませんが、まあ、助教授にはなることだし、がんばらねばね。それに、不思議なものでもうすぐ皆に会えると思うと、急に、また会いたくなりました。日本に帰りたいというわけじゃないのに、家には帰りたいという、変な矛盾した気持とでもいおうか……。そろそろ、お土産の手配だの、車を売る算段だのしなくちゃならないので、頭がいたいことです。それじゃあね。

望

２月６日

今日、テープを同封した手紙が届きました。大地もいよいよランドセルの学年になりますね。春菜がそれをまた、羨ましくてしかたがない、という気持は、とりも直さず、僕の兄が小学校へ行きはじめたのを見ていた幼稚園児の僕の気持でもあったわけで今でも、そのときの羨しい感じは、よくおぼえています。君は総領娘だから、こういうのは分るまいね。

今朝、ちょっと面白いことがありました。というのは、着物の〝おたずねもの〟の記事は、近ごろの「ロンドン便り」というＰＲ誌にかなり大きな記事としてとり上げられたのでしたが、今朝、それを見た、という女の人から電話がありました。

「あのう、林様でいらっしゃいましょうか、私、『ロンドン便り』で、記事拝見しまして」というので、さては、発見の報かと思ったら、そうじゃなくて、これが、石原さんという旧姓の戸山高校のときのクラスメートで、林望なんていう名前はめったにないので、もしや、あの林君じゃないかと思って思い切って電話してみたのだ、というのでした。何でもご主人は野村さんといって、味の素に勤めているサラリーマンで、今度ロンドンに駐在になったのだそうですが、そのご主人の曰くは、「いや、そりゃ人違いに決まってるな、この手紙の文面は、こりゃかなり年輩の人で、三十代の人間に書ける文章じゃないよ」といったので、自信がなかったそうです。ハハハ、みんなそう思うんだねえ。僕はとくにどうということもなく当り前の手紙文で書いたつもりなのだがな。

それで何でも、彼女は、すでに小5と小2の二児の母で、一度は、会社の花だか職場の花だかいうグラビアシリーズで、週刊誌にも出たくらいの人です。しかし、久しぶりに、昔のクラスメートと話をして、すこぶる愉快だった。この石原さんてのは、まことに快活な人柄でね、いやな気はちっともしないのだね。会うのがちょっとたのしみであります。羽織は未だ音沙汰なしですが、こういう思いもかけない反応があって、面白いね。

それから、ケンブリッジの図書館の日本担当司書が空席になっていたので、B《ブリティッシュ》・L《ライブラリー》・の小山君という知友を強力にPushして、少なからず運動してあげた結果、それに従ってRichardとHelenがまた裏工作をしてくれて、このたび、見事、10人の内から、この小山君が選任されることに決り、さっき、お礼の電話がありました。

これでケンブリッジは、万事うまく行きそうです。ピーター・コーニッキ君は、今は毎日のように僕のところへ来て、一所懸命に書誌学を勉強しています。あれよあれよというちに上達して行くね。大した能力です、彼は。そしていつも「せめて一年前に林さんに会ってたら、今までの論文が格段に違うものになっていただろうになァ、残念だ」とかいって、目の色をかえてやっています。ではまた。

望

2月8日（番外）

今朝、おじいちゃん御近著と、大地の作文と、手紙受取りました。大地のキャッチボールの作文は、いかにも生き生きと書けていて、これは、小学2年生にしては、大上等最高点花丸、という出来です。思わず、その暴投やら、ワンバウンドやらばっかりの、ヘッポコキャッチボールを思い浮べて大笑いしてしまいました。よくほめてあげて下さい（大地は、さすが我が子だけあって、文才並々ならずと見たはひが目か⁉）。

今日は、Peter が Dinner によんでくれて、Richard 一家と、Peter 夫妻と僕とで結構な夕食をいただいた。この冬一番の大雪で、もうすっかり、道路が冠雪し、危いので Peter が泊って行くようにと、さんざんすすめてくれましたが、さりとて、何一つ用意はないし、なれぬところではよくねられないといけないので、思い切って帰って来ました。Peter は雪の中を一生けんめい、ガラスに凍りついた雪をかきおとしたりして、見送ってくれました。これが良い男でね、まったく。

さて、ケンブリッジでの目録の方は、いよいよ正式に動きはじめ、原稿見本も作り（ワープロでつくる)、今や、殆ど学部長もOKというところに来ているらしい。たぶんこの夏に、また助けに来なくてはならぬようです。お金は、工面するアテがあります。スティーブンは、夏休みを外して来てもらうようにするから心配はいらぬよ。ただし、このことは、まだどこにも秘密です。動き出すのは、帰って報告を終えてからです。

こいつをやり抜けば、僕にとっては、大きな礎石をひとつドンと置くことになり、さあ、いよいよ、〝世界の林〟の二代目めざして、ということになりますよ。まあ、帰ってから相談しようね。

望

2月11日

今日 Oxford に到着しました。

それが大変だったのは、先週の金曜日に降り出した雪は、土曜いっぱい続き、日曜はよく晴れたものの、気温はマイナスのままだったため、全くとけず、そこへ強い風が吹いて、ブリザードになってしまいました。このため、中部イングランドは、多くの道が雪で埋ってしまい、道路閉鎖が相つぎ、学校も休みになっています。

今朝もひきつづき、道路は雪に閉ざされたままで、寒波は一向に弱まらないので、Bostonさんは心配して、もう少し見合せたらどうか、と、さかんにすすめましたが、もうこれ以上Oxford 到着をおそくは出来ないので、中部の田舎道はあきらめ、一度ロンドンまで南下して、それから、Oxford へむかうという、Motorway のみを使ってこられる大迂回ルートをとりました。これを通ると、約110マイルにもなり、おそらく30~40マイル遠回りだと思いますが、チェーンもなしで、雪道を2時間以上走っていくのはいかにも心もとないので、延々4時間走り通しで、這々のテイで Oxford へつきました。

Oxford の方がケンブリッジより、雪はいくらかましなようですが、それにしても寒く、寒さで頭が冷えすぎて、芯が痛いようになります。ST ANTONY'S COLLEGE は、secretary の人達も大層親切で、至れりつくせりです。コレッジが用意してくれた僕の部屋は、12畳ぐらいの Bed-sitting room と、Kitchen、バス・トイレつき、明るくて清潔な、しかもとてもあたたかな良い部屋です。

着いてすぐマクマレン先生とお昼を一緒にたべ、それから、先生が一緒について来て下さって、黒いガウンを買いました。これは、High Table Dinner のときに羽織るのです（Visitor は着なくてもよいのですが、ちょっと着てみたいじゃないか）。御用達の洋服屋へ行くと、その階級により、学位により、分野により、驚くほど煩瑣に区分けされた各種のガウンがあり、これには一々故実があって、どれを買うか、というのは、むつかしい判断なのだそうです。

洋服屋のおかみが、塾監局儀典課のようなところへ、電話して問合わせると、担当者が留守で答えられぬから、暫らく待て、というのでした。マクマレン先生は、ニヤッと笑って、「じゃ、すぐ買いましょう」というんだね。

（参みに Oxford の学生は、今でも試験のときや儀典のときは、黒スーツに黒い蝶ネクタイ、黒いガウンに、こういう→角帽をかぶることを厳しく義務づけられているそうです。夏の試験のときは拷問に近いと Peter がいっていた）

どうしてかというと、本質的には、このガウンは、Oxford

の出身者にのみ許されるものらしく、正式の返事は“NO”に決っているから、今のうちに買ってしまえば良いんですよ、というのでした。

「なに、着ることは、ちっとも構わないんで、別にいちいち出身をきくわけじゃありませんからね」と先生はいってすましています。おかみが各種出して見せた中で、M. A.（修士）の資格の先生用のガウン、これにも3種あって、そのうちの、木綿の一番ヨレヨレした安いやつ（27ポンド）を買いました。洋服屋は、ポリエステルの、ピンとしたやつがよろしいとさかんにすすめましたが、僕は、「これは、ヨレヨレと汚ない方が宜しいのでしょう」と先生にきくと、「そうです、そうです、このヨレヨレしたのが一番ですね。やっぱり」とかいって、一番安いのにしました。

「これは、お買いになったら、すぐ、そこらへんにこすりつけたり、ふんづけたりして、もっと汚なくすると美わしいですよ」と、マクマレン先生は、もちまえの、かそけき声調で、はにかみつつ仰言るのでした。面白いね。そのあと、Bodleian Library につきそって来て下さり、本当に、痒いところに手が届くように案内して下さいました。有難いことです。まだ Oxford の町は、研究していませんから、いずれ、少し探検してから書きましょう。

さて、昨日の日曜日は、愉快な1日でした、という話をしましょう。

イギリス有数の高名な音楽家（作曲家、音楽学者、指揮者）、Howard Fergusonさんが、Boston夫人の良い友達で、そのおかげで僕も知遇を得たということは、すでに書いたとおりです。

ある日、図書館でバッタリHowardさんに会ったので、いつかの鳥のローストの作り方を教えてくれるようにたのんだところ、大ニコニコで、「良いとも良いとも、じゃさっそく、日を決めようか」ということになり、それが昨日の日曜だったわけです。此の度は、僕独りで、ハワードさんの家を訪れました。彼は、下ごしらえから、まことに懇切ていねい、行届いたやり方で、この天下一うまいローストチキン（これを僕は“World-famous Dr. Ferguson's Royal Authentic Roast-Chicken”と呼んでいます）を教えてくれました。これは、どこぞの雑駁極まるイギリス料理と違い、ワグナーのシンフォニーのようにも手のこんだ、むつかしい作り方のローストチキンで、これを説明するには、だい分とスペースが必要ですから、これは後の便を使って、ていねいに書きましょう。この通りに作ってごらん、おいしいよ。総製作時間は1時間半ぴったり、といったところ。

この日のメニューは、

（1）フルーツカクテルジュース

（2）鳥風味のオニオンスープ、ライ麦のクラッカー

(3) ローストチキン、小玉ネギとマッシュルーム風味ピラフ添え
(4) リンゴとセロリのサラダ
(5) 何か、ムースのようなお菓子(これも名前をきいたのだけれどノートしとかなかったので忘れてしまった)
(6) コーヒー

食後は、僕が数番の小謡をうたいつつ、能の音楽の組織といったことについて説明し、楽しく談論して3時すぎに帰ってきました。「しかしノゾムは、一体どこでその英語を教わったのかね。実にイギリス人らしい発音だが」と、またもやほめられたよ。ファーガソンさんは痛風らしく、足をビッコひきひき、それでも終始上機嫌で、応接してくれました。この人が世界的に高名な大音楽家なんだからねえ、世の中は不思議だね。

じゃ、次の便をおたのしみに。

望

2月12日　Dr. Ferguson's R. A. Roast Chicken

さて、いよいよ、天下一の Roast Chicken！

材料、

・鳥一羽

・Pickling Onion（小玉ネギ）6〜8コ

・マッシュルーム　約1/2ポンド（1パック）

・オレガノ

・ベイ・リーブス

・バター、コショウ

・チキンスープストック　約1 1/2カップ〜2カップ

以下、手順がこみ入っているので（しかもこの手順が大事です）、まちがえぬようされたし。

① まずオーヴンは中温にあたためておく。

② 小玉ネギは、皮をむかず、そのまま熱湯に入れて約1分間ゆでる。すると、皮がスルリとむけやすく、かつ出来上りがやわらかになる。ゆでたのち、皮を去る。

③マッシュルームは、小さいのなら丸ごと、大きいのなら適宜、1/2、1/4、1/6などに切って、大きさを揃えておく、これは、洗わずに、きれいなフキンで、やさしくなでるように拭ってゴミを落しておく（「この、ちょっと何か、ゴミみたいのがついてるだろ、これが、一種の風味を添えるので、洗っちまうとまずいのだよ」という説明であります）。

④鳥は、外側と、腹の中とに、タップリめにコショウをふりかける。しかし、塩はかけない（これは、あとで加えるスープなどに含まれているため）。

さて、鳥を丸ごと入れて、フタをして、そのままオーヴンに入れることの出来るホーローの鍋（ウチにもあるでしょう、フランス製の重い、青いやつ、あれでよいけれど、もしあれに一羽入らない場合は、あれの、もう一回り大きなダ円形のやつをかう必要があろう）。

⑤上記の、ホーロー鍋に、テーブルスプーン一杯ほどのバターをとかし

⑥その上に、鳥を入れる

⑦トリの上には、右下の図の如くベーコンをおく（これがどうも味のひけつの一つらしいな）。

腹の上には、4枚のベーコンを並べる。腹の皮をすっかりカバーしこげないようにと、風

味がつくようにと二つの目的でこうするのである。足の上には、厚さ5㎜、2×3㎝ぐらいのバターを一つずつ置き、フタをして、オーヴンに入れる。これは、30分、そのままで焼く。さて、その間に、

⑧マッシュルームを、茶サジ2杯ぐらいのバターで軽くからめる程度にいため、少々の塩、（茶サジ ½ ぐらい）と、オレガノを少々ふって、豆火で1～2分熱しそのあと火からおろして、フタをして置いておくと、自然にしんなりして、水がたくさん出てくる。

⑨小さなパン（行平ナベでよい）に1 ½ カップぐらいのチキンスープ（ブイヨン）を入れてあたためておく。

⑩そこへ、⑧で置いてあったマッシュルームを、そのしみ出て来たジュースもろとも、このストックに入れ、小玉ネギも入れベイリーブスの小さいのを1枚入れて、少し煮立てておきます。

⑪⑦から30分たったら、とりの鍋をオーヴンから出し、ベーコンを取り除き（これは、別の皿にとっておく）鍋の中のグレーヴィー（鳥の汁）を、すくって、よく鳥にふりかけ、

⑫こんどは、鍋にフタをせずに、オーヴンに入れる（火かげんは、ずっと Medium のまま）。

⑬この間に、ベーコンをこまかくきざみ、

⑭10分おきに、鳥にスープ（ジュース）をかけつつ約35分ほど焼く。このさい、Bulb《バルブ》

Bayster《ベイスター》という、スポイトの親玉のような道具を使ってかけていましたが、これ、とっても便利の由。

⑮ 35分ほどで、鳥にきつね色のコゲ色がついてくるので、そうしたらオーヴンから出して、鍋からとり出し、これを、足は足、胸は胸と、みな平たく切って、

⑯ その鳥の肉を、こんどは、パイレックスでもホーローでもよいが、平らなバットの中に並べる（このままたオーヴンに入れるので Oven proof のでないといけない）。

⑰ さて、鳥の方のグレーヴィーは、先の⑩で作ったスープの方へ流しこみ、マッシュルームと玉ネギをとり出したあと油をとり除く。これが、フランス製というよく出来た器具があって、油だけ分離できるようになっています。

すなわち、下図のような器具で、上の方の油は、出てこないで下のグレーヴィーだけが出てくるようなしかけになっている。

これはたしかに便利なものですが、イギリスにはない、といっていました。

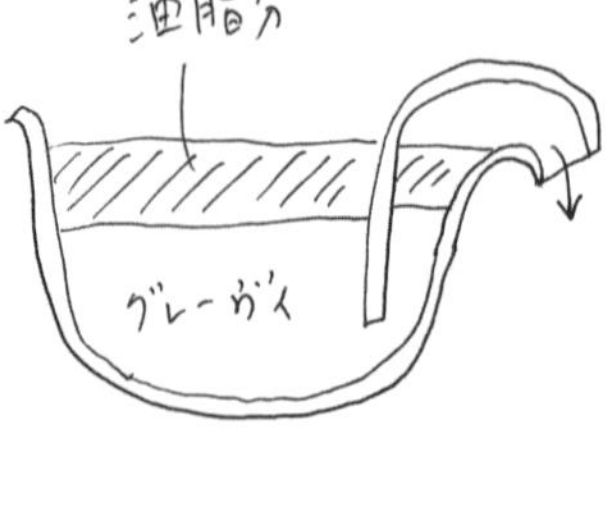

⑱ 平バットに並べた鳥肉の上に、ほどよく、マッシュルームとベーコンの細切れと、玉ネギをのっけて、肉の回りには、グレーヴィをたっぷりとかけてちょっと、肉が 1/3 ぐら

いスープの中に、ひたっているような状態でまたもやオーヴンに入れ、2〜5分ほど焼く。これで出来上りです。おいしいよ。ためしてごらん。

おまけにもうひとつ、さわやかな夏向きのドリンク。

（1）レモネード（市販のでよい）
（2）オレンジジュース（フレッシュのをしぼる）
（3）レモン

レモネードに、オレンジジュースを半々ぐらいにまぜ、そのしぼったあとの、オレンジの皮を適当に切って入れ、レモンを切り、これも入れる。
少しの砂糖を好みで入れ、
※これが secret ですが、冷ました紅茶をオレンジジュースの 1/2 ぐらい入れる。
（不思議に、少しもお茶の味もにおいもなくて、えも言われずさわやかなドリンクです。おためしを）

望

2月17日　再び大寒波のこと。

先便にも、大雪のことを書きましたが、イギリスはこの冬二度目の大寒波におそわれ、もう一週間以上、毎日、零下10度以下に下る日が続いています。幸い、今日はいくぶんゆるみましたが、先週の水・木ごろはピークで、最高でもマイナス2度ぐらいにしかならず、その寒いことは、ちと閉口しました（しかし、相不変元気）。

そのピークの水曜日、僕は、中華をたべてflatへ戻ってみると、何だか、ヒンヤリしておる。しかし、そのときは、気にもとめず手紙なぞ書いていたのだったが、そのうち、ゾークゾクと寒くなって来たのでした。はて。と思って、ヒーター（セントラル・ヒーター）にさわってみると、ナナ、ナント、氷のように冷たい。この寒空に暖房がとまっちまってるわけです。そのとき、9時すぎぐらいでしたが、これは大変、と、用務員の詰所（Porter's Lodge）へかけつけて、この旨をうったえると、当直のじいさん「そんなこと言ったって、もうみんな帰っちまったし、修理ったって明日になんなきゃどうしょうもネェナァ」てな調子です。

「そんなこと言ったって、この寒空に、ヒーターもなし、電気ストーヴすらなし、ベッドにはうすい毛布2枚っきりじゃ凍え死んじまうじゃないか」と強談判よろしくあって、House Keeper の家へ電話をするなどあれこれ手をつくしたけれど「今日はともかく、どうにもやりようがない」とだれもみなこの一点ばり。しょうがないので、そこにあった、こわれかかった電気ストーヴをやっと借りて、「これは、あす朝8時までに返せ」なんていわれつつ、えっちらおっちらもって帰り、さて、それじゃ熱い風呂でも入ってねちまうか、と思ったら、どっこいお湯も出ない！　おかげで、風呂もはいれず、暖房もきかずで、冷たい石造りの部屋でマイナス15度の夜をすごしました！　もっとも部屋の中は、そんなに寒くはないよ。しかし、風邪をひいちゃいけないので、この日は、車に積んである非常用の毛布をもかけ（毛布3枚きり！）、パジャマの下には毛の股引をはき、厚いセーターを着、靴下は、木綿と毛糸と2枚はき、丸まってねました。翌日、House Keeper がやって来て、「まァ、よくぞ生きてたわネェ！」だって、冗談言ってる場合じゃないっての！

この非常用の毛布というのはね、イギリスでは、こういう寒波のときは、みな毛布かスリーピングバッグを用意してドライヴするようにラジオなどで通告があり、万一、野原の只中で、故障しちゃったりすると、そのまま凍死する場合があるので（現に何人も凍死が出る）、毛布・水・食料、これらは、ビヴァークにそなえて、いつももって行きます。先々週末に、たくさんつもった雪は、なにせずっと零下のままなので全くとけず、これが、猛烈な強風に吹かれて、ブリザードになります。そうすると、たちまち、道が通行不能になり、ために、故障でなくとも動けなくなる車が出、ヘリコプターで救出するなどというさわぎになっています。

木曜日、Mrs. Izumi Tytler さんという Oxford の図書館司書の人と晩メシをたべて夜の10時に Oxford を発ち、ケンブリッジへ向いました。大事をとって、交通の多い Motorway をとおって大回りをして帰りましたが、大分コンディションもよく、天気も良いので、途中 Royston というところから、近道のA10、A14という一般国道を通って来たところ、両側は、雪の堤のようになっており、それに、高山のような雪庇がつきだしている。その上を、強い風に飛ばされた雪が渡り、視界がゼロになるほどの、ブリザードが、あちこちにおこっていました。さいわい、大した故障もなく、無事帰りつきましたが、あのブリザードというのは、日本では経験しないことだけに、ちょっとこわい。白瀬中尉の南極探検みたいな雰囲気でした。

Oxford の図書館は、おどろくほど官僚的で、なにしろ、事務官は黒いガウンをきて執務しています。学生たちも、借出カードを作ってもらうときは、ガウンを着、角帽をかぶって、古式の宣誓をするのだそうです。もっとも、僕も、ガウンこそ着なかったけれど、宣誓はさせられました。その中に「火を点じない」という一条があり、ずい分変なことを言うものだ、と思ったところ、これは、昔、ランプやローソクを点す人がたえなかったので設けられた一項なのだそうです。以てその古風を知るべし。ここの、Mrs. Tytlerという日本人は、イギリス人天文学者の奥さんですが慶応の図書館学科卒、僕らより一つ年下です。この人の隣の部屋の司書で、中国書担当のDavid Helliwellという若いイギリス人は、すこぶるよく出来る人で、奥さんは日本人、日本に2年住んでいた由で、東洋が好きで仕方がないらしい。そして、極めて筋の良い書誌学を身につけており、僕の来館を知って、あれこれと本をかかえて、教えを乞いに来ます。僕が知るかぎりのことを話してあげると、大変よろこび、大変仲よしになりました。

もっとも彼は、日本語は全く話さないので、全部英語でやるのですが、あとで、Tytlerさんが、「Davidが林さんは大変良く分っていて、親切におしえてくれるので、非常にうれしい」といっていたと話してくれました。それをきいてTytlerさんも「私にも教えて下さいますか」ということになって来ましたから、Oxfordも、殆ど攻略寸前になりました。ケンブリッジでは、Helenがすっかり色々助けてくれて、あっという間に、特別ルートでマイクロフィルムも作ってもらえ、XEROXさえも、とらせてもらっています。やっぱり、来てみてよく話し合って、まず信頼関係を作り、それから、ことをわけて交渉すれば、道は自ずと開けます。これは、かねて思っていた通りでした。そうなってくると、何の学問でも、結句、パーソナリティの問題に帰って来るというものでしょう。

亀井さんが手紙を下さって、もう一年二年も留まれば、その成果はいかばかりかと期待されるので、僕の帰国が待ち遠しいようでもあり、残念でもあって「小生の気持は単純ではありません」とあった。帰国後は僕のポストについて、真剣に努力してみよう、ともありました。有難くて涙がでます。期待にそむかぬよう、ガンバラネバ！　では

望

2月19日

昨日は、忙しい1日でした。

というのは、月曜で、Oxford出張の日でしたから、朝9時すぎにCambridgeを出て12時ごろOxfordへ着きました。今回は近道の一般国道を通って来たのでしたが、時間的には変りませんでした。そうして、前回雪の中この道を採らなかったのは正解だったことが分りました。何故といって、この田舎の国道は、景色こそ良いけれど、至るところ、両側が雪の堤の如く、雪庇もたくさん見られて、さぞブリザードがひどかったことだろうと想像されたからです。すぐCollegeで食事をして、図書館へ向いました。月曜の午後は、かねての約束の通り、Bodleian Libraryのタイトラー泉さんに、阿部書誌学の入門を伝授する予定になっていました。

着くと、泉さんと、もう一人の、アシスタントの女の子とで待ちかまえていました。さっそく、書誌学のごく初歩から講釈し、途中1時間ほどの休憩をはさんで、6：30まで続けました。彼女たちは非常に熱心で良い〝生徒〟であります。これで、ケンブリッジでは、コーニッキ君と、近く着任予定の小山君という司書に、阿部先生の学問を伝え、ロンドン大学では安村女史、オックスフォードではこの二人の司書を相手にと、今や、阿部書誌学は、全英を席捲しつつあります(は、ちょっと大ゲサですが……へへ)。

昨日の講義は、第1回目で、まだほんのトバロのところで時間になってしまい、来週第2回という約束、おそらく、3回ぐらいやって、一応のメドをつけてやろうと思っています。その分、調査の時間はへるわけですが、長い目で見れば、半日で何点かをかせぐことよりも、しっかりした人的関係を打ち込んでおくことの方が何十倍も有益であろうと信じるので、僕は、この、書誌学Workshopの仕事を、雀躍たる思いでやっています。この分では、僕なんかは、さしずめ、日本でよりも外国での方が有名になっちまうのではなかろうかね。

今日、昼まえに、McMullen先生から耳打ちされたところによると、ケンブリッジでは、初代の日本学科正教授として、Richard Bowringが選任されたそうです。McMullen先生は、「よかったでした。これでケンブリッジもsafeです」と、しみじみと語っていました。リチャードが、これでケンブリッジの実権を握ったので、僕たちは、ぐっと動きやすくなりました。ピーターも、これに応じて、1ランク昇格の見込みだそうです。日本学担当司書は、小生斡旋の小山君に決定しましたから、これにてケンブリッジは、がっちり固めてしまいました。

いずれにせよ、来週の水曜日には、ディヴィッドの家に招かれて、夕食をごちそうになり、出来れば麻雀を囲もうかなどといっています。ディヴィッドは麻雀が大好きなのだそうで、毎週一回やるのだといっていました。もっとも賭けはせぬそうですから、安心です。

さて、昨日の夕方6：45に、McMullen 先生と、東洋学研究所（Oriental Institute）で落ち合い、夕食を、先生の家へ招ばれることになっていました。先生は、僕が行くと早速、朝鮮人が漂流してはじめて英国へ渡った記録、という写本を僕に示し、「これは、どうでしょうか、本物と見てよいでしょうか」と問われました。僕は率直に、よく分らない由を答え、しかし、これは、日本人の筆である、ということだけは、言っておきました。それから、先生の11年前のサーブ99という、ポンコツ車に乗り込み、――これが一ぺんじゃドアが閉まらないという大層な代物で、――ガタガタ言いながら、走ってゆきました。先生は、黒い大きなアタッシュケースをもっているので、「ずい分大きいカバンですね」と言ったところ、「これは、障害者のためのチャリティーショップで買った古物で、50p（150円）でしたよ」と、しごくはにかみつつ答えるのでした。

先生のお宅は、やや背の低い住宅で、あちこちと建て増ししたらしく、妙にデコボコとしているのでした。「どうも、散らかっていまして、お恥かしいのですが」といいながら（原注　マクマレン先生とは、ふつう英語で会話します。ですから、右記のようなことは、みな英語で言ったものと御読み下さい）、入ると、本当に、雑然といろんなものが置いてあって、ローゼンさんの家にしろ、リチャードの家にせよ、〃家庭〃というものは、みんなこんな風なんだな、とホッとする思いでした。奥さんはアメリカ人の英米文学者で勿論Dr.であり、ケンブリッジの講師です。二人の間に、11才になる少年Andrew君があり、これは、先生の控え目な謙そんな人柄をうけたとみえて、大人しい、とても感じの良い少年でした。

メニューはおきまりのローストチキンとスープ、野菜のゆでたのに、ベークドアップルというあんばいでした。それから、先生の染付陶磁のコレクションの飾ってある居間で歓談すること暫し、夜の9時からは、また、先生のCollegeのStudyへ戻って（これは、僕の下宿の隣りの建物です）、そこで、熊沢蕃山と中院通茂《なかのいんみちしげ》の間で共作された、源氏物語注釈の、ごく読みにくい写本をめぐって、またもや勉強をしました。やはり、あちこち読み誤りなどもあり、この勉強会も、早急にこの翻字の点検を終えるまで何回か行うことになっています。

つきあえばつきあうほど、マクマレン先生というのは立派な美しい人格の人で、その質素な生活と、着実な学問とがぴったり一致した、本当の学者、という感じのする方です。僕は、いつも、先生と話をすると、心の底から敬服し、頭の下る思いがします。世の中には、立派な人がいればいるものだね。勉強会は、深夜11：00まで続き、数ページを検討し終えて帰りました。たのしいよ。

望

2月24日

昨日（土曜、23日）は、いつぞやお報せしておいた如く、「ロンドン便り」の着物捜索願いを見た、高校時代の同級生石原薫さんが、夕食に招いてくれました。

彼女は、11才の女の子と7才の男の子があり、やっぱり手がガサガサに荒れていました。それでよいのだ！　彼女は、戸山としては、仲々の美人です。御主人の野村さんは、味の素の社員ですが、語学の達人と見えて、インドネシア、シンガポール、そしてこんどロンドンと、結婚以来、殆ど海外生活だそうです。もう一人、旧姓Kさんといった女史がやはり同級生で、現在はロンドンに住んでいるので、この人も一緒に招かれて来ました。この人は、御主人は、セイロン人だそうです。石原薫さんという人は、本当に愉快な、スッキリした冗談を連発する人で、僕は高校時代も、割合仲がよかったのでしたが、昨日も、彼女と話したのは愉快でした。

昨日の夕食は、渡英以来最大のと評し得る、大ゴチソウで、味つけもうまく、大いにほめちぎってきました。献立ては、

(1)甘エビ、カマボコに蟹子、かいわれ大根
(2)鳥のカラ揚げ
(3)むし鳥とスプリングオニオンのあえ物　↑(何かもう1つ2つあったが忘却)
(4)牛肉のたたき
(5)おでん
(6)野菜の酢づけ
(7)サラダ
(8)豆ごはん
(9)吸物

この外、
食前にジュース
食後にコーヒー
紅茶
日本茶
チョコレート

これだけ作るには、大変な手間で（しかもみんな作ったそうです！）、お金もかかったろうに、大いに感謝したことでした。さて、すっかり満腹ののち、また昔話に花を咲かせました。

夜も更け、11：00ごろ辞去して帰途につきましたが、どっこい、またもや車のトラブルに見舞われ、といっても、こんどは、パンクで、殆ど、ボロボロにちぎれそうになってしまうようなあんばいで、とうとう一本だめになり、今日は、日曜というのに、ケンブリッジへ出てタイヤを一本新調するハメになりました。しかし、Dunlopのスチールラジアルでも一本、22ポンドですから安いものです。タイヤ屋から出て来たところで、山田さんという九州から来ている先生にバッタリ会い、ちょうど昼メシに近い時間だったので、Audley Endという美しい邸を見にいって、Saffron Waldenという古い町で、ローストビーフをたべました。

夕方からまたOxfordへ来て、6：30から9：30まで、マクマレン先生と二人で、勉強会をやっています。今日は、大変に収穫があり、先生がどうにも読めなかったところを、僕の眼力によって、見事に読みほどき、大よろこびしました。

「私には、一生かかっても出来ないことです」とかいって、顔を紅潮させてよろこんでおられましたよ。これは、熊沢蕃山自筆のむつかしい写本でね、読むには、よほどの技倆《ぎりょう》がない

とだめでしょう。マクマレン先生は、まじめで、しかし愉快な人で、一緒にやっていると、
心がホノボノし、かつ笑いがたえません。明日も8：00から再び勉強会の予定。ハハハ。
（俺も好きだね）

36才の、林望

終 章

1985年3月2日～3月12日

3月2日

2月27日の夜、David Helliwell君の家の夕食に招かれました。

彼の奥さんは、勇ましい感じの女傑タイプの日本人で、カトンボのように細く、美しく繊細な英語をしゃべる神経質タイプのDavidとは、正反対というところ。この日は、タイトラー泉さんと僕と二人で行きましたが、「今日は中華風」といって、三種類の料理が出ました。どれも美味しくて、良い腕前でした。

Davidは、おどろいたことに、家にハープシコードをもっていて、「これ誰が弾くんだ」ときいたら、「勿論私がね」というので、じゃ弾いてみてくれ、ということになり、バッハの小品を、数曲、たてつづけに弾いてくれました。するとビックリする程の腕前で、殆どプロといってよく、近く、某Collegeの Lunchtime Recitalで独奏会をやるんだそうです。その夜は、大いに歓談して、夜更けに帰って来ました。

さて翌日は金曜日でしたが、Boston夫人にDinnerを呼ばれていたので、有難くまたもや御馳走になりました。この夜は、Heffersという、大きな書店のマネージャー（店長）夫妻と、ジムという今 Manor に滞在中のアメリカ人と、夫人と僕で、鳥料理の大ごちそうが出ました。こういうときは、どこかからプロのコックが出張して来て作るので、夫人は、もっぱらホステス役で、たのしそうです。

さて、今日土曜日は、ロンドンからスティーヴンが訪ねて来て、今日は泊ってゆきます。ケンブリッジへ帰ると、たちまち、いろいろな人から、Appointment の申し込みが相つぎ、これからの予定を書くと、明日は Stephen とノリマキ・ランチ、6日は Oxford の本山茂雄さん邸に夕食を招かれ、8日（金）はイブラヒム君というトルコ人の友達とお別れ Dinner、9日（土）は、Peter の家で、Scone を教わることになっているし、13日は、London で女子高（注、慶應義塾女子高校）の卒業生達と夕食を共に、15日は、ST. JOHN'S COLLEGE の High table に Peter が招いてくれ、ああ、このようにして、来る日も来る日も予定がギッシリで、イギリス滞在は、いよいよ大詰めです。

明日の日曜日、Stephen に手伝ってもらって荷物を作って、月曜に発送するつもりです。

ともあれ、忙しくもたのしく充実した日々です。とうとう風邪はひかずに春になりました。

望

3月4日

今しがた、McMullen 先生との勉強を終って、帰ったところ、殆ど夜の11時です。McMullen 先生との勉強は、僕の予定が許す限り、毎夜、2、3時間ほどやっていますが、当初の見込みより、遥かに、手間がかかり、やりがいのある仕事となりました。僕が一々目を皿の如くして調べてみると、相当に誤りがあり、それをひとつひとつていねい、正確に読み解いて、見違えるように良いものになりつつあります。先生も、これほど手がかかろうとは思っていなかったとおっしゃっていましたが、それだけに、大変よろこばれ、こんど、東洋学部から、200ポンドの謝礼を下さることになりました。今日、その委員会が通ったそうです。次に、ケンブリッジの目録作りのための渡英費用は、多分、JFEC とかいう、田中角栄さんの出した基金から出るだろうとのことです。Richard、Peter、そして、McMullen 先生が推センしてすっかりお膳立てをしてくれる見込みです。東横には、帰ってから、うまく話をするように考えてみます。マクマレン先生の話では、ケンブリッジでの目録作りに成功すれば、さしも難攻の British Library も僕を受入れざるを得なくなるでしょう、とのことでした。そううまくいくかどうか分らないけれど、少くとも良い影響を欧米に於て期待出来るでしょうね。

週末は、ケンブリッジに於て、連日お祭りのようなさわぎで、なかなか、帰り仕度がはかどりませんが、きのう、夜分になってから、荷作りをしました。夜中までかかって作った荷は、七個で、その殆どは、本、マイクロフィルム、洋服、コピー資料、というところ。洋服のパックの中に、陶器のミニチュアの家がいくつか入っています。これはお土産の一部と思って送ります。

その七個を今朝、郵便局へもっていって出そうと思ったら、税金の申請 Form が3枚しかなく、№1〜3とつけてある3個だけ、とりあえず投函しました。残りの4個は今週の金曜に発送し、来週の月曜にまた、盛大に送ります。約10kgの箱を Air で送っても22ポンドですから、意外に、お金はかかりません（たぶん、Oxford 大学からもらう謝礼で支弁できるでしょう）。

いずれにせよ、メチャクチャに忙しいスケジュールを、スイスイとこなしながら、着々と帰国の準備をすすめています。どういうものか、僕は、つねに、人並はずれて忙しいね。ま、それもたのしいものさ。しかし、別段、体の方は、異常がないので、安心してチョ（これは大地のまね）。

天才バカボンのおやじより

3月4日

帰りが近づくにつれ、ちょうど出発間際と同じことで、次々と予定が入り、毎日、外食ばっかりという風です。この先の予定を書いてみると、

明日 3/5、(火) 夕方より、ST. ANTONY'S で High table Dinner。そのあと、8:30〜11:00 McMullen 先生と勉強。

3/6、(水) 夕方より、Oxford 在住本山茂雄さん邸で夕食をよばれている。

3/7、12:30より、Bodleian Library のスタッフとお別れ昼食会。夕、7:00までにケンブリッジへ戻り、7:00から Manor で、例のイギリス人プロ演奏家によるハープシコード Concert、及びそれにつづく Dinner。

3/8、7:00から、イブラヒーム君という、トルコ人の友だちそれに、永谷先生という大阪の英文学者の先生と、Good-bye dinner。

3/9、(土)、Peter の家で、Scone を教わり、かつ、ファーガソンさん直伝の Roast Chicken を教えて、夕食を招かる。

3/10（日）、夕方からロンドンの石原さん邸に再び招かれて、またもや晩ご飯をごちそうになります。
3/13（水）、7：30から、London で、慶応女子高の教え子たち4人と、会食。
3/15（金）、ケンブリッジの ST. John's College の High table dinner に、Peter が招いてくれる。

今、決っているだけでも、このラッシュぶりで、殆ど一日の安寧を得ない。この先、もっとふさがることが予想されさすがに、少々くたびれて来ました（というと、父上などから、またお叱りやら、親心の御心配やらを頂きそうで、恐縮しますが、これでも、ちゃんと自分でコントロールして、やっているので、何とかもちこたえるみこみです。——案外 Tough なのですよ、本当は）。人からたのまれると、何でも引受けちまう気質は、こりゃ父上ゆずりですから、責任の一半はそちらにもあります。しかし、こうして、いろいろな人がよろこんで招いてくれもし、つきあってくれもするのをよろこびとします。ですから、どうか皆さま御心配下さいませんよう。

望

3月7日　ケンブリッジのベッドレース

ケンブリッジには、毎年、何とかウィークという、いわば、チャリティーのためのフェスティバルがあって、それが、ちょうど今の週に当っています。

先週の土曜日に、図書館のバターワースさんという人が、急に窓の外を見やって、「あゝ、フェスティバルだわ」というので、どれどれ、と見てみると、大きなトラックの荷台に、中世風のコスチュームをきた学生達が乗って何か言いあっています。これから、その扮装でいわば、町中を仮装パレードし、その見物衆からチャリティーをあつめる由です。その日は、仕事の加減で、この行列パレードを見ることは出来ませんでしたが、銀行へお金を下しに行きました。すると、そこで、マイクというイギリス人の友だちに出くわし、立話をしているうちに、「明日の Bed-race は来るかい?」というのです。

ベッドレース? さて何だろう、と思って「そりゃ何だ?」ときくと、文字通りのベッドレースで、各 College 対抗で、ベッドを押して町中をかけ回ってレースをするのだそうです。それは面白そうだ、というわけで、日曜の朝スティーヴンと一緒に見物に行きました。

なるほど珍奇に、不細工に形づくられたベッドの上に、パジャマをきて、ヘルメットをかぶったスタイルのドライバーがのった何とも名状しがたいスタイルの車があっちこっちから、ゴロゴロ押して出て来ます。これは、もはや、町中あげての大さわぎで、警察が全面的に交通を規制し、何台もパトカーや白バイが来ていて、ふだんはとじられている King's Parade というところの Gate も開かれ、町一周のサーキットが出来ています。Gate のわきには、救急車が待機し、ＢＢＣケンブリッジが中継車をくり出し、スタートは、King's College 正門前で、そこには、大きな櫓をくんで、その上に、学生のアナウンサーがのっかって、ひっきりなしに、ヨタをとばしては、見物人からヤンヤの喝采をあびています。

「こういうバカげたことを、大まじめにやるというのはイギリス人の美風だねェ」といったら、スティーヴンが「いや、そのとおり」といって、ニヤッとしました。彼は、いかにもイギリス人らしく、折しも小雨がふるというのに傘などささず、腐れたような黒いレインコートをきて、毛糸の正ちゃん帽をかぶり平然たるものです。日本でこういう催しがあると、たちまち全国から観光客がおしかける図ですが、ケンブリッジでは、これは所詮ケンブリッジの祭りで、観客は、この町の人ばかり、観光客もほとんど見かけないのでした。勿論、日本人ツーリストなんか、皆無（春休みで、目下、学生のツーリストがウヨウヨしてるに拘らず、です）。ですから、ものものしいわりには、そんなに雑踏してなくて、悠々と見物することが出来ました。

レースがはじまる前、一人のイギリス人に「ヤァ、ノゾム、来てたのか！」と声をかけられました。これは、アンドリュー・ペイトン君で、Dr. Heim の家で紹介されて以来の友達です。彼は、Robinson College から出場するといってラグビーのかっこをしていました。

さてレースですが、ベッドのバネ板に、思い思いの車輪をくっつけ、ベタベタと色をぬったり、変な囲いをつけたり、旗をたてたり、あるいは、どうみても荷車としか見えないような形だったり、とりどりで、各車には、さっき言った如く、パジャマをきたドライバーと、運動着などをきた Pusher《プッシャー》 という押し手がつき、審判長の相図に従って、10秒ごとに時差スタートをし、町を4周して、勝負を決するというものです。この審判長なるものは、どこかのプロフェッサーらしいのですが、白髯豊かに、金ぶちの鼻めがねをかけ、黒い正式のガウンに身をつつんで、白い房のいかめしい角帽をかぶり、手には、巨大な、皮製の何やらラテン語めいた古い本を金鎖につけて下げ、何をするでもなく、そのへんをウロウロしています（このへんが、実にどうもイギリスです）。

一応、自動車レースみたいに、何か予選があったらしく ST JOHN'S COLLEGE を Pole position に、約20台のベッドレーサーが縦一列に並んでいます。「ST JOHN'S, Pole, position」とアナウンスがあると、ワァーーッとかヤァーーッとかかけ声が上り、次々に出場車が呼ばれて、そのたびに、皆がさけびを上げますが、4番手の、Trinity College（ケンブリッジでも有名なエリートコレッジ）のところへ来たときには、どういうわけか、誰一人声を上げず、日本の子供の筆法をかりれば「シーン」とでもいう感じなのでした。何度アナウンサーが「Fourth Trinity!」とさけんでも「シーン」で、どうも、これもひとつの暗黙の約束になってるらしい。「Trinity は、勉強に忙しくて、誰一人応えんに来てないようです、お気の毒に」とアナウンスがあると、Trinity がガリ勉コレッジであることがよく知られているだけに満場の大爆笑でした。

中には、女の子の College もあり、Newnham College は、ドライバー、プッシャー共に全部女の子で、これが真赤のイブニングドレスだの、シマシマのパジャマだの、変なかっこをして、どぎついメーキャップをし、一番あとからさんざん遅刻をしてエントリーし、アナウンサーに、よいさかなにされていました。

結局、ST. JOHN'S が各回周4人ずつの猛者 Pusher を配し、他を圧倒して、王冠をかちえました。中には、もう全くやる気のないように、苦み切った顔をした、やせた Pusher が、一人でトボトボと押して回ってる College もあり、これはこれで喝采をあびていました。さて Newnham の女の子達は、あっけなくコースからとび出して車をこわしてしまい、「只今、大変シリアスな不幸のニュースが入りました」という、妙に沈痛ぶったアナウンスがあり「というのは、Newnham Bed はただいま、××地点で、大破リタイヤしました」というと、あの珍妙な扮装を皆よくおぼえているだけに、またもや大笑いになりました。まことに、イギリス人は、愛すべき人々であります。

望

3月10日

いよいよ、イギリス生活も大詰めになって、先便でお報せしたように、スケジュールが熾烈をきわめています。

今週の木曜日は、お昼、ボドレイ図書館（Oxford）のスタッフが、お別れにというか、お近づきにというか、ともかく、お昼をごちそうしてくれました。近くの中華へ行って、昼から、山のようにごちそうをたべ、しばらくバカ話をして図書館に戻りました。この日は、夜は、Manor で、コリン・ティルニーという、世界的に高名な、ハープシコーディストがコンサートをするというので、Boston さんが、是非それに間に合うように帰っていらっしゃいと、しきりにすすめてくれました。

それで、4時ごろ、Oxford を発って、7時少し前に Manor へつきました。コリン・ティルニーさんは、現在カナダ在住のイギリス人で、茶色いYシャツを伊達にきこなした、白髯の紳士、感じのとてもよい人でした。お客さんは、例によってそうそうたる文化人数人と、それに僕、というあんばい。紹介されるや否や、コリンが「いや、あなたのことは、Boston さんからよく聞いています。あとで、あなたが謡をやってくれるとのことたのしみにしています」といわれ、どうやら、Bostonさんは、すっかり、僕の謡曲を宣伝しちゃったらしい。しかし、相手は、ロクに分りゃしないので、一層気は楽で、謡本をみながらなら間違う心配もなし、ま、これもBostonさんのおたのしみのひとつでもあり、また、僕をたててくれているのでもあるわけですから、素直に、有がたく、うたわせてもらうことにしています。

コリンは、さすが音楽家らしく、「ひとつ、〝女の声〟と〝男の声〟を謡いわけてきかせて下さい」というので、「清経」の一部、「放下僧」の小唄、「菊慈童」のキリ、というあたりをやっつけました。

コンサートは、さすがにプロ中のプロで、自由自在、ハハァーッ、と感心しました。同時に、このイギリスの田舎の、由緒あるマナーで、イギリス人に立ちまじって、こういう豊潤な時をすごすことが出来るなんて、夢のようだなあ、と、うたた感慨にうたれました。曲目は、フレスコバルディと、バッハ、それに、何とかいうイタリアの作曲家（この人が宮廷で活躍しているとき、J. S. Bachは School Boyだった、と彼は説明していました）。

そして、最後に、モーツァルトのピアノ曲を、素晴しいスピードで弾いてのけ、思わずウナッてしまいました。そのあと、また豪華なDinnerで、このごろ、ずい分ひんぴんと、BostonさんにDinnerをいただいています。これまた、筆舌につくしがたく有難いことです。近頃、Bostonさんは足にちょっとしたケガをしたので、こういうときは、僕が半ば

Host として、せっせと Service をすることにしています。

さて、昨日は、イブラヒム君というトルコ人の友達、それに、永谷さんという大阪の先生、島崎君、そして彼のガールフレンド、こういう顔ぶれでお別れ夕食会をしました。イブラヒームは、大の日本びいきの、中年のおじさんみたいな大男ですが、その実僕より3つ若い。島崎君は、Boxing の試合があるのを応えんに行くのだとかいって先に帰り、残りのみんなで中華をたべました。そのあとイブラヒムが、近郊のフォウルミア（Fowlmere）というところのちょっと良い Pub へ行こうといって、夜道を15分ドライブして、ケンブリッジ南郊のその村へ行きました。なる程なかなか良いパブで、大いに歓をつくして帰りました。

英学長から手紙が来て、「貴君の研究は、殆ど無限に近く、一年ぐらいでは終ることはないでしょうから、これから先、ちょいちょい渡欧の機会もあると信じます」と書いてありました。

こうして、相かわらず、平和に、たのしい環境の中で日々すぎてゆきます。

今日の午前中、広いバラ園を Boston さんと話しながら見回りました。あたたかく、良い天気で、風も春になりました。Snowdrop や、クロッカス、Sylla というらす紫の小花、水仙、ああ、英国は、最後の最後まで、うつくしいのだ！

望

3月12日

今しがた（11：10PM）、Oxford の家に帰って来たところです。

昨日は、夜中の2時過ぎまで荷作りに奮闘し、3時すぎにねて、君の Tel で9時前に起こされ、それから、小包を発送して（6個出して94ポンド、約25000円）、ケンブリッジ大学へちょっと寄り、昼ごろ、Oxford へ向いました。途中、Leighton Buzzard という田舎町で中華ランチ（ここには出色にうまい中華屋があるのだ！）をたべて、Oxford に3：30ごろ着き、すぐ休む間もなく、図書館に入り、二人の司書を相手に書誌学を教え、それが終ったのが6：30、すぐ帰って、7：00から、McMullen 先生の研究室で研究会。先生が用意しておいてくれたサンドイッチをかじりながら、休みなく検討をして11時に今日の分を終了しました。明日は、朝から図書館、昼は当地の人類学者と懇談しつつ昼食をとり、そのあと洗濯なぞして、また午後は図書館。7：00から同じように McMullen 先生との研究会の最終回があり、11：00ごろ終了の予定です。

このように、殆ど食事のひまもないくらいの超人的スケジュールをこなしながら、人と会食もし、荷造りもし、その上で、こうして手紙を書いているわけです。あと一週間ほどで帰国かと思うと、感無量で、この美しい春景がまた、一段と心にしみます。

土曜日、車が再びエンジンがかからなくなり、どうも、この2、3日、点火ミスが感じられたので、例の Distributor のトラブルだろうと思って、ディストリビューター・カバーとローターをかえてみたのですが、なおかからず、かくなる上は、プラグとポイントをもかえんとして努力中、つい手がすべって、ネジを一個ディストリビューターの内部におっことしてしまいついにお手上げになりました。そこで、AA（Automobile Association）のサービスカーをよんで、直してもらいました。全くタダです。

このさわぎで、午前中の図書館行きは不能となり、ゆっくり、Manor の朝を散歩してすごしました。ボストンさんも足のケガが治り、「待ちに待った春の日よりね」といいながら、パチリパチリとバラの剪定をしていました。その傍で、見物しながら、久しぶりに、いろいろなことを話して、時ならぬ〝休日〟となりました。

夕方からは、Peter の家に招ばれていたので、かねての約束どおり、僕が庖丁をにぎって、Dr. Ferguson の Roast Chicken を試作しました。大変に好評でした。しかし、非常に面倒な手間がかかり、時間も、なれぬことで、2時間半を要してやっと出来たのでした。実はオーブンの温度の摂氏と華氏を間違えて、予想外の時間がかかったのでした。

そのあと、Peter 夫妻と懇談しつつ、奥さん自慢の scone をおそわりました。別頁の通りで、簡単だから作ってごらん。Peter たちとは主に英語で話し（奥さんがいるときは）、Peter はちょいちょいと、僕の英語を訂正してくれます。ちょっと気がつかないようなことを「英語らしく」直してくれるので大助り。代りに僕は Peter の日本語を、日本語らしく直してあげたり、特に Idiomatic な表現を教えたりします。

今日、James McMullen 先生とあれこれ話しているうちに、遠い将来は、もう一度、こっちの大学の "Fellow" という形で来たいと思っている、といったらば、それは、必ず実現させるように、私に出来ることは全力を尽しましょう、と彼が言ってくれました。「それは、確実に可能でしょう」と James は、トツトツたる口調で言うのでした。だから、10年も先には、押しも押されもせぬ Visiting Fellow として、一家で英国生活ということがあるかもしれないよ。もっとも、そういうことになると、今回のように、3日にあげず（文字どおり！）手紙を書くということもないだろうね。

昨日、日曜の夜は、LONDON の石原さん邸にまた招ばれ、またもや大ごちそうになってきました。石原さんは実に愉快な人で、ずい分疲れ休めができました。子供たちは、二人とも良い子供で（男1、女1）ほのぼのとした家庭です。石原さん一家はもうずーっと海外勤務の由ですが、東京へ戻ったら、一度うちへも来てもらうことにしようかね（もっとも数年先でしょう、それは）。着物はなくなったけれど、こういう人とのつきあいが開けたので、結句損にはならなかったような気がします。

さて、Kate Kornicki の Scone

・粉（薄力粉） 280g
・ベーキングパウダー 茶サジ2杯
・砂糖 テーブルスプーン1杯
・塩 少々
・バター テーブルスプーン4杯（約125g）
・卵2コ
・1/2カップの生クリーム（又は牛乳）
・レーズン

① 粉、砂糖、塩、Baking Powder を一ぺんにまぜる。
② アップルパイ生地の要領で、バターを切り込み、手でよくこなして、まぜる。
③ 卵をよくかきまぜ、クリーム、干ぶどうと一しょに、②の粉に入れる。
④ ウドンを打つときの如く、手のひら（手首のへん）でたたんでは押しのばし縦横にたた

みのべて、約1分間つづける（これを英語では、"Knead" という）。
⑤ これを1センチの厚さに平にして、12コに切り、
⑥ 220℃のオーヴンで12〜15分焼く。おわり。

これを作るところを、つい Peter と話すのに夢中になって見なかったので、こんど金曜日、もう一度作って見せてくれることになっています。さて、マスターして帰るぞ（ハワイで作ってあげようか。30分もありゃ出来る）。

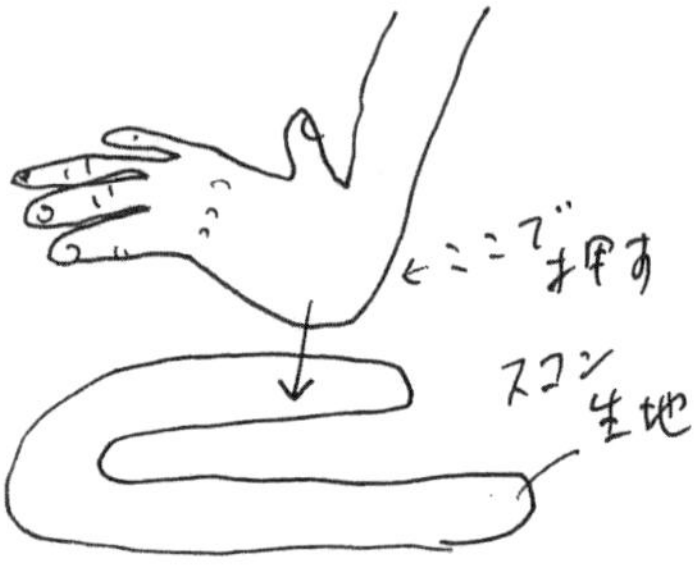

金曜日は、Peter がお別れに、ST. John's College の High Table に招いてくれています。そのとき、きっと、James の双児の弟、David McMullen さんにも会えるでしょう。

手紙が100通目になったところで、たぶん、これが君たちの出発前に届く最後の手紙になるでしょうから、一応、これで、さしも筆マメの僕も、筆をおくことにします。君も約90の手紙を書いてくれたわけですが、だいぶ手紙を書くのに慣れただろう。手紙は全部保存してあってすでに、船便で送り返しました。100通の手紙とは書きも書いたものですが、お

祖父ちゃん、お祖母ちゃんの分まで入れると、往復で200通にはなり、その他の友人たちとのやりとりを入れると、この倍はあって、実に夥《おびただ》しい手紙が空をとんで行き来したことになります。でも、此《これ》は、きっと、よい記念になるでしょう。大切に保管しといて下さいね。僕も帰ってよみ直すのがたのしみですから。

では、元気でハワイにおいで下さい。

林　望

Cheerio!

Telephone
St. Ives (Cambs)
Code 0480

THE MANOR
HEMINGFORD GREY
HUNTINGDON
PE18 9BN

he expects to return some-time later. He must soon see his children again or they won't know each other. I was so glad to meet you, and wish you both a happy year.

Very Sincerely

Lucy M. Boston

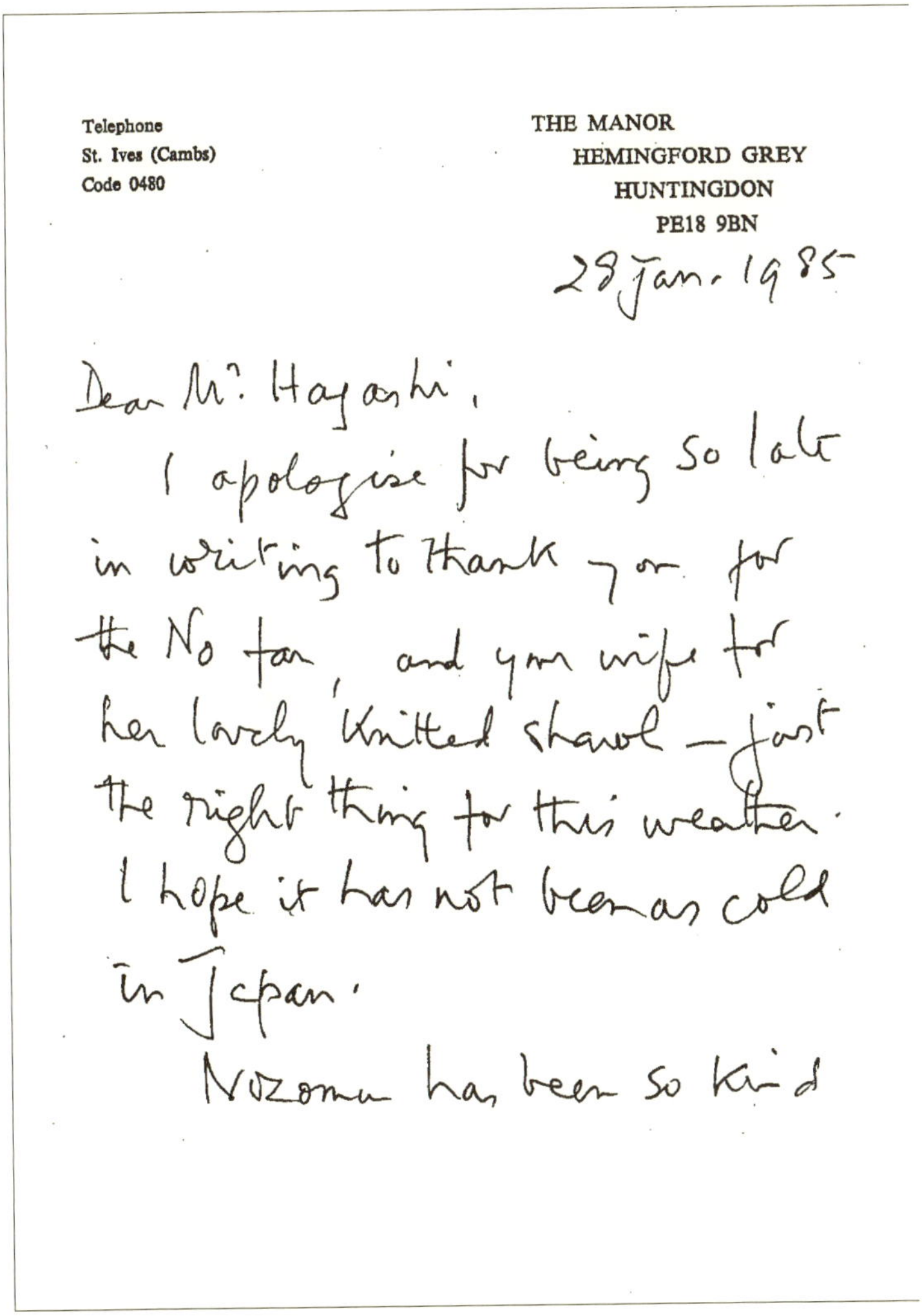

Telephone
St. Ives (Cambs)
Code 0480

THE MANOR
HEMINGFORD GREY
HUNTINGDON
PE18 9BN

28 Jan. 1985

Dear Mr. Hayashi,

I apologise for being so late in writing to thank you for the Nō fan, and your wife for her lovely knitted shawl — just the right thing for this weather. I hope it has not been as cold in Japan.

Nozomu has been so kind

〜ボストン夫人からの手紙（訳）〜

28 Jan. 1985

Dear Mr. Hayashi,
まずは、お礼状を差し上げるのがこんなにも遅くなったことをお詫びしなくてはなりません。頂戴した能の扇、そして、素敵に編んでくださったショールについては、貴方の奥様にお礼を申します。ショールは、この寒さのなかではほんとうになによりのお品でした。

日本もこちらと同じように寒くなければ幸いでしたが……。

望は、いつもとても親切で、やがていつの日にかまたここへ戻って来たいとのこと。でも、今は、すぐにお子たちのもとへ戻らなくてはなりませんね。そうしなくては、お互いに誰だかわからなくなってしまいますもの。

こうしてお知り合いになることができて、私は大変嬉しう存じました。

どうか、ご夫妻ともどもよい一年をお過ごしください。

Very Sincerely

Lucy M. Boston

The Manor,

遥かな昔に……
――あとがきにかえて

考えてみれば、もう三十年の昔になんなんとするのだけれど、どうしても、どうしてもそんな気がしない。いや、つい昨日のことのように、あのイギリスの年月は思い出される。なんだかくっきりと鮮やかに、春の日のように輝かしく……。

一九八四年三月末、曇天の早朝、がらんとしたヒースロー空港に初めて降り立ったときの、あの心細い気持ち、そうして、ロンドン市内へのバスに乗って、その車窓から見えた鮮やかな芝生の緑、煉瓦色の瀟洒な家並み、なにもかもが、私にとっては心に沁みる景色であった。ほんとうに不思議なくらい、いまも信じがたいような幸運がイギリスの天地に用意されていたのだが、それはたしかに「神の見えざる手」のようなものを思わなくては、到底説明しがたいことのように思われる。

ローゼン博士一家との邂逅、ロンドン大学東洋アフリカ校（ＳＯＡＳ）の図書館での目録編纂の成功、ケンブリッジ大学図書館での目録編纂を任されて、それを六年かけて成就したこと、いや、その前に、ケンブリッジから西北に十二マイルも離れた、ヘミングフォード・グレイの村外れの、あのなつかしいボストン夫人の館に、まったく偶然に住むことになったこと。氏原工作さん、ジェイムス・マクマレン博士、リチャード・バウリング教授、ピーター・コーニツキ君などなど、次々に多くの知友に恵まれ、その一年間は、私の人生の宝物といってもいいくらいに、実り多いものとなった。

そんな経験は、そうそう誰の身にもあるものではないだろうし、私自身の人生のなかでも、まさに特別に幸福な日々であったと、今はしみじみと思っている。

この手紙は、当時悪戦苦闘しながら、しかし、まるで奇跡のようにイギリスに溶け込んでいって、次々と仕事の成果を手にしていった、あの一年間を、際やかに思い出させてくれる。日記を書かない私にとっては、この手紙こそがもっとも大切な記録なのである。

美しい実り豊かな一年が終わって、やがてついに、帰国の日を迎えた。

その前夜、ボストン夫人は、私の部屋のドアをノックして、控え目な態度で「May I come in?」と尋ねると、大きな写真を一枚手に持って、入ってきた。

「あなたは明日の早朝に発ってしまうでしょう。私は朝寝坊だから、明日お見送りすることはできないわ。だから、今夜のうちにさよならを言おうと思ってね」

そう言って、夫人は手にした写真を、別れのはなむけにと手渡してくれた。

それはほかならぬ懐かしいマナーハウスの全景の写真で、裏に、彼女の達筆なペン書きで、こう書きつけてあった。

「A view to remind Nozomu of the longtime he spent here. To my great pleasure. Wishing a return visit.　Lucy M. Boston」

（――ノゾムがここで過ごした長い日々を思い出してくれるよすがに。私にとっても大きな喜びでした。また帰って来てくれることを願って。　ルーシー・M・ボストン）


私は、なんだか思い胸に迫るものがあって……高齢の夫人と、今ここでお別れすると、それが今生の別れになるかもしれない、そんな思いもして……その写真を受け取りながら、つい涙がほろほろと落ちるのを留め得なかった。

すると夫人は、優しく温かく笑みを浮かべながら言った。

「おやおや、イギリスでは、大人の男は泣かないものですよ」

その声の調子が、いまもわが耳底《じてい》に生き生きと聞こえてくる。

翌朝、私は薄暗いうちに館を発った。皆まだ寝静まっていて、たった独りで車を運転して館を後にした、そのときの情景を、私は後に『イギリスは愉快だ』という本のなかに、次のように書いた。

「三月二十日の朝早く、私は帰国の途についた。通い慣れたケンブリッジへの道にほのぼのと朝日がさしてくると、早春の野は肌色に染まって見えた。

池のほとりにさしかかった時、突然、岸辺の葦を分けて雁の群が飛び立った。雁は、まるで私の車のウインドウスクリーンをかすめるようにして、ゆっくりと大きくはばたきながら、次々と大空へ離陸して行った」

ほんとうに良い日々であった。幸福な一年であった。思えば今日私がこうして物書きとして生活をしているのも、あの一年があったからである。そこで、ローゼン博士やボストン夫人と親しく接することができたからである。

いま、思い切って、その一年間に家族に宛てて書いた私信をこういう形で公開することにしたのは、いわばせめてもの「恩返し」なのである。

ボストン夫人も、そのご子息ピーター氏も、朗らかなハワード・ファーガソン博士も、みなもうこの世にはおられない。おられないけれども、我が方寸のうちに、「いますがごとく」に生きて語りかけてくる。その面影を思い出すにつけて、やはりまた目頭の熱くなるのを、私は禁じ得ない。

最後に、この本がこうして「形」になるについて、その翻字・編集・校読と力を尽くしてくれた編集担当の吉田知子君に、心から感謝をしたい。

林望謹んで識す。

二〇一四年　初めての渡英からちょうど三十年に当る春の日

著者略歴
林　望（はやし　のぞむ）
1949年東京生。作家・国文学者。慶應義塾大学文学部卒、同大学院博士課程修了（国文学専攻）。ケンブリッジ大学客員教授、東京藝術大学助教授等を歴任。専門は日本書誌学・国文学。
1984年から87年にかけて、日本古典籍の書誌学的調査研究のため、イギリスに滞在、その時の経験を綴ったエッセイ『イギリスはおいしい』（平凡社・文春文庫）で91年日本エッセイスト・クラブ賞を受賞し、作家デビュー。『イギリスは愉快だ』（平凡社・文春文庫）、『ホルムヘッドの謎』（文藝春秋）と並ぶイギリス三部作はいずれもベストセラーとなって、イギリスブームの火付け役となった。
『ケンブリッジ大学所蔵和漢古書総合目録』（ケンブリッジ大学出版）で92年国際交流奨励賞、『林望のイギリス観察辞典』（平凡社）で93年講談社エッセイ賞を受賞。学術論文、エッセイ、小説の他、歌曲の詩作、能作・能評論、自動車、古典文学等著書多数。
近年は『往生の物語』（集英社新書）、『恋の歌、恋の物語』（岩波ジュニア新書）等古典の評解書を多く執筆。著書『旬菜膳語』（岩波書店・文春文庫）、『能よ　古典よ！』（檜書店）、『リンボウ先生のうふふ枕草子』（祥伝社）等多数。
『謹訳源氏物語』全十巻（祥伝社）で2013年毎日出版文化賞特別賞受賞。

イギリスからの手紙
二〇一四年三月一二日　初版印刷
二〇一四年三月二二日　初版発行
著者　林　望
発行者　小林悠一
発行所　株式会社東京堂出版
〒一〇一-〇〇五一
東京都千代田区神田神保町一-一七
電話〇三（三二三三）三七四一
振替〇〇一三〇-七-二七〇
装丁　坂川栄治＋坂川朱音（坂川事務所）
DTP　株式会社オノ・エーワン
印刷・製本　図書印刷株式会社

ISBN 978-4-490-20856-6 C0095